नेल्सन मंडेला

नेल्सन मंडेला

(कैदी से राष्ट्रपति बनने की कहानी)

सुशील कपूर

प्रभात प्रकाशन

प्रकाशक
प्रभात प्रकाशन प्रा. लि.
4/19 आसफ अली रोड, नई दिल्ली–110002
फोन : 011–23289777 • हेल्पलाइन नं. : 7827007777
इ–मेल : prabhatbooks@gmail.com ❖ वेब ठिकाना : www.prabhatbooks.com

संस्करण
2026

पेपरबैक मूल्य
चार सौ रुपए

मुद्रक
आर–टेक ऑफसेट प्रिंटर्स, दिल्ली

★

NELSON MANDELA
A biography by Shri Sushil Kapoor

Published by **PRABHAT PRAKASHAN PVT. LTD.**
4/19 Asaf Ali Road, New Delhi-110002

ISBN 978-93-5048-342-8

₹ 400.00 (PB)

अनुक्रम

1

मंडेला का बचपन

कानून ने मुझे अपराधी करार दिया। जो मैंने किया था, उसके लिए नहीं, मैं जिसके लिए संघर्ष कर रहा था, उसके लिए।

–नेल्सन मंडेला

नेल्सन मंडेला नाम है सतत संघर्ष का, कठोर-से-कठोर यातनाएँ भी जिसके आत्मबल को कुचलने में नाकाम रहीं। जिसने साबित कर दिया कि यातनाओं का अंबार लगानेवाली बड़ी-से-बड़ी ताकत को भी जन-आकांक्षाओं की संगठित शक्ति के सामने झुकना पड़ता है। जिसके ज्वलंत भाषणों व लेखन ने लाखों हृदयों में ऐसे शोले भड़काए, जिनकी आँच में दासता की लौह-शृंखलाएँ भी पिघल गईं। मंडेला का करिश्माई नाम दक्षिण अफ्रीकी स्वाधीनता संघर्ष का पर्याय बन गया, जो आनेवाली पीढ़ियों के लिए प्रेरणा का अजस्र स्रोत बना रहेगा।

रोहिल्लाहला (नेल्सन) मंडेला का जन्म 18 जुलाई, 1918 को दक्षिण अफ्रीका के ट्रांस्की क्षेत्र के मैजो गाँव में हुआ था। यह मबाशे नदी के किनारे बसा छोटासा गाँव था। पहाड़ियों से घिरे, खूबसूरत वादियों

व हजारों झरनोंवाले इस इलाके में प्रकृति ने अपनी सुंदरता दिल खोलकर बिखेरी थी। आधुनिक विश्व की हलचलों, आपाधापी, शोर-शराबे और उठा-पटक से बेखबर शांत, एकांत क्रीड़ा-स्थली, जहाँ मंडेला के बचपन ने आजादी-ही-आजादी देखी—स्वच्छंद विचरने की आजादी, संगी-साथियों के साथ नदी किनारे हुड़दंग मचाने और शरारतें करने की आजादी, खुली हवा में जी भरकर साँस लेने की आजादी, जिसमें किसी तरह की घुटन का एहसास न था। उत्पीड़न, अन्याय, कदम-कदम पर रुकावटों की चुभन क्या होती है, इससे बेलाग सीधी-सादी जिंदगी, जिसे बालक मंडेला ने जी भरकर जिया।

मंडेला घराना

मंडेला परिवार का संबंध राजघराने से था। ये खोसा जाति के थे। इनका कबीला थैंबू कहलाता था और वंश मदीबा। मदीबा लोगों को अत्यंत कुलीन माना जाता था। कहा जाता था कि थैंबी जाति का संबंध पिछली 20 पीढ़ियों से सीधा राजा ज्वाइड से था। उनके परदादा ग्यूबेनगूका को थैंबू कबीले को संगठित करने का श्रेय प्राप्त था। सन् 1832 में उनका निधन होने पर उनके दादा ने भी राजा की उपाधि पाई। इस राजघराने की एक शाखा से संबंधित होने के कारण उनके पिता भी परंपरानुसार मैजो के स्थायी मुखिया थे।

मंडेला परिवार का संबंध राजघराने से था। ये खोसा जाति के थे। इनका कबीला थैंबू कहलाता था और वंश मदीबा। मदीबा लोगों को अत्यंत कुलीन माना जाता था। कहा जाता था कि थैंबी जाति का संबंध पिछली 20 पीढ़ियों से सीधा राजा ज्वाइड से था। उनके परदादा ग्यूबेनगूका को थैंबू कबीले को संगठित करने का श्रेय प्राप्त था।

थैंबू कबीले के लोग पहले ड्रैकंसबर्ग के पहाड़ों की वादियों में

बसे हुए थे। फिर वे 16वीं सदी में समुद्र के किनारे आ बसे। खेतीबाड़ी और पशुपालन उनकी आजीविका के मुख्य साधन थे। ये लोग संभ्रांत थे, अपने गौरवशाली अतीत के प्रति सजग थे। कुलीनता इनके रक्त में थी। इनको अपने पशुधन पर गर्व था, जो इनकी समृद्धि का परिचायक माना जाता था।

खोसा जनजाति का जीवन शांतिपूर्ण व समतल गुजर रहा था, लेकिन 17वीं सदी में यूरोपियनों के दक्षिण अफ्रीका आने से इनमें अचानक अशांति छा गई। उनको अंग्रेजों और हॉलैंड से आए बोअर्स का विस्तार रोकने के लिए अनेक लड़ाइयाँ लड़नी पड़ीं। उनका संघर्ष 1878 तक जारी रहा, लेकिन अंततः उन्होंने अंग्रेजों के आग उगलनेवाले बेहतर हथियारों के सामने हार मान ली। 20वीं सदी आते-आते वे परिस्थितियों के अनुरूप जीने को विवश हो गए और एक सीमित क्षेत्र में सिमटकर रह गए।

खोसा जनजाति का जीवन शांतिपूर्ण व समतल गुजर रहा था, लेकिन 17वीं सदी में यूरोपियनों के दक्षिण अफ्रीका आने से इनमें अचानक अशांति छा गई। उनको अंग्रेजों और हॉलैंड से आए बोअर्स का विस्तार रोकने के लिए अनेक लड़ाइयाँ लड़नी पड़ीं। उनका संघर्ष 1878 तक जारी रहा, लेकिन अंततः उन्होंने अंग्रेजों के आग उगलनेवाले बेहतर हथियारों के सामने हार मान ली।

नेल्सन का नाम रोहिल्लाहला रखा गया था। मोटे तौर पर इसका अर्थ होता है—मुसीबत खड़ी करनेवाला या आग-लगाऊ। यह नाम रखते समय शायद ही किसी ने सोचा होगा कि मंडेला इसे किस हद तक सार्थक करेंगे। बहरहाल यह तो एक संयोग ही है, लेकिन राजवंश से ताल्लुक रखना संयोग नहीं। उस राजवंश से, जिसने अपने लोगों को संगठित करके लंबे अरसे तक विदेशी आक्रांताओं से लोहा लिया। एक तो राजसी रक्त दासता स्वीकार नहीं कर सकता, तिस पर उनको विद्रोही

प्रवृत्ति अपने पिता से विरासत में मिली थी, जो परिणाम की चिंता किए बिना हर अन्यायपूर्ण फैसले का सदा विरोध करते थे। इस पारिवारिक पृष्ठभूमि और आगे आनेवाली घटनाओं ने नेल्सन मंडेला को दक्षिण अफ्रीका को स्वाधीनता दिलानेवाला जुझारू नेता बनाया।

बालक मंडेला अभी कुछ ही महीनों का था, जब परिवार में बड़ा परिवर्तन लानेवाली एक अन्यायपूर्ण घटना घटी। उसके पिता फाकानिस्वा को किसी कानूनी मामले में अंग्रेज मजिस्ट्रेट ने अपनी अदालत में तलब किया। फाकानिस्वा को इस पर एतराज था। वे मुखिया थे। इस तरह की शिकायतों पर फैसला करने का हक उनको था, न कि अंग्रेज मजिस्ट्रेट को। यह अधिकारों की लड़ाई थी, कोई कानूनी मामला नहीं। लेकिन अंग्रेज मजिस्ट्रेट को इसमें अपनी तौहीन नजर आई। उसने मंडेला के स्वाभिमानी पिता को उनके मुखिया के पद से बेदखल कर दिया। उनको इस विरोध के लिए अपनी धन-समृद्धि भी खोनी पड़ी, लेकिन अन्याय के सामने झुके नहीं।

बालक मंडेला अभी कुछ ही महीनों का था, जब परिवार में बड़ा परिवर्तन लानेवाली एक अन्यायपूर्ण घटना घटी। उसके पिता फाकानिस्वा को किसी कानूनी मामले में अंग्रेज मजिस्ट्रेट ने अपनी अदालत में तलब किया। फाकानिस्वा को इस पर एतराज था। वे मुखिया थे। इस तरह की शिकायतों पर फैसला करने का हक उनको था, न कि अंग्रेज मजिस्ट्रेट को।

उन दिनों मुखिया और सामंतों की अनेक पत्नियाँ होती थीं। फाकानिस्वा की भी चार पत्नियाँ थीं। नेल्सन की माता नासेकेनी फैनी उनकी तीसरी पत्नी थीं। वे भी उच्च घराने से संबंध रखती थीं। उसके पिता अपनी पत्नियों को अलग-अलग आवासों में रखते थे, जिनको बाड़ा कहा जाता था। इनमें मीलों की दूरी थी, जिसे पार करके वे बारी-बारी

से अपनी पत्नियों के पास आते थे। ऐसे एक आवास में कई झोंपड़ियाँ होती थीं। अनाज रखने का भंडार होता था और मवेशी बाँधने का स्थान। उसके पिता के अपनी पत्नियों से कुल तेरह बच्चे थे। चार बेटे और नौ बेटियाँ। नेल्सन अपने पिता का सबसे छोटा पुत्र था, पर अपनी माता की सबसे बड़ी संतान। उससे छोटी उसकी तीन बहनें थीं।

कूनू में जीवन

परिवार पर आई इस विपत्ति के बाद नेल्सन की माता अपने बच्चों को लेकर पास के गाँव कूनू चली आईं। यहाँ उनके कई नाते-रिश्तेदार रहते थे, जिनसे उनको सहायता व संरक्षण मिल सकता था।

'कूनू' पहाड़ की घाटी में बसा एक छोटा गाँव था। उसके आसपास कई नदियाँ बहती थीं। कूनू में लगभग सौ लोगों की आबादी थी। ये सभी मकई के खेतों के किनारे पास-पास बनी झोंपड़ियों में रहते थे। नासेकेनी के बाड़े में तीन झोंपड़ियाँ थीं। एक में रसोई थी। दूसरी में अनाज व दूसरा सामान रखा जाता था। तीसरी रहने व सोने के लिए थी। वहाँ किसी तरह का फर्नीचर या पलंग वगैरह नहीं थे। सब चटाई पर सोते थे।

'कूनू' पहाड़ की घाटी में बसा एक छोटा गाँव था। उसके आसपास कई नदियाँ बहती थीं। कूनू में लगभग सौ लोगों की आबादी थी। ये सभी मकई के खेतों के किनारे पास-पास बनी झोंपड़ियों में रहते थे। नासेकेनी के बाड़े में तीन झोंपड़ियाँ थीं। एक में रसोई थी। दूसरी में अनाज व दूसरा सामान रखा जाता था।

मक्की यहाँ की मुख्य पैदावार थी, अतः खाने में मक्की ही होती थी। इसके साथ सब्जियों में कद्दू, सेम वगैरह मिल जाते थे। अलबत्ता भेड़ें खूब सारी थीं। चरागाह भी बहुत अच्छे और हरे-भरे थे, इसलिए दूध की कोई कमी न थी। इससे ज्यादा तो धनी लोगों को ही मयस्सर

था और नेल्सन का परिवार अब पहले जैसा धनी न था; लेकिन वे लोग इस रहन-सहन से संतुष्ट एवं प्रसन्न थे। नेल्सन ने बाद में लिखा कि कूनू में बिताए दिन उनके जीवन के सबसे अच्छे और आनंददायक दिन थे। यह आमतौर पर औरतों व बच्चों का ही गाँव था। आदमी तो दूर खदानों में या कारखानों में काम करते थे और साल में दो बार अपने खेत जोतने के लिए घर आते थे। फसल का बाकी काम, पशुओं की देखभाल और बच्चों का पालन-पोषण—ये सब औरतें ही करती थीं।

पश्चिमी ढंग का पहनावा तो पादरियों को ही पहने देखा जा सकता था। बाकी लोग ज्यादातर कंबल पहनते थे, गेरू में रँगा हुआ। उसे कमर के पास बाँध लिया जाता था। बालक नेल्सन का भी यही पहनावा था। जूते से भी किसी का वास्ता न होता था। सब नंगे पाँव चलते थे। गाँव में कोई सड़क तो न थी, पर लोगों के आने-जाने से कई पगडंडियाँ जरूर बन गई थीं। बच्चे तरह-तरह के खेल खेलते थे। इनमें लुका-छिपी और छड़ियों से लड़ना सबको बहुत पसंद था। दूसरे के वार से बचना और तेजी से पैंतरा बदलकर वार करना बड़ी होशियारी का काम था। इसके लिए निरंतर अभ्यास और लगन की जरूरत पड़ती थी, जिसमें किसी तरह की कमी रह जाने पर छड़ी की मार खुद ही पड़ जाती थी। नेल्सन को भी यह खेल बहुत पसंद था।

पश्चिमी ढंग का पहनावा तो पादरियों को ही पहने देखा जा सकता था। बाकी लोग ज्यादातर कंबल पहनते थे, गेरू में रँगा हुआ। उसे कमर के पास बाँध लिया जाता था। बालक नेल्सन का भी यही पहनावा था। जूते से भी किसी का वास्ता न होता था। सब नंगे पाँव चलते थे। गाँव में कोई सड़क तो न थी, पर लोगों के आने-जाने से कई पगडंडियाँ जरूर बन गई थीं। बच्चे तरह-तरह के खेल खेलते थे।

इस दौरान मंडेला की माता ने ईसाई धर्म अपना लिया। इसके साथ ही उन्होंने अपने बच्चे को भी ईसाई बनाया। लेकिन उनके पिता ने धर्म-परिवर्तन नहीं किया। वे अपने खोसा धर्म को ही बेहतर समझते थे, जिसकी उन्हें बहुत अच्छी जानकारी थी।

आरंभिक शिक्षा

कूनू में बहुत कम लोग पढ़े-लिखे थे। बच्चे पढ़ने की बजाय बड़ों से सुन-सीखकर ही भाषा का ज्ञान और अन्य जानकारी पाते थे। अपने पुरखों की शौर्य गाथाएँ, पौराणिक कहानियाँ व परियों की कहानियाँ उनको प्रायः अपनी माताओं से सुनने को मिल जाती थीं। बाकी जानकारी भी उनको मौखिक रूप से ही हासिल होती थी। वे अपने चारों तरफ के जीवन के अनुभवों से भी बहुत कुछ सीख जाते थे। कबीले के रीति-रिवाज, परंपराएँ, आचरण, बड़ों के बताए रास्ते पर चलने की शिक्षा उनको अपने माता-पिता से मिल जाती थी। गाँव की सीधी-सादी जिंदगी के लिए इतना ही काफी समझा जाता था। नेल्सन की घरेलू शिक्षा इससे अधिक हुई थी। उसके पिता ने बचपन में ही उनको विस्तार से खोसा इतिहास बताया था। आगे जाकर इतिहास के अध्ययन में नेल्सन की रुचि इसी से जाग्रत् हुई। माँ की सुनाई कहानियाँ भी बच्चे नेल्सन को बहुत प्रेरणादायक लगती थीं।

कूनू में बहुत कम लोग पढ़े-लिखे थे। बच्चे पढ़ने की बजाय बड़ों से सुन-सीखकर ही भाषा का ज्ञान और अन्य जानकारी पाते थे। अपने पुरखों की शौर्य गाथाएँ, पौराणिक कहानियाँ व परियों की कहानियाँ उनको प्रायः अपनी माताओं से सुनने को मिल जाती थीं। बाकी जानकारी भी उनको मौखिक रूप से ही हासिल होती थी।

नेल्सन मंडेला के पिता फाकानिस्वा हमेशा की तरह बारी-बारी से अपनी पत्नियों के पास आते रहते थे। वे जब मंडेला की माता के पास

आए तो बच्चे की कुशाग्र बुद्धि से बड़े प्रभावित हुए। उन्होंने कहा कि हमारा बच्चा बहुत समझदार है, इसे स्कूल भेजना चाहिए। पढ़-लिखकर यह बड़ा आदमी बनेगा। यह पहली बार हो रहा था, जब उस परिवार से कोई स्कूल जा रहा था। इससे पहले उसके घर से कोई बच्चा स्कूल पढ़ने नहीं गया था।

स्कूल जाने की नौबत आई तो कपड़ों का सवाल उठा। फाकानिस्वा नहीं चाहते थे कि उनका बेटा कंबल पहनकर पढ़ने जाए, इसलिए स्कूल से एक दिन पहले पिता ने उसको अपनी एक पतलून दी। इसे उन्होंने घुटनों तक काट दिया और फिर नेल्सन की कमर में सुतली से बाँध दिया। इस आधुनिक पोशाक को पहनकर बालक नेल्सन बहुत खुश हुआ। उसे ऐसे गर्व का अनुभव हुआ जैसा बाद में अच्छे-से-अच्छा सूट पहनकर भी कभी नहीं हुआ।

स्कूल जाने की नौबत आई तो कपड़ों का सवाल उठा। फाकानिस्वा नहीं चाहते थे कि उनका बेटा कंबल पहनकर पढ़ने जाए, इसलिए स्कूल से एक दिन पहले पिता ने उसको अपनी एक पतलून दी। इसे उन्होंने घुटनों तक काट दिया और फिर नेल्सन की कमर में सुतली से बाँध दिया।

यह नया अनुभव था। जिंदगी को नई दिशा मिली थी। इसके साथ ही रोहिल्लाहला मंडेला को एक और नई चीज मिली, नया नाम। उसकी टीचर मिस डिंगेन हर अफ्रीकी बच्चे को स्कूल में एक नया अंग्रेजी नाम देती थी। बच्चे को उसी नाम से पुकारा जाता था। ऐसा शायद इसलिए किया जाता था, क्योंकि अंग्रेजों के लिए अफ्रीकी नामों का उच्चारण करना या उनको याद रखना मुश्किल होता था। वे उन नामों को असभ्य भी समझते थे, इसलिए सभी को नए नाम दिए जाते थे। इसी कारण से आज भी अधिकांश अफ्रीकियों के दो नाम होते हैं–एक अफ्रीकी, एक अंग्रेजी। लिहाजा मंडेला को उसकी टीचर ने बताया कि तुम्हारा

नाम नेल्सन होगा। अब तुम स्कूल में इसी नाम से जाने जाओगे। तब से उसको यह नया नाम मिला। उसकी टीचर ने यह नाम शायद ब्रिटिश नेवी के मशहूर एडमिरल लॉर्ड नेल्सन के नाम पर रखा, जिन्होंने युद्ध में अपूर्व वीरता दिखाते हुए वीरगति पाई थी। यह भी संयोग की बात थी कि मंडेला को अंग्रेजी नाम भी ऐसा ही मिला, जो एक अत्यंत वीर नौसेना नायक से संबंध रखता था।

स्कूली शिक्षा अंग्रेजी में थी। सब बच्चों को न केवल अंग्रेजी भाषा सिखाई जाती थी, बल्कि अंग्रेजी रीति-रिवाज, सभ्यता, तौर-तरीके की जानकारी भी दी जाती थी। इसी को सभ्य बनाना समझा जाता था। अफ्रीकी सभ्यता नाम की कोई चीज अंग्रेजों के शब्दकोश में न थी। बालक नेल्सन ने भी अंग्रेजी के पाठ पढ़ने शुरू किए; पर जैसा कि उसके जीवन के आगे के आचरण से स्पष्ट है, वह कभी अपनी सभ्यता और संस्कृति को नहीं भूला।

स्कूली शिक्षा अंग्रेजी में थी। सब बच्चों को न केवल अंग्रेजी भाषा सिखाई जाती थी, बल्कि अंग्रेजी रीति-रिवाज, सभ्यता, तौर-तरीके की जानकारी भी दी जाती थी। इसी को सभ्य बनाना समझा जाता था। अफ्रीकी सभ्यता नाम की कोई चीज अंग्रेजों के शब्दकोश में न थी।

कूनू से विदाई

नेल्सन के पिता हर महीने उसकी माता के पास आकर एक सप्ताह के लगभग रहते थे। एक बार जब वे आए हुए थे, रात को बालक मंडेला ने कुछ शोर-सा सुना। उसकी नींद उचट गई। उसने देखा कि पिता फाकानिस्वा माता की झोंपड़ी के फर्श पर लेटे हुए बुरी तरह खाँस रहे थे। उनकी तबीयत काफी खराब लग रही थी। दरअसल फाकानिस्वा को फेफड़े की कोई बीमारी थी, लेकिन वे कभी किसी डॉक्टर के

पास नहीं गए। इस बार भी वे इसी तरह लेटे रहे, लेकिन किसी तरह की चिकित्सा सहायता नहीं ली। उसकी माता और गदला के साथ आई उनकी छोटी पत्नी उनकी देखभाल में लगी रहीं। उनकी हालत में कोई सुधार नहीं हुआ और एक रात उनका अचानक देहांत हो गया।

नेल्सन मंडेला की उम्र तब कुल नौ साल की थी। पिता की मृत्यु से बालक को बहुत गहरा आघात लगा। हालाँकि वह सदा अपनी माता के निकट रहता था, लेकिन पिता का स्नेह और मार्गदर्शन उसके लिए बहुत महत्त्व रखता था। वह उसके आदर्श थे। उसे लगा कि सारा जीवन ही बदल गया है। परिवार के मुखिया के जाने से सारा परिवार न केवल शोक में डूब गया था, बल्कि पूरी तरह अस्त-व्यस्त भी हो गया था।

नेल्सन मंडेला की उम्र तब कुल नौ साल की थी। पिता की मृत्यु से बालक को बहुत गहरा आघात लगा। हालाँकि वह सदा अपनी माता के निकट रहता था, लेकिन पिता का स्नेह और मार्गदर्शन उसके लिए बहुत महत्त्व रखता था। वह उसके आदर्श थे। उसे लगा कि सारा जीवन ही बदल गया है।

कुछ दिन शोक में बीते। उसके बाद माँ ने नेल्सन को बताया कि अब उसे कूनू से जाना होगा। उसने माँ से इस बारे में कोई पूछताछ नहीं की, लेकिन माँ जानती थी कि बेटे के भविष्य के लिए उसे किसी बेहतर जगह छोड़ आना जरूरी है। कूनू बहुत छोटा सा गाँव था। मुखिया के देहांत के बाद परिवार के साधन भी बहुत सीमित रह गए थे। ऐसे में उसके बच्चे की सही परवरिश व पढ़ाई नहीं हो सकती थी।

नेल्सन ने चुपचाप सामान बाँधा और कूनू से निकलने के लिए तैयार हो गया। इसके बाद माता और पुत्र पश्चिम की ओर अपनी पैदल यात्रा पर निकल पड़े। वह अपनी माँ के साथ चलता जाता और अपने गाँव को मुड़-मुड़कर देखता जाता, जहाँ उसके बचपन की ढेर सारी

मधुर यादें बसी हुई थीं। अनेक गाँवों को पीछे छोड़ते ऊबड़-खाबड़ पहाड़ी रास्तों पर वे आगे बढ़ते गए। दिन के आखिरी पहर में वे एक गाँव में पहुँचकर रुक गए। यह एक घाटी में था, जिसके चारों ओर पेड़ों का झुरमुट था। उस गाँव के बीचोबीच एक शानदार इमारत खड़ी थी, जैसी नेल्सन ने पहले कभी देखी न थी। वह हैरानी से उसे देखता ही रह गया। इस इमारत में दो शानदार मकान और सात बहुत सुंदर झोंपड़ियाँ बनी हुई थीं।

आस-पास का वातावरण भी बालक मंडेला को बहुत आकर्षक लगा। मकई के खेतों के पास फलों के पेड़ थे और फूलों की सुंदर क्यारियाँ भी थीं। सब्जियों का एक अलग खेत था, जिसमें तरह-तरह की सब्जियाँ उगी हुई थीं। कुछ दूरी पर भेड़ों का बहुत बड़ा झुंड चर रहा था। कुल मिलाकर पता चलता था कि यहाँ धन-धान्य का बाहुल्य है। सबकुछ ऐसे करीने से बना हुआ था कि उसमें एक खास किस्म का अनुशासन दिखाई देता था। जल्दी ही उसे पता चल गया कि यह थैंबू कबीले के राजा जोगिनताबा का शाही महल था।

आस-पास का वातावरण भी बालक मंडेला को बहुत आकर्षक लगा। मकई के खेतों के पास फलों के पेड़ थे और फूलों की सुंदर क्यारियाँ भी थीं। सब्जियों का एक अलग खेत था, जिसमें तरह-तरह की सब्जियाँ उगी हुई थीं। कुछ दूरी पर भेड़ों का बहुत बड़ा झुंड चर रहा था। कुल मिलाकर पता चलता था कि यहाँ धन-धान्य का बाहुल्य है।

नेल्सन के पिता का जोगिनताबा पर एहसान था। दरअसल वे अपने गाँव के मुखिया होने के साथ-साथ राजघराने के सलाहकार भी थे। इस नाते कुछ लोग उनको थैंबूलैंड का प्रधानमंत्री भी कहते थे, हालाँकि उनके कबीले में ऐसा कोई पद नहीं था। सन् 1920 में जब तत्कालीन राजा जोंगलिज्वे का निधन हुआ तो राजघराने में विवाद खड़ा

हो गया। परंपरा से राजा की बड़ी पत्नी का बेटा गद्दी का वारिस होता था, लेकिन समस्या यह थी कि वह अभी बहुत छोटा था। राजा के तीन वयस्क बेटे थे। अब इनमें से कौन राजा बने, इसको लेकर विवाद था।

इस मामले को सुलझाने के लिए नेल्सन के पिता फाकानिस्वा को सलाह देने के लिए बुलाया गया। उन्होंने जोगिनताबा का नाम सुझाया, क्योंकि वे तीनों भाइयों में सबसे ज्यादा पढ़े-लिखे थे। चुनाव का आधार सही था। फाकानिस्वा का कहना था कि शिक्षित होने के कारण वे राजकाज को अच्छी तरह सँभालेंगे। इसके अलावा छोटे युवराज का अच्छा मार्गदर्शन भी कर सकेंगे। जोगिनताबा की माँ कुलीन घराने से न थीं, इसलिए इसपर एतराज हुआ। लेकिन आखिरकार फैसला जोगिनताबा के पक्ष में ही हुआ। तो एक तरह से जोगिनताबा को राजा बनाने, या कार्यवाहक राजा बनाने, में फाकानिस्वा का हाथ था। जोगिनताबा इसके लिए नेल्सन के पिता फाकानिस्वा के सदा कृतज्ञ रहे।

इस मामले को सुलझाने के लिए नेल्सन के पिता फाकानिस्वा को सलाह देने के लिए बुलाया गया। उन्होंने जोगिनताबा का नाम सुझाया, क्योंकि वे तीनों भाइयों में सबसे ज्यादा पढ़े-लिखे थे। चुनाव का आधार सही था। फाकानिस्वा का कहना था कि शिक्षित होने के कारण वे राजकाज को अच्छी तरह सँभालेंगे। इसके अलावा छोटे युवराज का अच्छा मार्गदर्शन भी कर सकेंगे।

नेल्सन की माता इसी आस से अपने बेटे को राजा के पास लेकर आई थीं। राजा उस समय अपने महल में न थे। वे लोग उनके आने का इंतजार करने लगे। कुछ ही देर में राजा जोगिनताबा एक बड़ी सी शानदार कार में आए। उनके इंतजार में बैठे कबीले के बुजुर्ग फौरन खड़े हो गए और उन्होंने 'जोगिनताबा जिंदाबाद' के नारे लगाकर उनका स्वागत किया। जोगिनताबा ने सारी

स्थिति जानने के बाद तुरंत नेल्सन को अपने परिवार का सदस्य मान लिया और उसके लालन-पालन की सारी जिम्मेदारी उठा ली। माँ अपने बेटे से बिछुड़ना तो नहीं चाहती थी, पर उसे पता था कि जिस तरह की शिक्षा-दीक्षा और परवरिश नेल्सन को शाही महल में मिलेगी, वह उसे कूनू जैसी छोटी जगह में नहीं मिल सकती। इसलिए बेटे के भविष्य को वरीयता देते हुए उन्होंने उससे अलग होना गवारा कर लिया था। वे दो-तीन दिन वहाँ रहीं और फिर बिना बेटे को प्यार-दुलार किए या उसका चुंबन लिए वहाँ से निकल गईं। ये वही माँ थीं, जिससे बालक नेल्सन को अगाध प्रेम मिला था। शायद ऐसे रूखे व्यवहार का कारण यह था कि बच्चे को बाद में उसकी याद ज्यादा न सताए और वह नए माहौल में खुशी-खुशी रह सके।

राजा जोगिनताबा अपने वचन का सच्चा निकला। उसने और उसकी पत्नी नोइंगलैंड ने बालक नेल्सन को अपने बच्चों जैसा ही प्यार दिया। उनके जैसा ही खाने-पहनने को दिया और उनकी तरह ही गलती करने पर उसकी भलाई के लिए डाँटा-फटकारा भी। यहाँ उसे किसी बात की कमी न थी। रहने को इतना अच्छा घर और पहनने को इतने अच्छे कपड़ों की नेल्सन ने कल्पना भी न की थी।

राजा जोगिनताबा अपने वचन का सच्चा निकला। उसने और उसकी पत्नी नोइंगलैंड ने बालक नेल्सन को अपने बच्चों जैसा ही प्यार दिया। उनके जैसा ही खाने-पहनने को दिया और उनकी तरह ही गलती करने पर उसकी भलाई के लिए डाँटा-फटकारा भी। यहाँ उसे किसी बात की कमी न थी। रहने को इतना अच्छा घर और पहनने को इतने अच्छे कपड़ों की नेल्सन ने कल्पना भी न की थी। वह ये सब सुविधाएँ पाकर बहुत खुश हुआ। जल्दी ही वह घर के बच्चों में घुल-मिल गया। वे भी उसे बहुत चाहते थे। सब बच्चे मिलकर खेलते-कूदते, गाते-बजाते। किसी तरह का कोई भेदभाव

न था। नेल्सन को राजा के बड़े बेटे जस्टिस से बहुत लगाव हो गया। वह भी नेल्सन को बहुत पसंद करता था। कुछ समय बाद तो दोनों बहुत पक्के दोस्त बन गए।

बड़े महलवाला गाँव कूनू के मुकाबले काफी आधुनिक था। यहाँ का गिरजाघर भी कूनू के मुकाबले बड़ा, साफ-सुथरा और चमकदार था। गाँव के आदमी पश्चिमी पोशाक पहनते थे। औरतें भी स्कर्ट-ब्लाउज पहनती थीं और सिर पर स्कार्फ बाँधती थीं। वहाँ का सारा रहन-सहन और तौर-तरीका अलग ही था, जिसने नेल्सन को बहुत अभिभूत कर दिया। वह कई दिनों तक इस नए माहौल में हैरान सा रहा, फिर धीरे-धीरे इसका आदी हो गया।

अब नेल्सन एक सम्मानित राजपरिवार का सदस्य था। सारे गाँव में राजघराने के दूसरे बच्चों की तरह उसे भी आदर की दृष्टि से देखा जाता था। राजा के महल में अकसर किसी-न-किसी समस्या को लेकर बैठकें होती रहती थीं। नेल्सन इनको बड़ी उत्सुकता से देखता। इन बैठकों में नेल्सन ने देखा कि वहाँ बड़े-से-बड़े और अदना-से-अदना आदमी की सारी बातें बहुत ध्यान से सुनी जाती थीं।

अब नेल्सन एक सम्मानित राजपरिवार का सदस्य था। सारे गाँव में राजघराने के दूसरे बच्चों की तरह उसे भी आदर की दृष्टि से देखा जाता था। राजा के महल में अकसर किसी-न-किसी समस्या को लेकर बैठकें होती रहती थीं। नेल्सन इनको बड़ी उत्सुकता से देखता। इन बैठकों में नेल्सन ने देखा कि वहाँ बड़े-से-बड़े और अदना-से-अदना आदमी की सारी बातें बहुत ध्यान से सुनी जाती थीं। सबको अपने विचार रखने का पूरा हक था। किसी तरह की रोक-टोक न थी। राजा चुपचाप सबकी बातें सुनते थे। बाद में अपने निष्कर्ष व सारी चर्चा का सार-संक्षेप प्रस्तुत करते थे। फैसला ऐसा होता था, जो सबको ठीक लगे। अगर

कोई विवाद का मामला हो तो ऐसा फैसला किया जाता था, जो दोनों पक्षों को न्यायपूर्ण लगे और मंजूर हो। अगर किसी कारण से सहमति न बने तो दोबारा बैठक बुलाई जाती थी। यह सच्चा लोकतंत्र था। इसमें कुछ लोग बहुत सारगर्भित और तर्कपूर्ण बातें करते थे तो अनाप-शनाप बकनेवाले भी आते थे; पर किसी को निरुत्साहित न किया जाता था। बालक नेल्सन को ऐसी बैठकों को देखने-सुनने का बहुत शौक था। इनके माहौल और तौर-तरीकों ने उसे बहुत प्रभावित किया।

इन बैठकों में दूर-दूर के गाँवों के मुखिया और दूसरे बुजुर्ग भी आते थे। चर्चा खत्म होने पर वे लोग कई बार बहुत सी कहानियाँ सुनाते—खोसा व जूलू वीरों की बहादुरी की कहानियाँ। किस तरह उन्होंने बाहर से आनेवाले आक्रमणकारियों का मुकाबला किया, किस तरह अपने लोगों को संगठित करके उनसे जूझे। इनकी गाथाएँ और अफ्रीकी इतिहास के दूसरे प्रसंग सुनकर बालक नेल्सन का मन प्रेरणा और उत्साह से भर जाता।

इन बैठकों में दूर-दूर के गाँवों के मुखिया और दूसरे बुजुर्ग भी आते थे। चर्चा खत्म होने पर वे लोग कई बार बहुत सी कहानियाँ सुनाते—खोसा व जूलू वीरों की बहादुरी की कहानियाँ। किस तरह उन्होंने बाहर से आनेवाले आक्रमणकारियों का मुकाबला किया, किस तरह अपने लोगों को संगठित करके उनसे जूझे। इनकी गाथाएँ और अफ्रीकी इतिहास के दूसरे प्रसंग सुनकर बालक नेल्सन का मन प्रेरणा और उत्साह से भर जाता। खोसा इतिहास के बहुत से प्रसंग उसने अपने पिता से भी सुने थे। लेकिन यहाँ तो बहुत लोग आते थे और उनके पास इसका अक्षय भंडार था। यह वह वास्तविक इतिहास था, जो अंग्रेजों की लिखी इतिहास की पुस्तकों में कहीं नहीं मिलता था। यह उसकी अपनी जाति की गौरव गाथाएँ थीं, जिनको विदेशियों ने या तो अपने लिखे अफ्रीका के इतिहास

में स्थान ही नहीं दिया या फिर तोड़-मरोड़कर पेश किया।

राजा के महल के पास ही एक मिशनरी स्कूल था। नेल्सन को आगे पढ़ने के लिए वहीं भेजा गया। यहाँ उसे खोसा इतिहास, अंग्रेजी और भूगोल पढ़ाया गया। उसके शिक्षक उसे पढ़ाने में बहुत दिलचस्पी लेते थे। सब बच्चे स्लेट पर स्लेटी से लिखते थे। दिन में वह स्कूल में पढ़ता और रात को उसकी एक चाची उसे होमवर्क कराने में मदद करतीं। इतना ध्यान दिए जाने और खुद के पढ़ने के शौक के कारण मंडेला एक तेज और अच्छा विद्यार्थी बन गया।

स्कूल से छुट्टी के बाद नेल्सन को घर के काम करने में बड़ा मजा आता। कभी वह भेड़ें चराता तो कभी हल चलाने का अभ्यास करता। उसे कपड़े प्रेस करना भी अच्छा लगता था। वह राजा के कपड़े बड़े चाव से प्रेस करता। रात को कई बार सब लोग मौज-मस्ती के लिए इकट्ठे होते। गाँव की युवतियाँ तालियाँ बजा-बजाकर गातीं तो सब बच्चे मिलकर उस ताल पर नाचते।

□

2

किशोर मंडेला

जुल्म का तख्ता पलटना हर स्वतंत्र आदमी की सबसे बड़ी आकांक्षा होती है।

–नेल्सन मंडेला

मंडेला के कबीले की परंपरा के मुताबिक सोलह साल का हो जाने पर किशोर को मर्द माना लिया जाता था, लेकिन यों ही नहीं। इसके लिए पूरी धूमधाम से एक रस्म होती थी, उस उम्र के सभी किशोरों के लिए। यह रस्म थी सुन्नत। सुन्नत नहीं तो मर्द नहीं। मर्द नहीं तो शादी नहीं कर सकता, किसी जायदाद का हकदार नहीं बन सकता, किसी किस्म के अनुष्ठान में हिस्सा नहीं ले सकता–यानी यह हर तरह से जरूरी थी। नेल्सन मंडेला और जस्टिस की जिंदगी में भी वह दिन आया। राजा जोगिनताबा ने तय किया कि अब ये दोनों किशोर इस रस्म के काबिल हो गए हैं। वे भी तैयार हो गए। उनके मन में मर्द बनने और मर्दों के समाज में शामिल होने का उत्साह था, हालाँकि वे थोड़ा घबराए हुए भी थे।

बाशे नदी के किनारे एक घाटी थी बलराहा। इस शांत, सुंदर स्थान को समारोह के लिए उपयुक्त माना गया। जस्टिस और नेल्सन के साथ

उनके हमउम्र 26 लड़कों को इस समारोह के लिए यहाँ लाया गया। इसे एक पवित्र धार्मिक अनुष्ठान माना जाता था। उनके लिए दो बड़ी फूस की झोंपड़ियाँ वहाँ पहले से तैयार कर दी गई थीं। परंपरा के मुताबिक इन किशोरों को एकांत में सबसे अलग रखा गया। फिर पूरे विधि-विधान से रस्म पूरी हुई। इसमें खुशी मनाने के लिए नाच-गाना भी हुआ और किशोरों को पवित्र करने के लिए उनको नदी में स्नान भी कराया गया।

मर्द बन गए तो उनका मर्दों की तरह आदर-मान होना ही चाहिए था। लिहाजा रस्म के मुताबिक उनका विशेष आदर किया गया। उनके सम्मान में फिर नाच-गाना हुआ। बड़े-बूढ़ों ने आशीर्वाद दिया और भेंटें भी दी गईं। नेल्सन को भी दो गायें और चार भेड़ें उपहार में मिलीं। इसके साथ ही वे सभी अधिकार भी मिले, जो किसी खोसा जाति के सदस्य को मिलते थे। जैसा कि स्वाभाविक ही था, किशोर नेल्सन को इससे गर्व का अनुभव हुआ। अब वह शान से मर्दों की बैठकों में शामिल हो सकता था और उम्मीद कर सकता था कि उसकी कही बात गंभीरता से सुनी जाएगी।

मर्द बन गए तो उनका मर्दों की तरह आदर-मान होना ही चाहिए था। लिहाजा रस्म के मुताबिक उनका विशेष आदर किया गया। उनके सम्मान में फिर नाच-गाना हुआ। बड़े-बूढ़ों ने आशीर्वाद दिया और भेंटें भी दी गईं। नेल्सन को भी दो गायें और चार भेड़ें उपहार में मिलीं। इसके साथ ही वे सभी अधिकार भी मिले, जो किसी खोसा जाति के सदस्य को मिलते थे।

बोर्डिंग स्कूल

राजा जोगिनताबा मंडेला से कहा करते थे–'याद रखो कि तुम आम आदमी की तरह गोरों की खदानों में काम करने या उनकी किसी दूसरे

किस्म की गुलामी करने के लिए पैदा नहीं हुए हो। तुम्हें अपने पिता की तरह थोंबू मुखियाओं का सलाहकार बनना है।' इसके लिए जरूरी है अच्छी पढ़ाई। पढ़ने और अपने उच्च कुल के मुताबिक कुछ कर दिखाने का शौक मंडेला को था ही, तिस पर जोगिनताबा की प्रेरणा, प्रोत्साहन और भरपूर सहायता भी उसे मिली थी। वह उत्साह से भर गया।

इसके बाद मंडेला के केजवैनी में अधिक दिन नहीं बीते। उसे जल्दी ही काल्र्कबेरी इंस्टीट्यूट के बोर्डिंग स्कूल में पढ़ने के लिए भेजा गया। यह बाशे नदी के पार केजवैनी से लगभग 60 मील की दूरी पर था। राजा जोगिनताबा खुद अपनी शानदार कार में उसे वहाँ छोड़ने गए। इससे पहले उसका भव्य विदाई समारोह हुआ। इसमें एक भेड़ काटी गई और पहली बार मंडेला के सम्मान में नाच-गाना हुआ। उसे राजा ने जूतों का एक जोड़ा उपहार में दिया। यह उसका पहला जूतों का जोड़ा था। गाँव में तो वह सदा दूसरे आम आदमियों की तरह नंगे पाँव ही चलता था।

इसके बाद मंडेला के केजवैनी में अधिक दिन नहीं बीते। उसे जल्दी ही काल्र्कबेरी इंस्टीट्यूट के बोर्डिंग स्कूल में पढ़ने के लिए भेजा गया। यह बाशे नदी के पार केजवैनी से लगभग 60 मील की दूरी पर था। राजा जोगिनताबा खुद अपनी शानदार कार में उसे वहाँ छोड़ने गए। इससे पहले उसका भव्य विदाई समारोह हुआ। इसमें एक भेड़ काटी गई और पहली बार मंडेला के सम्मान में नाच-गाना हुआ।

जोगिनताबा को यह स्कूल बहुत पसंद था। कभी खुद भी वे यहाँ पढ़े थे और उनका बेटा जस्टिस यहीं पढ़ रहा था। इसे सारे थैंबूलैंड में अफ्रीकियों की पढ़ाई के लिए सबसे अच्छा शिक्षा संस्थान माना जाता था। उन्होंने नेल्सन का स्कूल के प्रिंसिपल रेवरैंड हैरिस से परिचय कराया। किसी गोरे आदमी से इस तरह मिलने और हाथ मिलाने का

यह मंडेला का पहला मौका था। प्रिंसिपल उससे बहुत अच्छी तरह पेश आया और उसे महसूस हुआ कि वह अब एक महत्त्वपूर्ण व्यक्ति बन गया है। राजा ने स्कूल आते समय रास्ते में उसे यह शिक्षा दी थी कि खूब मन लगाकर पढ़ना, सबसे अच्छा व्यवहार करना और कोई ऐसा काम न करना, जिससे खानदान के नाम को बट्टा लगे। नेल्सन ने वादा किया कि वह उनकी शिक्षा का मान रखेगा और ऐसे काम करेगा, जिससे राजा का, उसका खुद का मान बढ़े। जोगिनताबा इससे खुश हुए।

इस स्कूल का जीवन गाँव के जीवन से एकदम भिन्न था। यह सिर्फ स्कूल ही नहीं था, इसमें टीचर्स टेनिंग कॉलेज भी था और बढ़ई, मिस्त्री आदि व्यावहारिक पेशे सिखाने का प्रबंध भी था। उसके गाँव के स्कूल के मुकाबले यह एक बहुत बड़ा संस्थान था, जिसके 20 भवन थे। इनमें कक्षाओं के अलावा पुस्तकालय और छात्रों के लिए डॉरमेंटरी आदि थीं। नेल्सन को पहले-पहल तो लगा कि उसकी दुनिया ही बदल गई है। नए वातावरण में अपने आपको व्यवस्थित करने और सहज होने में उसे कुछ सप्ताह लग गए।

इस स्कूल का जीवन गाँव के जीवन से एकदम भिन्न था। यह सिर्फ स्कूल ही नहीं था, इसमें टीचर्स टेनिंग कॉलेज भी था और बढ़ई, मिस्त्री आदि व्यावहारिक पेशे सिखाने का प्रबंध भी था। उसके गाँव के स्कूल के मुकाबले यह एक बहुत बड़ा संस्थान था, जिसके 20 भवन थे। इनमें कक्षाओं के अलावा पुस्तकालय और छात्रों के लिए डॉरमेंटरी आदि थीं।

इस शिक्षा संस्थान के लिए थैंबू राजा ने जमीन दी थी। इसलिए नेल्सन का खयाल था कि उसका राजवंश से संबंध होने के कारण यहाँ भी उसे विशेष आदर-मान मिलेगा; लेकिन जब ऐसी कोई बात न हुई तो उसे काफी हैरानी हुई। उसने देखा कि स्कूल में सबके साथ समानता का व्यवहार किया जाता है। कोई यहाँ पदवी या धन के कारण छोटा-बड़ा

नहीं है। इससे एक ओर जहाँ किशोर नेल्सन के अहं को विशेष सम्मान न मिलने से ठेस लगी, वहाँ यह संदेश भी मिला कि सबको समान समझना चाहिए। किसी की पदवी के कारण या वंश-वृक्ष के कारण उसे बड़ा नहीं माना जा सकता। इसी में यह संदेश भी छिपा था कि अगर समाज में मान-सम्मान पाने की इच्छा है तो खुद कुछ बनकर दिखाओ। इसने मंडेला को कड़ी मेहनत करके लायक बनने की प्रेरणा दी।

स्कूल में मंडेला को पहली बार ट्रेनिंग पाए अध्यापकों से पढ़ने का मौका मिला। उसकी एक अध्यापिका गैरूड नेलाब्थी बी.ए. की डिग्री हासिल करनेवाली पहली अफ्रीकी महिला थीं। एक अन्य अफ्रीकी अध्यापक बैन मैंसेला से भी नेल्सन बहुत प्रभावित हुए; लेकिन इन दोनों से प्रभावित होने के उसके अलग-अलग कारण थे। गैरूड मैडम से जहाँ नेल्सन उनके पढ़ाने के तरीके और विद्वत्ता के कारण प्रभावित हुए, वहीं मैंसेला से उनके साहस और बेबाकी के कारण। नेल्सन ने देखा कि अकेले वही ऐसे शिक्षक थे, जो अगर हैरी महोदय की किसी बात से सहमत न हों तो सीधे उनके मुँह पर अपना मतभेद प्रकट कर देते थे, जबकि दूसरे उनकी हर बात को ज्यों-का-त्यों मानने में ही अपनी बेहतरी समझते थे। इसने नेल्सन के मन में कहीं गहरे यह भावना भी भर दी कि सामने चाहे कोई हो, अगर कोई बात उचित नहीं लगती तो परिणाम की चिंता किए बिना उसका विरोध करो और अपने विचार निर्भयता से उसके सामने रखो।

स्कूल में मंडेला को पहली बार ट्रेनिंग पाए अध्यापकों से पढ़ने का मौका मिला। उसकी एक अध्यापिका गैरूड नेलाब्थी बी.ए. की डिग्री हासिल करनेवाली पहली अफ्रीकी महिला थीं। एक अन्य अफ्रीकी अध्यापक बैन मैंसेला से भी नेल्सन बहुत प्रभावित हुए; लेकिन इन दोनों से प्रभावित होने के उसके अलग-अलग कारण थे।

स्कूल में रहकर दूसरी चीज जो मंडेला ने सीखी, वह था अनुशासन और कठोर परिश्रम। ये दोनों ही गुण आगे चलकर उसके जीवन में बहुत काम आए। छोटी जगह से आने के कारण शुरू में मंडेला को वहाँ गँवार ही समझा जाता था। इस कमी से उसने वहाँ के तौर-तरीके सीख ही लेना काफी नहीं समझा। उसने सोचा कि इनसे आगे बढ़कर ही इस कमी को पूरा करना चाहिए। यहाँ उसने अंग्रेजी और इतिहास का अध्ययन किया। खेलों में उसे टेनिस और फुटबॉल बहुत पसंद थे। शुरू-शुरू में उसे इस स्कूल की पढ़ाई बहुत कठिन लगी। उसे लगता था कि कहीं फेल ही न हो जाए, पर फिर उसे राजा जोगिनताबा के वे प्रेरणादायक शब्द याद आ जाते कि 'वह कोई मामूली आदमी नहीं, जिसे गोरों की खदान में काम करना है।' पढ़-लिखकर उसे अपने पिता की तरह थैंबू मुखियाओं का सलाहकार बनना है। अपनी लगन और अध्यापकों के योग्य मार्ग-निर्देशन से वह जल्दी ही एक अच्छा विद्यार्थी बन गया। उसकी याददाश्त बहुत अच्छी थी। जो कुछ पढ़ता, उसे आसानी से याद कर लेता। उसने तीन साल का अपना जूनियर कोर्स दो साल में ही पूरा कर लिया।

स्कूल में रहकर दूसरी चीज जो मंडेला ने सीखी, वह था अनुशासन और कठोर परिश्रम। ये दोनों ही गुण आगे चलकर उसके जीवन में बहुत काम आए। छोटी जगह से आने के कारण शुरू में मंडेला को वहाँ गँवार ही समझा जाता था। इस कमी से उसने वहाँ के तौर-तरीके सीख ही लेना काफी नहीं समझा। उसने सोचा कि इनसे आगे बढ़कर ही इस कमी को पूरा करना चाहिए।

स्कूल में सब बच्चों को पढ़ने के अलावा कुछ शारीरिक परिश्रम भी करना होता था। नेल्सन ने भी यह काम हैरी महोदय के बगीचे में बागबानी करके किया। इस तरह उसे हैरी महोदय और उनके परिवार

के निकट आने का मौका मिला। उसे यह जानकर हैरानी हुई कि स्कूल में इतने सख्त नजर आनेवाले हैरी महोदय असल में कितने सरल और अच्छे इनसान थे। वे न सिर्फ नेल्सन से प्यार करते थे, बल्कि सभी अफ्रीकियों का हित चाहते थे। उनका विचार था कि उनका भला अच्छी शिक्षा पाने से ही हो सकता है, इसलिए उन्होंने अपनी जिंदगी अफ्रीकियों को शिक्षा देने में लगा दी थी। उनकी पत्नी भी बहुत भली और बच्चों से प्यार करनेवाली महिला थीं। वे बाग के काम करने के लिए आने पर नेल्सन का हमेशा हौसला बढ़ातीं और बढ़िया ताजा केक खिलाकर अपना स्नेह प्रकट करतीं। इससे नेल्सन को यह बात भी अच्छी तरह पता चल गई कि सभी गोरे एक समान न थे। बाग के काम करने के कारण उसका बागबानी से भी गहरा लगाव हो गया।

□

3

हीलटाउन में

स्वाधीनता प्राप्त करने के लिए कृतसंकल्प किसी भी देश की अत्याचार से पीड़ित जनता को संसार की कोई भी शक्ति रोक नहीं सकती।

—नेल्सन मंडेला

तीन साल की जूनियर स्तर की पढ़ाई दो साल में पूरी कर लेने के बाद नेल्सन मंडेला को स्वभावत: जिंदगी के अगले पड़ाव के लिए कदम बढ़ाना था। इसके लिए उसे ब्यूफोर्ट के वैसलीन कॉलेज में प्रवेश दिलाया गया। हीलटाउन के इस नगर की दो खूबियाँ थीं। एक तो यह शहर बहुत सुंदर और आधुनिक था; दूसरा, उसका प्रिय मित्र और राजा जोगिनताबा का बड़ा बेटा जस्टिस अब वहाँ पढ़ता था। उमनताता से 175 मील दूर इस शहर की मुख्य आबादी खोसा लोगों की ही थी। यहाँ के अफ्रीकन मिशन स्कूल में करीब 1,000 युवक-युवतियाँ साथ पढ़ते थे।

इस स्कूल में विद्यार्थियों को बहुत कड़े अनुशासन में रखा जाता था। हर दिन उनको सुबह 6 बजे उठना पड़ता था। नाश्ता करने के बाद वे 12.45 बजे तक पढ़ते थे। दोपहर के भोजन के बाद दोबारा पढ़ाई

का सिलसिला शुरू होता, जो शाम 5 बजे तक चलता। उन्हें खेलकूद और कसरत के लिए एक घंटे की मुहलत मिलती। उसके बाद रात का खाना खाने के बाद पढ़ने का सिलसिला शुरू होता, जो 9 बजे रात तक चलता। 9.30 बजे छात्रावास की बत्तियाँ बुझा दी जातीं और सब विद्यार्थी सो जाते।

बदलता नजरिया

हालाँकि यह एक खोसा शिक्षा संस्थान था, लेकिन इसमें देश भर से आए विद्यार्थी पढ़ते थे। हफ्ते के अंत में ये लोग अपनी-अपनी जाति के मुताबिक गुटों में इकट्ठे होते। नेल्सन को भी यह पसंद था। हालाँकि उसने एक ऐसा दोस्त भी बनाया, जो खोसा नहीं था और जिसकी बोली सोथो थी। इससे उसकी सोच में कुछ बदलाव आया।

एक और बात ने युवा नेल्सन की जातिवाद के बारे में संकुचित सोच को बदलने में अपनी भूमिका अदा की। उसके प्राणिशास्त्र के अध्यापक फ्रैंक लेबेनटेल भी सोथो भाषी थे, पर सभी छात्र उनको बहुत पसंद करते थे और दिल से उनका आदर करते थे। उनके बारे में एक और खास बात यह थी कि उन्होंने खुद खोसा न होते हुए भी उमनताता की एक खोसा युवती से शादी की थी।

एक और बात ने युवा नेल्सन की जातिवाद के बारे में संकुचित सोच को बदलने में अपनी भूमिका अदा की। उसके प्राणिशास्त्र के अध्यापक फ्रैंक लेबेनटेल भी सोथो भाषी थे, पर सभी छात्र उनको बहुत पसंद करते थे और दिल से उनका आदर करते थे। उनके बारे में एक और खास बात यह थी कि उन्होंने खुद खोसा न होते हुए भी उमनताता की एक खोसा युवती से शादी की थी। यह अफ्रीकियों में प्राय: अनहोनी-सी घटना थी, क्योंकि जाति से बाहर विवाहों का रिवाज वहाँ कतई न था। वहाँ हॉस्टल के वार्डन सोथो-भाषी थे। लेकिन सभी

छात्रों को वे बहुत प्रिय थे। उनका व्यवहार सबके साथ समान था। किसी तरह का भेदभाव कभी देखने को न मिला। वे बहुत मीठा बोलते थे और सभी विद्यार्थियों की शिकायतों को बड़े ध्यान से सुनकर उन्हें दूर करते थे।

धीरे-धीरे नेल्सन के मन में यह बात पैठने लगी कि खोसा और दूसरी जातियों के अफ्रीकियों में बहुत कुछ समान है। उनकी बहुत सी बातें मिलती-जुलती हैं। दूसरी जाति के लोगों में भी बहुत सी खूबियाँ हैं। इस शिक्षा संस्थान का वातावरण बहुत खुला होने और बाकियों से हिल-मिलकर रहने की सुविधा ने नेल्सन को यह नजरिया दिया; लेकिन अभी भी वह पूरी तरह से जाति-बंधन से अपने आपको मुक्त नहीं कर पाया।

धीरे-धीरे नेल्सन के मन में यह बात पैठने लगी कि खोसा और दूसरी जातियों के अफ्रीकियों में बहुत कुछ समान है। उनकी बहुत सी बातें मिलती-जुलती हैं। दूसरी जाति के लोगों में भी बहुत सी खूबियाँ हैं। इस शिक्षा संस्थान का वातावरण बहुत खुला होने और बाकियों से हिल-मिलकर रहने की सुविधा ने नेल्सन को यह नजरिया दिया; लेकिन अभी भी वह पूरी तरह से जाति-बंधन से अपने आपको मुक्त नहीं कर पाया। उस युवक के मन में अभी भी कहीं यह बात घर कर गई थी कि वह खोसा पहले है, अफ्रीकी बाद में। गोरों के बारे में भी उसकी सोच धीरे-धीरे बदल रही थी, क्योंकि यहाँ भी बहुत से ऐसे गोरे उसने देखे, जो बहुत अच्छा व्यवहार करनेवाले और सच्चे दिल से अफ्रीकियों का भला चाहनेवाले थे। खुद उसके स्कूल के प्रिंसिपल मि. आर्थर भी एक ऐसे ही अंग्रेज थे, जो अफ्रीकी बच्चों को शिक्षा देकर उनका जीवन सुधारने का काम बड़ी मेहनत और लगन से कर रहे थे। मंडेला अब ब्रिटिश संस्कृति को भी थोड़ा-बहुत

समझने लगा था और उसका युवा मन उससे प्रभावित हुए बिना न रहा।

नए स्कूल में आने पर नेल्सन का खेल-कूद का शौक भी कुछ बदला। दौड़ने और मुक्केबाजी में अब उसकी बहुत दिलचस्पी हो गई। इसने उसे छरहरे बदन का लेकिन मजबूत काठी का युवक बना दिया, जो किसी भी तरह की सख्त जिंदगी जी सकता था। शरीर की यह मजबूती आगे चलकर नेल्सन के बहुत काम आई, जब उसे गोरों की दी तरह-तरह की यातनाएँ सहनी पड़ीं और जेल की बहुत ही कठिन स्थितियों में रहकर अपना वक्त गुजारना पड़ा।

संघर्ष की प्रेरणा

हीलटाउन स्कूल की एक और घटना ने भी नेल्सन पर बहुत प्रभाव डाला। स्कूल में कई बार बाहर के लोग आकर विद्यार्थियों को संबोधित किया करते थे। एक बार ऐसे ही एक मेहमान के आने पर पढ़ाई की छुट्टी कर दी गई और सब छात्र-छात्राएँ हॉल में इकट्ठे हो गए। बताया गया कि क्रून मेघाई नाम के ये सज्जन खोसा कवि और इतिहासकार हैं। डॉ. वैलिंगटन की अगवानी में वे आए तो बड़े अजीब हुलिए में। उन्होंने अपने कबीले की बहुत तड़क-भड़कवाली पोशाक पहन रखी थी। हैरत में डालनेवाली बात यह थी कि वे अपने दोनों हाथों में दो भाले लिये हुए थे।

हीलटाउन स्कूल की एक और घटना ने भी नेल्सन पर बहुत प्रभाव डाला। स्कूल में कई बार बाहर के लोग आकर विद्यार्थियों को संबोधित किया करते थे। एक बार ऐसे ही एक मेहमान के आने पर पढ़ाई की छुट्टी कर दी गई और सब छात्र-छात्राएँ हॉल में इकट्ठे हो गए।

वैसे तो उनके बोलने का अंदाज कोई प्रभावकारी न था, लेकिन जो कुछ उन्होंने कहा, उसे सुनकर नेल्सन दंग रह गया। उन्होंने अफ्रीकी सभ्यता की श्रेष्ठता की बात तो कही ही, यहाँ तक कह डाला कि

पश्चिमी सभ्यता जटिलता और उधेड़बुन से भरी है। अफ्रीकी सभ्यता के साथ उसका संघर्ष अच्छाई का बुराई के साथ और स्वदेशी का विदेशी के साथ संघर्ष है। इस संघर्ष में एक दिन अफ्रीकी सभ्यता की अवश्य जीत होगी।

नेल्सन को कतई उम्मीद न थी कि कोई इस तरह खुलेआम ऐसी बातें करने का साहस जुटा सकता है, वह भी गोरों की मौजूदगी में। इस लिहाज से उसे कवि बहुत साहसी और स्पष्ट वक्ता लगे। बाकी विद्यार्थी भी उनके भाषण से प्रभावित हुए और उसकी समाप्ति पर सबने देर तक तालियाँ बजाकर उनकी प्रशंसा की। कवि के इस भाषण से मंडेला को अपने खोसा होने पर गर्व का अनुभव हुआ; पर साथ ही यह बात कुछ अखरी भी कि उन्होंने अपने सारे भाषण में खोसा जाति की ही ज्यादा प्रशंसा की थी और उसे ही श्रेष्ठ साबित करने की कोशिश की थी। अब तक मंडेला की विचारधारा काफी उदार हो चुकी थी। उसे यह संकुचित नजरिया बहुत भाया नहीं।

नेल्सन को कतई उम्मीद न थी कि कोई इस तरह खुलेआम ऐसी बातें करने का साहस जुटा सकता है, वह भी गोरों की मौजूदगी में। इस लिहाज से उसे कवि बहुत साहसी और स्पष्ट वक्ता लगे। बाकी विद्यार्थी भी उनके भाषण से प्रभावित हुए और उसकी समाप्ति पर सबने देर तक तालियाँ बजाकर उनकी प्रशंसा की।

इस घटना ने नेल्सन पर काफी असर डाला। उसके मन में यह बात कहीं गहरे पैठ गई कि अफ्रीकियों को अपने कष्टों से मुक्त होने के लिए संघर्ष का रास्ता अपनाना पड़ेगा और इसमें उनकी जीत अवश्य होगी।

□

4

कॉलेज का जीवन

मैं नस्लवादी नहीं! नस्लवाद से मुझे नफरत है, चाहे वह किसी श्वेत से आए या अश्वेत से।

–नेल्सन मंडेला

राजा चाहते थे कि नेल्सन को वैसी ही अच्छी और ऊँची शिक्षा मिले जैसी वह अपने बच्चों के लिए चाहते थे। यह अफ्रीकी संस्कृति का प्रभाव था या उस आदमी के चरित्र की विशेषता थी, जो अपने पर किए उपकार नहीं भूला था। वह उपकार करनेवाले की पत्नी को दिया वचन भी हर तरह से निभाना चाहता था कि अपने बच्चों और उसके बच्चे नेल्सन में किसी तरह का फर्क नहीं करेगा, न ही उसके बच्चे के लालन-पालन में किसी तरह की कमी रखेगा।

पूरे दक्षिण अफ्रीका में फोर्ट हेयर का यूनिवर्सिटी कॉलेज ऊँची शिक्षा का एकमात्र और सबसे अच्छा केंद्र था। सन् 1938 में नेल्सन ने वहाँ प्रवेश लिया और अपनी पढ़ाई पूरी लगन से शुरू कर दी। उसे खुशी थी कि अब वह दिन दूर नहीं जब वह अपने कबीले में सबसे ज्यादा पढ़ा-लिखा हो जाएगा और पिता की तरह मुखिया का सलाहकार होगा। राजा से नया सूट और जूते वगैरह पाकर भी उसे बहुत खुशी

हुई, जिससे उसे लगा कि अब वह समचुच बहुत चुस्त और आकर्षक नवयुवक बन गया है।

कॉलेज में सिर्फ 150 छात्र थे। इनमें से भी नेल्सन की जान-पहचान वाले 10-12 ही थे, जिनको वह पहले से जानता था। जैसा कि स्वाभाविक ही था, पहले तो इस आधुनिकता के माहौल में वह खुद को एक गँवार-सा महसूस कर रहा था, लेकिन जल्दी ही वह इसमें रम गया। उसकी दोस्ती अपने रिश्ते के भतीजे लेकिन उम्र में बड़े मातिंजामा से हो गई, जिसने न सिर्फ बड़े प्यार से उसे अपनाया, बल्कि अपने जेब-खर्च का एक हिस्सा भी हमेशा उसकी खुशी के लिए नेल्सन के साथ बाँटा। इसकी नेल्सन को जरूरत भी थी, क्योंकि राजा नेल्सन को या अपने बच्चों को किसी तरह का जेब-खर्च नहीं देते थे। शायद वे सोचते थे कि अतिरिक्त धन देने से बच्चे उसका दुरुपयोग कर सकते हैं। हीलटाउन की तरह फोर्ट हेयर की स्थापना भी सन् 1916 में स्कॉटलैंड के पादरियों ने की थी और इस पर ईसाई मिशनरियों का प्रभाव स्पष्ट था। यहाँ विद्यार्थियों को अपनी पढ़ाई के साथ-साथ ईश्वर के आदेश का पालन करने और धर्म के अनुसार आचरण करने की नसीहतें भी बराबर दी जाती थीं और उम्मीद की जाती थी कि हर छात्र उनका पालन पूरी आस्था से करेगा।

कॉलेज में सिर्फ 150 छात्र थे। इनमें से भी नेल्सन की जान-पहचान वाले 10-12 ही थे, जिनको वह पहले से जानता था। जैसा कि स्वाभाविक ही था, पहले तो इस आधुनिकता के माहौल में वह खुद को एक गँवार-सा महसूस कर रहा था, लेकिन जल्दी ही वह इसमें रम गया।

अपनी पहले साल की पढ़ाई में नेल्सन ने वहाँ अंग्रेजी, राजनीति-विज्ञान, आदिवासी प्रशासन व कानून का अध्ययन किया। यहाँ से स्नातक होने के बाद वह नागरिक सेवा में जा सकता था, जो किसी

भी अश्वेत अफ्रीकी के लिए उन दिनों बड़े फख्र की बात समझी जाती थी। अपने स्वभाव के अनुसार नेल्सन ने पूरी मेहनत और लगन से पढ़ना शुरू किया। इसके साथ ही वह स्टूडेंट्स क्रिश्चियन एसोसिएशन का सदस्य बन गया और पास के गाँव में 'रविवार स्कूल' में बाइबिल पढ़ाने लगा।

नेल्सन मंडेला को यह देखकर बहुत हैरानी हुई कि फोर्ट हेयर जैसे शिक्षा संस्थान में भी जूनियर और सीनियर छात्रों के बीच भेदभाव था। सीनियर अपने से जूनियर छात्रों को हीन समझते थे। उनका व्यवहार उनके साथ अच्छा न था। वहाँ हॉस्टल का बंदोबस्त करने के लिए एक कमेटी बनाई गई थी।

भेदभाव का विरोध

नेल्सन मंडेला को यह देखकर बहुत हैरानी हुई कि फोर्ट हेयर जैसे शिक्षा संस्थान में भी जूनियर और सीनियर छात्रों के बीच भेदभाव था। सीनियर अपने से जूनियर छात्रों को हीन समझते थे। उनका व्यवहार उनके साथ अच्छा न था। वहाँ हॉस्टल का बंदोबस्त करने के लिए एक कमेटी बनाई गई थी। सिर्फ सीनियर ही इसके सदस्य थे और वे मनमाना व भेदभाववाला व्यवहार करने से बाज नहीं आते थे। नेल्सन और उसके कुछ साथियों ने एक रात मिलकर तय किया कि हमें इसका विरोध करना चाहिए। ऐसी कमेटी बनाने की माँग करनी चाहिए, जिसमें सीनियर्स के साथ जूनियर विद्यार्थियों का भी प्रतिनिधित्व हो। शुरुआत के तौर पर उन्होंने सीनियर्स को हराकर अपनी खुद की कमेटी चुन ली, जिसमें मंडेला को भी एक जिम्मेदारी का पद दिया गया। इसके साथ ही खींचतान का सिलसिला शुरू हो गया। सीनियर विद्यार्थियों को उनका यह व्यवहार पसंद नहीं आया और उन्होंने इसका जोरदार विरोध किया। बात बढ़कर वार्डन तक पहुँची। उन्होंने जूनियर विद्यार्थियों को बुलाकर

समझाने की कोशिश की कि अपने रवैए में बदलाव लाएँ; पर वे टस से मस न हुए। इस पर वार्डन ने फैसला दिया कि वह सारे मामले से अपने को अलग करते हैं और विद्यार्थियों के इस विवाद में कतई दखल न देंगे। आखिरकार जीत जूनियर्स की हुई। यह युवक मंडेला का पहला संघर्ष था, जिसमें विजयी होने पर उसे बहुत खुशी हुई।

नए शिक्षा संस्थान में यों तो नेल्सन के कई अच्छे दोस्त बने, लेकिन सब से घनिष्ठ मित्रता विज्ञान के छात्र आलिवर टांबो से हुई, जो आजीवन बनी रही। ये दोनों ही अपने कॉलेज के दिनों में वाद-विवाद और भाषण देने में बहुत कुशल थे और इसके चलते विद्यार्थियों में बहुत जल्दी लोकप्रिय भी हो गए थे। इस दौरान दूसरा विश्वयुद्ध शुरू हो गया। मंडेला व उसके साथी समझते थे कि अफ्रीकियों को इसमें अंग्रेजों का साथ देना चाहिए। तभी फोर्ट हेयर में दक्षिण अफ्रीका के उपप्रधानमंत्री पधारे। उन्होंने वहाँ बड़ा ओजस्वी भाषण देकर पुरजोर अपील की कि अफ्रीकियों को इस युद्ध में अंग्रेजों का साथ देना चाहिए। उनकी दलीलें और बोलने का अंदाज युवा मंडेला को बहुत प्रभावशाली लगा। उनका मुख्य तर्क यह था कि इंग्लैंड पश्चिमी मूल्यों की रक्षा के लिए यह लड़ाई लड़ रहा था, जिसका समर्थन दक्षिण अफ्रीका भी करता था। लिहाजा दक्षिण अफ्रीका को इस नाते लड़ाई में इंग्लैंड का साथ देना चाहिए, क्योंकि यह किसी एक नस्ल की लड़ाई न होकर मूल्यों की लड़ाई थी। उनकी घुमावदार दलीलों में आकर युवक यह भी भूल गए कि वह वही गोरा है, जो दक्षिण अफ्रीका में उन पर

नए शिक्षा संस्थान में यों तो नेल्सन के कई अच्छे दोस्त बने, लेकिन सब से घनिष्ठ मित्रता विज्ञान के छात्र आलिवर टांबो से हुई, जो आजीवन बनी रही। ये दोनों ही अपने कॉलेज के दिनों में वाद-विवाद और भाषण देने में बहुत कुशल थे और इसके चलते विद्यार्थियों में बहुत जल्दी लोकप्रिय भी हो गए थे।

शासन करने और अत्याचार व अन्याय करने के लिए जिम्मेदार है। इस अन्याय व अत्याचार के एवज में वह सहायता व सहयोग माँग रहा था।

इन युवकों पर युद्ध का एक और प्रभाव यह भी पड़ा कि उनमें राजनीतिक चेतना पहले से कहीं ज्यादा आ गई। ये रोज रात को पढ़ाई के बाद युद्ध के समाचार और ब्रिटेन के तत्कालीन प्रधानमंत्री विंस्टन चर्चिल के भाषण सुनने के लिए रेडियो के पास बैठा करते थे। समाचारों व उनके विश्लेषणों ने उनमें एक नई जागरूकता ला दी। वे पहले से कहीं अधिक चैतन्य हो गए।

इस दौरान एक और घटना घटी, जिसका असर नेल्सन के युवा मन पर बहुत गहरा रहा। उसका एक दोस्त था–पाल महाबेन। नेल्सन ने उसे छुट्टियों में अपने पास बुला लिया था। एक दिन दोनों दोस्त उमताता गए। जब वे बाजार में घूम रहे थे तो वहाँ एक अंग्रेज ने पाल से कहा कि डाकखाने से उसके लिए डाक टिकट लाकर दे। पाल ने इससे साफ इनकार कर दिया।

दोस्त का हौसला

इस दौरान एक और घटना घटी, जिसका असर नेल्सन के युवा मन पर बहुत गहरा रहा। उसका एक दोस्त था—पाल महाबेन। नेल्सन ने उसे छुट्टियों में अपने पास बुला लिया था। एक दिन दोनों दोस्त उमताता गए। जब वे बाजार में घूम रहे थे तो वहाँ एक अंग्रेज ने पाल से कहा कि डाकखाने से उसके लिए डाक टिकट लाकर दे। पाल ने इससे साफ इनकार कर दिया। यह अनहोनी–सी बात थी। कोई भी गोरा किसी अश्वेत को कुछ भी काम करने को कह सकता था और अश्वेत को उसकी बात माननी पड़ती थी। आखिर वह शासक वर्ग से होता था। इनकार सुनकर वह गोरा आपे से बाहर हो गया। वह एक तो गोरा था, उस पर मजिस्ट्रेट भी था। एक नौजवान की क्या मजाल, जो उसकी बात न माने। वह बिगड़कर बोला कि तुम्हें

पता नहीं मैं कौन हूँ। इस पर पाल ने पलटकर जवाब दिया कि मुझे पता है, तुम कौन हो! और फिर अपनी बात स्पष्ट करते हुए कहा कि तुम बदमाश हो और कौन हो। वह गोरा धमकी देकर चला गया कि यह बदतमीजी तुम्हें बहुत महँगी पड़ेगी। दोस्त के इस साहस ने नेल्सन को बहुत प्रभावित किया और उसकी समझ में आया कि अगर हिम्मत हो तो गोरों की नाजायज हरकतों का उचित जवाब दिया जा सकता है।

बिखर गया सपना

मंडेला का एक अच्छी जिंदगी जीने का सपना अब पूरा होने वाला था। उसे लग रहा था कि अब ज्यादा दिन बाकी नहीं, जब वह एक सफल व्यक्ति बन जाएगा। वह ढेर सारा पैसा कमाएगा। कूनू में अपनी माँ के लिए एक अच्छा सा घर बनाएगा और उसे वह सारी सुख-समृद्धि व संपत्ति देगा, जो पिता के समय परिवार के पास थी। लेकिन किस्मत में शायद और ही कुछ लिखा था। नेल्सन को चुनाव होने पर विद्यार्थियों की कमेटी का सदस्य चुना गया, लेकिन उसने अपने साथियों के साथ वहाँ खराब भोजन दिए जाने के विरोध में इस्तीफा दे दिया। कॉलेज प्रशासन को यह बात बहुत अखरी। प्रिंसिपल डॉ. केर ने मंडेला को चेतावनी दी कि अगर उसने इस्तीफा वापस नहीं लिया तो उसे कॉलेज से निकाल दिया जाएगा। लेकिन इस पर भी युवक मंडेला अपने इरादे से टस-से-मस न हुआ। संघर्ष उसकी रगों में बस चुका

> *मंडेला का एक अच्छी जिंदगी जीने का सपना अब पूरा होने वाला था। उसे लग रहा था कि अब ज्यादा दिन बाकी नहीं, जब वह एक सफल व्यक्ति बन जाएगा। वह ढेर सारा पैसा कमाएगा। कूनू में अपनी माँ के लिए एक अच्छा सा घर बनाएगा और उसे वह सारी सुख-समृद्धि व संपत्ति देगा, जो पिता के समय परिवार के पास थी।*

था और अन्याय के सामने झुकना उसे अपमानजनक ही नहीं, गलत भी लगता था, फिर परिणाम चाहे जो हो।

प्रिंसिपल महोदय बहुत होशियार आदमी थे। उन्होंने यह कहकर बात टाल दी कि तुम इस पर दोबारा विचार कर सकते हो। अभी छुट्टियाँ रही हैं। घर जाओ और आराम से अपने फैसले पर गौर करो। अगर तुम इस्तीफा वापस लेने का फैसला करो तो कॉलेज आ सकते हो, वरना अपने आपको कॉलेज से निकाला गया समझो। यह अन्याय था, लेकिन न मानने का मतलब था अब तक के सारे किए-कराए और अपने कैरियर पर कुल्हाड़ी मारना। लेकिन प्रिंसिपल की बात मानने का मतलब था अपने साथियों के विश्वास को ठेस पहुँचाना, जिन्होंने उसे अपना नेता बनाया था। इसी पसोपेश में नेल्सन घर वापस आ गया। उसे यह डर भी खाए जा रहा था कि जब राजा को सारी बात पता चलेगी तो वे बहुत खफा होंगे। उनको नाराज करना उसे सबसे ज्यादा नागवार गुजर रहा था।

प्रिंसिपल महोदय बहुत होशियार आदमी थे। उन्होंने यह कहकर बात टाल दी कि तुम इस पर दोबारा विचार कर सकते हो। अभी छुट्टियाँ रही हैं। घर जाओ और आराम से अपने फैसले पर गौर करो। अगर तुम इस्तीफा वापस लेने का फैसला करो तो कॉलेज आ सकते हो, वरना अपने आपको कॉलेज से निकाला गया समझो।

□

5

बड़े शहर में

> **जिस संसद् में मेरे प्रतिनिधि नहीं हैं, उसके बनाए कानून का पालन करने के लिए मैं अपने आपको न तो नैतिक रूप से और न ही कानूनी तौर पर बाध्य मानता हूँ।**
>
> ***—नेल्सन मंडेला***

नेल्सन हमेशा छुट्टियों में केजवैनी आया करते थे। लेकिन इस बार वह परेशान से लौटे। मन में अन्याय की कसक थी। साथ ही यह डर भी कि राजा जोगिनताबा उनकी बात तो समझेंगे नहीं, उलटे छोटी सी बात पर अपना सारा कैरियर बरबाद करने के फैसले पर डाँटेंगे। हुआ भी ऐसा ही। राजा ने उसकी हरकतों को एक नौजवान की बेवकूफी ही माना। उन्होंने आदेश दिया कि सारी खुराफातों से बाज आ जाओ और छुट्टियाँ खत्म होते ही वापस जाकर पढ़ाई पूरी करो। राजा का इतना आदर-मान करनेवाले नेल्सन ने पलटकर कोई जवाब न दिया। चुपचाप मन मसोसकर रह गए।

राजा का बड़ा बेटा और उनका प्रिय साथी जस्टिस भी तभी घर आ गया। इससे नेल्सन के उदास मन को बहुत ढाढ़स बँधा। जस्टिस ने एक साल पहले ही पढ़ाई छोड़ दी थी। उसका मन पढ़ने की बजाय

खेल-कूद में ज्यादा लगता था और अब वह केपटाउन में रहता था। दोनों ने अपनी केजवैनी वाली दिनचर्या शुरू कर दी। नेल्सन अब बड़े हो गए थे। उनकी कानून की शिक्षा भी बड़े काम आ रही थी। उन्होंने राजा के कामों में उनकी मदद करनी शुरू कर दी। इससे राजा को बहुत संतोष हुआ। जब कभी वे कहीं बाहर जाते तो वहाँ का कामकाज सँभालने की जिम्मेदारी नेल्सन पर छोड़ते, जो अब एक गंभीर स्वभाव के समझदार नवयुवक बन चुके थे।

लेकिन तभी एक और घटना घटी, जिसने जस्टिस और नेल्सन दोनों को झकझोर दिया। एक दिन राजा जोगिनताबा ने दोनों युवकों को बुलाकर कहा कि अब उनकी उम्र विवाह योग्य हो गई है। इसलिए उन्होंने फैसला किया है कि दोनों की शादी कर देनी चाहिए।

शादी की आफत

लेकिन तभी एक और घटना घटी, जिसने जस्टिस और नेल्सन दोनों को झकझोर दिया। एक दिन राजा जोगिनताबा ने दोनों युवकों को बुलाकर कहा कि अब उनकी उम्र विवाह योग्य हो गई है। इसलिए उन्होंने फैसला किया है कि दोनों की शादी कर देनी चाहिए। उन्होंने कहा कि जिंदगी का कोई भरोसा नहीं, इसलिए मैं जल्दी ही यह काम करके अपनी जिम्मेदारी से मुक्त होना चाहता हूँ। अगर अफ्रीकी संस्कृति और रीति-रिवाजों के मुताबिक देखते तो यह फैसला किसी तरह से गलत न था। अफ्रीकी संस्कृति के मुताबिक राजा को अपने इन बच्चों से यह पूछने की भी जरूरत न थी कि वे उनके द्वारा चुनी लड़कियों को शादी के लिए पसंद भी करते हैं या नहीं, क्योंकि ऐसा तो कभी होता ही नहीं था। राजा ने उनके लिए बहुत अच्छे घराने की युवतियों को चुना था और सबकुछ तय कर दिया था।

जस्टिस और नेल्सन इस तरह के फैसले के लिए कतई तैयार न थे। उनको बाहर की दुनिया की हवा लग चुकी थी। एक तरफ वे

जहाँ अफ्रीकी संस्कृति व सभ्यता की रक्षा करने की बात करते थे, वहीं वे आधुनिकता की हवा लग जाने के बाद इस तरह की परंपरा में बँधने को तैयार न थे। ऐसी और भी बहुत सी मान्यताएँ थीं, जिनका वे अंदर-ही-अंदर विरोध करते थे, पर सामने कहने की हिम्मत न थी। लड़कियों के साथ पढ़ने और हँसने-बोलने का मौका पाने के बाद नेल्सन को यह बहुत अटपटा लग रहा था कि वे किसी अनजानी लड़की से शादी के लिए 'हाँ' कर दें; पर इस समस्या से छुटकारा पाएँ तो कैसे? नेल्सन ने सोचा कि क्यों न रानी से मिलकर उनसे सारी बात कहें; लेकिन उसके लिए भी हिम्मत नहीं जुटा पाए। पर उनको एक चाल सूझी। उन्होंने रानी से कहा कि राजा किसी अनजान लड़की से उनकी शादी करना चाहते हैं, लेकिन मुझे तो अपनी रिश्ते की एक लड़की बहुत पसंद है, जिसे मैंने महल में देखा है। मैं उससे शादी करना चाहता हूँ। जैसी कि उम्मीद थी, रानी को यह बात जँच गई। नेल्सन उनको बहुत पसंद था और अपनी रिश्ते की किसी लड़की के लिए उसके जैसा कुलीन और पढ़ा-लिखा, देखा-भाला वर मिले, इससे बढ़िया और क्या हो सकता था। उन्होंने नेल्सन को दिलासा दिया कि वे इस बारे में राजा से बात करेंगी। लेकिन नेल्सन की यह चाल भी कामयाब न हुई। राजा जोगिनताबा इसके लिए तैयार न हुए और अपने फैसले पर डटे रहे। जस्टिस को तो ऐसा कोई बहाना भी न मिला था। दोनों दोस्त बहुत निराश हुए। उन्होंने कई तरकीबें, बहाने सोचे, पर कोई

नेल्सन ने सोचा कि क्यों न रानी से मिलकर उनसे सारी बात कहें; लेकिन उसके लिए भी हिम्मत नहीं जुटा पाए। पर उनको एक चाल सूझी। उन्होंने रानी से कहा कि राजा किसी अनजान लड़की से उनकी शादी करना चाहते हैं, लेकिन मुझे तो अपनी रिश्ते की एक लड़की बहुत पसंद है, जिसे मैंने महल में देखा है। मैं उससे शादी करना चाहता हूँ।

जँचा नहीं। आखिरकार, यह तय हुआ कि घर से भाग जाना ही छुटकारे का एकमात्र उपाय है।

उन्होंने सारी योजना निहायत गुपचुप तरीके से बनाई और उचित मौके की तलाश में रहे। यह मौका भी उनको जल्दी ही मिल गया। राजा किसी काम से एक हफ्ते के लिए बाहर जा रहे थे। बस, दोनों ने उसका फायदा उठाकर रफूचक्कर होने का इरादा कर लिया। चुपचाप उन्होंने अपने-अपने सूटकेस तैयार कर लिये और दम साधकर अपनी योजना को अमल में लाने का इंतजार करने लगे। उन्होंने यह तक न सोचा कि परदेस में बिना पैसे के करेंगे क्या, रहेंगे कहाँ और खाएँगे क्या? इस समय तो सिर्फ सिर पर एक ही भूत सवार था कि शादी की सिर पर मँडराती मुसीबत से भाग छूटें। राजा के जाते ही उन्होंने उसके दो शानदार बैल ले जाकर एक व्यापारी को बेच दिए। व्यापारी उनको पहचानता था और उसे यकीन था कि लड़के राजा की आज्ञा से ही ऐसा कर रहे हैं।

उन्होंने सारी योजना निहायत गुपचुप तरीके से बनाई और उचित मौके की तलाश में रहे। यह मौका भी उनको जल्दी ही मिल गया। राजा किसी काम से एक हफ्ते के लिए बाहर जा रहे थे। बस, दोनों ने उसका फायदा उठाकर रफूचक्कर होने का इरादा कर लिया। चुपचाप उन्होंने अपने-अपने सूटकेस तैयार कर लिये और दम साधकर अपनी योजना को अमल में लाने का इंतजार करने लगे।

घर से भागे

बैलों के अच्छे पैसे मिले थे। इनसे आसानी से जोहांसबर्ग पहुँचा जा सकता था। दोनों दोस्त किराए की कार लेकर रेलवे स्टेशन पहुँचे और टिकट खरीदने लगे; पर वहाँ मैनेजर ने उनको टिकट देने से मना कर दिया। पूछने पर बोला कि राजा ने पहले ही कह रखा है कि अगर उसके लड़के कहीं का टिकट लेने आएँ तो उनको भगा देना। तुम लोग

जरूर घर से भागकर कहीं जा रहे हो। यह सब सुनकर वे सिर पर पैर रखकर भागे और अपनी किराए की कार के पास आकर ही दम लिया। उन्होंने ड्राइवर से कहा कि अगले स्टेशन पर ले चले, जहाँ इस तरह का कोई अंदेशा न था। वह स्टेशन केजवैनी से काफी दूर था। उनको वहाँ तक जाने का अतिरिक्त भाड़ा कारवाले को देना पड़ा; पर मरता क्या न करता। मन मारकर यह भी सह लिया। हालाँकि बैलों को बेचकर इतनी बड़ी रकम न मिली थी कि इस तरह खर्च की जाए।

अगले स्टेशन से उन्हें जो गाड़ी मिली, वह सिर्फ क्वींस टाउन तक जाती थी। उन्होंने फिलहाल यहाँ से निकलने में ही बेहतरी समझी। पर यह काम भी जोखिम से भरा था। तब के कानून के मुताबिक किसी भी अश्वेत के पास उसका पहचान-पत्र होना जरूरी था, जिसमें उसके बारे में सारा आवश्यक ब्योरा दर्ज होता था।

अगले स्टेशन से उन्हें जो गाड़ी मिली, वह सिर्फ क्वींस टाउन तक जाती थी। उन्होंने फिलहाल यहाँ से निकलने में ही बेहतरी समझी। पर यह काम भी जोखिम से भरा था। तब के कानून के मुताबिक किसी भी अश्वेत के पास उसका पहचान-पत्र होना जरूरी था, जिसमें उसके बारे में सारा आवश्यक ब्योरा दर्ज होता था। ये पहचान-पत्र उन दोनों के पास थे, लेकिन यात्रा के लिए और दस्तावेज भी जरूरी थे, जो उनके पास न थे। इससे फँसने का अंदेशा था। इसलिए वे सोचने लगे कि क्वींस टाउन में छिपकर किसी जान-पहचानवाले के यहाँ पहुँचें और मदद माँगें। तभी अचानक उन्हें राजा का भाई मिल गया। वह इन दोनों को बहुत पसंद करता था। उन्होंने कहानी सुनाकर कि राजा के काम से निकले हैं, उससे मदद की गुहार की। वह फौरन राजी हो गया।

वह उनको मजिस्ट्रेट के पास ले गया और आवश्यक दस्तावेज दोनों युवकों को देने के लिए कहा। मजिस्ट्रेट मान गया। उसने अपनी

मुहर लगाकर आज्ञापत्र दे दिए। लेकिन साथ ही बोला कि उमताता के मजिस्ट्रेट को इसकी जानकारी देनी भी जरूरी है कि मैंने आपके यहाँ के युवकों को आज्ञापत्र दिए हैं। जब उसने फोन मिलाया तो नेल्सन और जस्टिस की बदकिस्मती से राजा खुद किसी काम से उस मजिस्ट्रेट के यहाँ बैठे थे। उनको तो पहले ही अंदेशा था कि लड़के घर से भागने की फिराक में हैं, इसीलिए स्टेशन पर कह दिया था कि उनको कोई टिकट न दिए जाएँ। राजा ने उसी वक्त फोन पर क्वींस टाउन के मजिस्ट्रेट से कहा कि दोनों को गिरफ्तार कर लो।

यह एक नई मुसीबत थी; लेकिन इसमें नेल्सन की कानून की जानकारी काम आई। उन्होंने मजिस्ट्रेट से कहा कि यह सच है कि हमने झूठ बोलकर आप से दस्तावेज बनवाए। लेकिन हमने ऐसा कोई जुर्म नहीं किया है, जिसके आधार पर आप हमें गिरफ्तार करें। बात सही थी। इसलिए मजिस्ट्रेट सोच में पड़ गया और दोनों मौका देख वहाँ से रफूचक्कर हो गए। भागकर दोनों जस्टिस के एक दोस्त के पास पहुँचे और उसे अपनी सारी स्थिति सही-सही बता दी। उसने एक अंग्रेज महिला की कार में उनको जोहांसबर्ग ले जाने का बंदोबस्त कर दिया। इसके लिए इनको उसे 15 पाउंड की रकम अदा करनी पड़ी। इसके बाद उनके पास कुछ न बचता था। वे समझ रहे थे कि बुढ़िया उनकी मजबूरी का फायदा उठा रही है। लेकिन कोई चारा न देख उन्होंने हामी भर दी थी।

यह एक नई मुसीबत थी; लेकिन इसमें नेल्सन की कानून की जानकारी काम आई। उन्होंने मजिस्ट्रेट से कहा कि यह सच है कि हमने झूठ बोलकर आप से दस्तावेज बनवाए। लेकिन हमने ऐसा कोई जुर्म नहीं किया है, जिसके आधार पर आप हमें गिरफ्तार करें। बात सही थी। इसलिए मजिस्ट्रेट सोच में पड़ गया और दोनों मौका देख वहाँ से रफूचक्कर हो गए।

जोहांसबर्ग में

जोहांसबर्ग सोने की नगरी कहलाता था और दूसरी खासियतों के साथ-साथ इस बड़े शहर की खूबी इसकी सोने की खदानें थीं, जहाँ कोई-न-कोई काम मिलने की हमेशा उम्मीद की जा सकती थी। यहाँ रोजी के लिए कुछ काम पाने का जस्टिस के पास एक सहारा था। एक खदान के उच्च अधिकारी के नाम कुछ समय पहले राजा ने जस्टिस के लिए पत्र लिखा था कि उसे क्लर्क की नौकरी दे दी जाए। यह काम बड़ी इज्जतवाला समझा जाता था। जस्टिस जब वहाँ पहुँचा तो वह अधिकारी उससे बड़ी इज्जत से पेश आया। जस्टिस ने नेल्सन के बारे में बताया कि यह मेरा भाई है और इसे भी काम चाहिए। अधिकारी ने शक जाहिर किया कि राजा ने इसके बारे में तो कुछ नहीं लिखा था; पर जस्टिस के कहने पर वह मान गया। लिहाजा जस्टिस को क्लर्क की और नेल्सन को चौकीदार की नौकरी मिल गई। यह राजा का प्रभाव था, वरना उनको शायद खदान मजदूर का काम ही करना पड़ता।

जोहांसबर्ग सोने की नगरी कहलाता था और दूसरी खासियतों के साथ-साथ इस बड़े शहर की खूबी इसकी सोने की खदानें थीं, जहाँ कोई-न-कोई काम मिलने की हमेशा उम्मीद की जा सकती थी। यहाँ रोजी के लिए कुछ काम पाने का जस्टिस के पास एक सहारा था।

दोनों बहुत खुश थे कि फिलहाल रोटी और रहने का जुगाड़ तो हो गया। आगे क्या करना है, इस बारे में सोच लेंगे। पर उनकी यह खुशी ज्यादा टिकाऊ साबित न हुई। खदान अधिकारी पालिसो ने इस बीच लड़कों के वहाँ आने की खबर राजा को कर दी थी। एक दिन जब ये दोनों काम पर आए तो उसने इन्हें बुला भेजा। उसके बाद तो जैसे आसमान फट पड़ा। वह मारे गुस्से के आपे से बाहर हो रहा था, "तुम

लोगों ने मुझे धोखा दिया! यह देखो, इस तार में क्या लिखा है!" उसने अपनी मेज की दराज में से एक तार निकालकर उनके मुँह के आगे लहराया, मानो वह उनकी गिरफ्तारी का वारंट हो। तार राजा का था और उसमें लिखा था कि लड़कों को फौरन वापस भेजो। उस अधिकारी ने कहा कि अभी तुम्हें मेरा एक आदमी जाकर रेलगाड़ी में बैठाएगा। इस पर नेल्सन ने एतराज किया कि आप ऐसी जबरदस्ती नहीं कर सकते। हम बालिग हैं और अपनी मनमरजी के मालिक हैं। अगर हम यहाँ काम करना चाहते हैं तो आपको क्या परेशानी है? पर वह माना नहीं।

अब वहाँ से भाग छूटने के अलावा उनके पास और कोई चारा न था। अब वे दोबारा सड़क पर थे। अलबत्ता इस दौरान भुगतान में मिले कुछ पैसे उनके पास थे। जस्टिस और नेल्सन ने तय किया कि इस बार वे अपने लिए अलग-अलग काम खोजेंगे और फिर बाद में मिलेंगे। नेल्सन का एक चचेरा भाई गार्लिक मैकेनी जॉर्ज गोश उपनगर में रहता था। वह मामूली हैसियत का आदमी था और पटरी पर कपड़े बेचने का धंधा करता था। लेकिन उसके मन में अपने भाई नेल्सन के लिए प्यार था और उसके ऊँचे खानदान की वजह से आदर भी। नेल्सन ने उसे अपनी सारी समस्या बताई। यह भी बताया कि वह आगे पढ़कर वकालत करना चाहता है। गार्लिक ने उसे दिलासा दिया कि वह उसकी मदद करेगा। वह उसे किसी-न-किसी ऐसे आदमी से जरूर मिलवा देगा, जिससे उनका काम बन जाए।

अब वहाँ से भाग छूटने के अलावा उनके पास और कोई चारा न था। अब वे दोबारा सड़क पर थे। अलबत्ता इस दौरान भुगतान में मिले कुछ पैसे उनके पास थे। जस्टिस और नेल्सन ने तय किया कि इस बार वे अपने लिए अलग-अलग काम खोजेंगे और फिर बाद में मिलेंगे। नेल्सन का एक चचेरा भाई गार्लिक मैकेनी जॉर्ज गोश उपनगर में रहता था।

कुछ दिनों बाद गार्लिक ने नेल्सन को सिसुलू नाम के एक आदमी से मिलवाया। उसका धंधा तो प्रॉपर्टी एजेंट का था, लेकिन साथ ही नेतागिरी भी करता था। वह उसे काफी चलता-पुरजा लेकिन दिल का अच्छा लगा। सिसुलू ने उनकी सारी बात बहुत ध्यान से सुनी। इसके बाद व्यवहार-कुशल सिसुलू ने सलाह दी कि तुमको किसी वकालत की फर्म में कुछ काम कर लेना चाहिए। इससे तुम्हें आमदनी होगी, काम की जानकारी भी बढ़ेगी और साथ-साथ पढ़ाई करके वकील बनने की इच्छा भी पूरी कर सकोगे। नेल्सन को बात जँच गई। सिसुलू ने उसे एक गोरे वकील की कंपनी में काम दिलवा दिया।

नई जिंदगी की शुरुआत

जहाँ नेल्सन को काम मिला, हालाँकि वह गोरों की कंपनी थी, लेकिन वहाँ अश्वेतों को भी काम पर रखा जाता था। इस मेहरबानी का कारण यह था कि उस कंपनी के बहुत से अश्वेत मुवक्किल भी थे, जिनके दम पर कंपनी फल-फूल रही थी। बहरहाल नेल्सन को वहाँ दफ्तर में सहायक का काम मिल गया। कंपनी के मालिक ने उन्हें समझाया कि अच्छी पढ़ाई उनके अपने भविष्य के लिए और उनके देश के भविष्य के लिए भी जरूरी है। उनका तर्क यह था कि पढ़े-लिखे आदमी को ज्यादा दिन दासता में नहीं रखा जा सकता; क्योंकि उसमें स्वतंत्र रूप से सोचने की क्षमता होती है। इस कंपनी में काम करने पर नेल्सन

जहाँ नेल्सन को काम मिला, हालाँकि वह गोरों की कंपनी थी, लेकिन वहाँ अश्वेतों को भी काम पर रखा जाता था। इस मेहरबानी का कारण यह था कि उस कंपनी के बहुत से अश्वेत मुवक्किल भी थे, जिनके दम पर कंपनी फल-फूल रही थी। बहरहाल नेल्सन को वहाँ दफ्तर में सहायक का काम मिल गया।

को अलग-अलग कबीलों के अश्वेतों के अलावा बहुत से गोरों से भी मिलने का मौका मिला। उन्होंने देखा कि सब रंगभेद में उतना विश्वास न रखते थे। उनकी कंपनी के मालिक और कुछ अन्य मिलनेवालों ने भी पढ़-लिखकर अच्छा वकील बनने के लिए उनका उत्साह बढ़ाया। उनकी कंपनी के गोरे मालिक श्री सिडेलस्की बहुत अच्छे आदमी थे। नेल्सन को वे अकसर कई मामलों में राय देते और सफल व्यक्ति बनने के लिए प्रेरित करते। उन्होंने दफ्तर में पहनने के लिए उनको अपना एक पुराना सूट भी दिया।

नेल्सन ने अलेक्जेंड्रा में एक कमरा किराए पर ले लिया। यह घनी आबादी और तंग गलियोंवाला इलाका था। अश्वेतों की इस बस्ती में न बिजली थी, न पानी। नेल्सन को एक छोटे मकान में टीन की छतवाला झोंपड़ी के आकार का कमरा रहने को मिला, पर वे इससे बहुत संतुष्ट हुए। सारा दिन उनका दफ्तर में बीत जाता। रात को आकर अपनी पढ़ाई करते। उन्होंने शहर के विश्वविद्यालय में पत्राचार द्वारा बी.ए. करने के लिए प्रवेश ले लिया था। इसके बाद वे कानून की डिग्री प्राप्त कर सकते थे। कानून की कंपनी में काम करने का एक अतिरिक्त फायदा यह था कि कानून की डिग्री पाने के बाद उनके लिए वकालत करना आसान हो जाता; क्योंकि वहाँ के कानून के मुताबिक वकील बनने के लिए किसी कानून की कंपनी का अनुभव होना भी जरूरी था, जो नेल्सन को पढ़ाई के साथ-साथ मिल रहा था। इस तरह उनके लिए कमाई के साथ-साथ समय की बचत भी हो रही थी।

नेल्सन ने अलेक्जेंड्रा में एक कमरा किराए पर ले लिया। यह घनी आबादी और तंग गलियोंवाला इलाका था। अश्वेतों की इस बस्ती में न बिजली थी, न पानी। नेल्सन को एक छोटे मकान में टीन की छतवाला झोंपड़ी के आकार का कमरा रहने को मिला, पर वे इससे बहुत संतुष्ट हुए।

अपनी कंपनी में जिन लोगों के साथ नेल्सन की अच्छी दोस्ती हो गई, उनमें नेट ब्रेगमैन नाम का गोरा क्लर्क भी था। वह बहुत अच्छे स्वभाव का था। नेल्सन दफ्तर के काम के बारे में समय-समय पर उससे सलाह लेते रहते थे। वह हँसमुख स्वभाव का था और ब्रिटेन के प्रधानमंत्री चर्चिल एवं अमरीकी राष्ट्रपति रूजवेल्ट की बहुत अच्छी नकल उतारता था। कुछ समय बाद नेल्सन को पता चला कि वह कम्युनिस्ट पार्टी का सदस्य था। उसने नेल्सन को भी कम्युनिस्ट पार्टी के बारे में बहुत कुछ बताया। उसके सिद्धांतों की चर्चा समय-समय पर उनके साथ की। नेल्सन कई बार उसके साथ कुछ बैठकों या सभाओं में भी गए; पर अपने दोस्त के कहने और पार्टी के कुछ सिद्धांतों को पसंद करने के बावजूद वे उसके सदस्य बनने को तैयार न हुए। इसके दो कारण थे। एक तो श्री सिडैलस्की ने उनको बार-बार राजनीति से दूर रहने की सलाह दी थी। उनकी राय में राजनीति में भ्रष्टाचार और गंदगी का बोलबाला था। उसमें शामिल होना गुमराह होनेवाली बात थी। इस नसीहत का असर नेल्सन पर काफी पड़ा था। दूसरी वजह थी कम्युनिस्टों की नास्तिकता। नेल्सन की धर्म पर अटूट श्रद्धा थी और वे किसी ऐसी संस्था या पार्टी के साथ जुड़ना गवारा न कर सकते थे, जिसे ईश्वर की सत्ता में विश्वास न हो।

अपनी कंपनी में जिन लोगों के साथ नेल्सन की अच्छी दोस्ती हो गई, उनमें नेट ब्रेगमैन नाम का गोरा क्लर्क भी था। वह बहुत अच्छे स्वभाव का था। नेल्सन दफ्तर के काम के बारे में समय-समय पर उससे सलाह लेते रहते थे। वह हँसमुख स्वभाव का था और ब्रिटेन के प्रधानमंत्री चर्चिल एवं अमरीकी राष्ट्रपति रूजवेल्ट की बहुत अच्छी नकल उतारता था।

तंगहाली

हालात अच्छे न थे। तंगहाली का आलम यह था कि कई-कई दिन भूखे भी रहना पड़ता था, क्योंकि उस थोड़ी सी आमदनी में से नेल्सन को पढ़ाई की फीस और घर का किराया देने के बाद बहुत कम बचता था। एक बड़ा और जरूरी खर्चा मोमबत्तियों का भी था, जिनकी रोशनी में रात को नेल्सन पढ़ाई करते थे। उनके पास इतने पैसे न थे कि पढ़ने के लिए मिट्टी के तेल का एक लैंप खरीद लें। अलेक्जेंड्रा को गंदी बस्ती कहा जा सकता था। बिजली न होने की वजह से उसे कुछ लोग अँधेरी बस्ती भी कहते थे। इस अँधेरे में रात को आना भी खतरे से खाली न था। चोर-उचक्के मौका देखकर राहगीरों को लूट लेते थे। चारों तरफ गंदगी, गरीबी, बदहाली का वातावरण था। लेकिन इरादे मजबूत थे। एक अच्छा वकील बनने के रास्ते पर चल निकले थे तो मंडेला को यकीन था कि दुःख की धूप के आगे सुख का साया मिलेगा; फिर सारी परेशानियाँ दूर हो जाएँगी।

हालात अच्छे न थे। तंगहाली का आलम यह था कि कई-कई दिन भूखे भी रहना पड़ता था, क्योंकि उस थोड़ी सी आमदनी में से नेल्सन को पढ़ाई की फीस और घर का किराया देने के बाद बहुत कम बचता था। एक बड़ा और जरूरी खर्चा मोमबत्तियों का भी था, जिनकी रोशनी में रात को नेल्सन पढ़ाई करते थे।

हर सिक्के के दो पहलू होते हैं। इतनी परेशानियाँ थीं तो उनके साथ प्रेम और भाईचारा भी था। बस्ती क्या थी—एक बड़ा परिवार था, जहाँ ज्यादातर लोग एक-दूसरे की परेशानियाँ समझते थे। दुःख-दर्द में हमदर्दी दिखाते थे। अपनी हैसियत के मुताबिक भरसक मदद भी करते थे। नेल्सन के मकान मालिक भी ऐसे ही थे। वे कोई पैसेवाले लोग न

थे, लेकिन हर इतवार को नेल्सन को अपने यहाँ खाने के लिए बुलाना न भूलते और बड़े प्रेम से परिवार के सदस्य की तरह दोपहर का भोजन कराते। नेल्सन को भी इतवार का इंतजार रहता, क्योंकि हफ्ते में उसी एक दिन उनको परिवार का-सा एहसास होता। इतने कष्ट भरे जीवन के बावजूद उन्हें अलेक्जेंड्रा बहुत अच्छा लगता था। बाद में भी उन्होंने इस गंदी बस्ती को अपने घर की तरह याद किया।

□

6

राजनीति और प्यार

सही अर्थों में कानूनन सबके समान होने का मतलब है कि जो कानून हम पर लागू होते हैं, उन्हें बनाने में भागीदारी का अधिकार भी मिले।

–नेल्सन मंडेला

दक्षिण अफ्रीका में अश्वेत जिस तरह की गरीबी, दासता और उत्पीड़न की जिंदगी जी रहे थे, उसका असली एहसास नेल्सन को जोहांसबर्ग में आकर ही हुआ। अंग्रेज शासक न सिर्फ उनका शोषण करते थे, बल्कि ऐसे दमनकारी कानून भी बना रखे थे, जिनमें जकड़े जाकर कोई चैन की साँस भी नहीं ले सकता। मंडेला ऐसे बहुत से लोगों के संपर्क में आए, जो अपने देशवासियों को इससे मुक्ति दिलाने के लिए छटपटा रहे थे। अन्याय और उत्पीड़न क्या होता है, इसे नेल्सन ने यहीं रहकर प्रत्यक्ष देखा और अनुभव किया।

एक और चीज, जिसका अनुभव नेल्सन को हुआ, वह थी विभिन्न अफ्रीकी संस्कृतियों एवं कबीलों के निकट आना और उनको समझना। हालाँकि वहाँ बहुत से लोग अपने–अपने कबीलों के निकट रहना पसंद करते थे, लेकिन ऐसे लोगों की भी कमी न थी, जो इस भेदभाव को

नहीं मानते थे। नेल्सन की समझ में यह भी आ रहा था कि गोरे खदान मालिक कबीलों के इस भेदभाव को बनाए रखना चाहते हैं। वे नहीं चाहते थे कि अफ्रीकी कभी एक होकर उनका विरोध करें। शुरू में नेल्सन को भी अपने कबीले से अधिक लगाव था। उनके अपने कबीले के लोगों से ही उन्हें यहाँ आकर भी प्रेम और अपनापन मिला था। लेकिन धीरे-धीरे उन्होंने अनुभव किया कि दूसरे भी उन्हें चाहते हैं, बिना किसी स्वार्थ और भेदभाव के।

पहला प्यार

युवा नेल्सन का दिल भी अब हर जवान लड़के की तरह धड़कने लगा था। विपरीत सेक्स के लिए उसके मन में आकर्षण बढ़ने लगा था। शुष्क, नीरस और आर्थिक कष्टों से भरी संघर्षमय जिंदगी में प्यार का कोई छोटा सा अंकुर भी फूटे तो वह बहुत राहत देता है। ऐसा ही कुछ नेल्सन के साथ हुआ, जब उनकी दोस्ती ऐलेन नामक लड़की से हो गई।

युवा नेल्सन का दिल भी अब हर जवान लड़के की तरह धड़कने लगा था। विपरीत सेक्स के लिए उसके मन में आकर्षण बढ़ने लगा था। शुष्क, नीरस और आर्थिक कष्टों से भरी संघर्षमय जिंदगी में प्यार का कोई छोटा सा अंकुर भी फूटे तो वह बहुत राहत देता है। ऐसा ही कुछ नेल्सन के साथ हुआ, जब उनकी दोस्ती ऐलेन नामक लड़की से हो गई। वह खोसा न होकर स्वाजी थी। लेकिन इसका असर न तो ऐलेन के नेल्सन के प्रति आकर्षण पर हुआ, न नेल्सन के उसके प्रति। पास आने पर उन्हें यह भी महसूस हुआ कि अभी अफ्रीकियों में बहुत कुछ समान है, कुछ रीति-रिवाजों व भाषा के अलावा।

नेल्सन के पास जब भी समय होता, वे उसे ऐलेन के साथ घूमने

और बातचीत करने में बिताना पसंद करते। वह भी जब-तब उनसे मिलने के लिए आ जाती। उनकी इस मित्रता या प्रेम पर बहुत लोगों को आपत्ति थी, क्योंकि सभी खोसा समझते थे कि नेल्सन को केवल अपने कबीले की लड़कियों से ही दोस्ती या किसी भी तरह के संबंध रखने चाहिए; जबकि नेल्सन को यह भेदभाव पसंद न था। खासतौर पर इसलिए कि ऐलेन ने हमेशा उनके लिए सच्चे दिल से अपनापन जताया, अच्छी सलाह और प्रेरणा दी और जहाँ तक हो सका उनकी मदद भी की। लेकिन नेल्सन और ऐलेन का प्रेम परवान न चढ़ सका। वह कुछ महीनों बाद कहीं दूर चली गई और दोनों का संपर्क टूट गया।

वर्ष 1941 के अंत में राजा को पता चल गया कि नेल्सन कहाँ हैं। वे किसी काम से जोहांसबर्ग आए तो उसे भी मिलने के लिए उत्सुक हो गए। नेल्सन भी उनसे मिलकर अपने व्यवहार के लिए माफी माँगना चाहते थे। लेकिन इसकी नौबत नहीं आई। राजा ने उन्हें देखते ही गले से लगा लिया और प्रेमपूर्वक हालचाल पूछा। उन्होंने बीती बातों का न तो जिक्र किया और न ही किसी तरह का गिला-शिकवा किया। यह राजा जोगिनताबा की उदारता थी। वे हमेशा से दूसरों के विचारों का आदर करते थे और कभी अपनी सोच या आदेश किसी पर थोपते न थे। उन्होंने देख लिया था कि नेल्सन अपने बलबूते पर आगे बढ़ना चाहते हैं। जिस रास्ते पर वे बढ़ रहे हैं, वे भी सही है। राजा भी यही चाहते थे कि वे पढ़ें-लिखें और जीवन में सफल हों।

वर्ष 1941 के अंत में राजा को पता चल गया कि नेल्सन कहाँ हैं। वे किसी काम से जोहांसबर्ग आए तो उसे भी मिलने के लिए उत्सुक हो गए। नेल्सन भी उनसे मिलकर अपने व्यवहार के लिए माफी माँगना चाहते थे। लेकिन इसकी नौबत नहीं आई। राजा ने उन्हें देखते ही गले से लगा लिया और प्रेमपूर्वक हालचाल पूछा।

लेकिन बातचीत में उन्होंने जाहिर किया कि वह अपने बेटे जस्टिस को लेकर दु:खी हैं। वे चाहते थे कि जस्टिस केजवैनी लौट आए। उसकी वहाँ जरूरत थी। जस्टिस का यहाँ कोई भविष्य भी न था, जबकि वह उत्तराधिकारी के तौर पर अपने पिता के पद का अधिकारी था। नेल्सन भी मानते थे कि जस्टिस की स्थिति उनसे भिन्न थी; पर समस्या यह थी कि जस्टिस एक लड़की के प्रेमजाल में बुरी तरह फँस गए थे और किसी भी कीमत पर वापस लौटना नहीं चाहते थे। इस मुलाकात में नेल्सन को राजा काफी थके-हारे-से लगे। उनमें पहलेवाली चुस्ती और मजबूती उनको दिखाई न दी। जैसे कोई शरीर और मन दोनों से पस्त हो गया हो। इससे नेल्सन के दिल को ठेस लगी और लगा कि कहीं-न-कहीं जस्टिस और वे भी इसके लिए जिम्मेदार हैं।

नेल्सन को चैंबर्स ऑफ माइंस के मुखिया ने एक कमरा मुफ्त में रहने को दे दिया। इस जगह बहुत से अफ्रीकी कबीलों के लोग मिल-जुलकर रहते थे। वे अलग-अलग भाषाएँ बोलनेवाले थे; पर उनमें किसी तरह का भेदभाव न देख नेल्सन को हैरानी हुई। यह उनके लिए नया अनुभव था। वहाँ सभी जातियों के मुखिया आते रहते थे। उनसे मिलने का मौका भी नेल्सन को मिला। इससे उनके सोचने का दायरा और बड़ा हो गया।

नेल्सन को चैंबर्स ऑफ माइंस के मुखिया ने एक कमरा मुफ्त में रहने को दे दिया। इस जगह बहुत से अफ्रीकी कबीलों के लोग मिल-जुलकर रहते थे। वे अलग-अलग भाषाएँ बोलनेवाले थे; पर उनमें किसी तरह का भेदभाव न देख नेल्सन को हैरानी हुई। यह उनके लिए नया अनुभव था। वहाँ सभी जातियों के मुखिया आते रहते थे।

रानी की प्रेरणा

तभी एक और घटना घटी, जिसने नेल्सन को बहुत कुछ सोचने को मजबूर कर दिया। उनकी मुलाकात मोबीतोलैंड की रानी से हुई। वे सोथो भाषा बोलती थीं। नेल्सन उसे बहुत कम समझ पा रहे थे। तब रानी ने अंग्रेजी में बड़े प्यार से कहा कि जब तुम अपने लोगों की भाषा तक नहीं समझ-बोल सकते तो उनके वकील या नेता बनने की बात कैसे सोच रहे हो? इस छोटी सी, लेकिन व्यावहारिक बात ने नेल्सन पर बहुत गहरा असर किया। उनकी समझ में आया कि अगर किसी को अफ्रीकियों के अधिकारों के लिए लड़ना है तो पहले उसे सबको अपना समझना होगा। यह समझना होगा कि इनकी भाषाएँ या रीति-रिवाज भले ही कुछ अलग-अलग हों, ये हैं सभी अफ्रीकी। वे खुद को अब अफ्रीकी पहले और खोसा बाद में समझने लगे।

तभी एक और घटना घटी, जिसने नेल्सन को बहुत कुछ सोचने को मजबूर कर दिया। उनकी मुलाकात मोबीतोलैंड की रानी से हुई। वे सोथो भाषा बोलती थीं। नेल्सन उसे बहुत कम समझ पा रहे थे। तब रानी ने अंग्रेजी में बड़े प्यार से कहा कि जब तुम अपने लोगों की भाषा तक नहीं समझ-बोल सकते तो उनके वकील या नेता बनने की बात कैसे सोच रहे हो?

वर्ष 1942 में जस्टिस को राजा के देहांत की खबर मिली। नेल्सन और जस्टिस तुरंत केजवैनी के लिए रवाना हो गए। जस्टिस को तो अपने पिता की गद्दी और जिम्मेदारियाँ सँभालने के लिए केजवैनी में ही रहना था, पर नेल्सन वहाँ नहीं रुक सके। केजवैनी तो नहीं बदली थी, लेकिन उनके विचार और सोचने का नजरिया बदल चुका था। उन्होंने यहाँ तक महसूस किया कि उनका खोसा भाषा का उच्चारण भी वहाँ रहकर बदल गया था। अब उसमें

जूलू के उच्चारण का कुछ प्रभाव था। उनकी समझ में आ गया था कि उनका कार्यक्षेत्र अब जोहांसबर्ग ही है, जहाँ से जीवन के अगले लक्ष्यों को पाया जा सकता है।

उसी वर्ष नेल्सन ने दक्षिण अफ्रीका विश्वविद्यालय से पत्राचार से अपनी बी.ए. की डिग्री हासिल कर ली थी। उन्होंने कानून की पढ़ाई के लिए विटवाटरस्ट्रैड विश्वविद्यालय में प्रवेश ले लिया। अब मंजिल ज्यादा दूर नहीं लगती थी। नेल्सन को एक बार फिर लगने लगा कि अब वे इस लायक हो जाएँगे कि अपनी जिंदगी के सपने पूरे कर सकें।

नेल्सन के दफ्तर में एक अफ्रीकी श्री गौड रेडबे थे। वे नेल्सन से काफी बड़े थे। वे अधिक पढ़े-लिखे न थे, पर उनके पास जानकारी का खजाना था और हर स्थिति के प्रति एक नजरिया और अपने तरीके की सोच थी, जिसने नेल्सन को बहुत प्रभावित किया। नेल्सन ने इतिहास का अध्ययन किया था, लेकिन गौड साहब ने ऐतिहासिक घटनाओं की जो व्याख्या की और घटनाओं के घटने के पीछे जो कारण थे, उनका विश्लेषण किया तो नेल्सन को लगा कि असली इतिहास अब पढ़ रहे हैं। बाद में नेल्सन को पता चला कि गौड का अफ्रीकी समाज में काफी प्रभाव था और वे नेटिव टाउनशिप की सलाहकार समिति के सदस्य भी थे। उनके राजनीतिक रुझान और बाकी गतिविधियों के बारे में नेल्सन को धीरे-धीरे पता चला। गौड की जो बात नेल्सन को बहुत जँचती थी, वह यह कि अश्वेत लोगों को अपनी स्थितियों में सुधार लाने के

नेल्सन के दफ्तर में एक अफ्रीकी श्री गौड रेडबे थे। वे नेल्सन से काफी बड़े थे। वे अधिक पढ़े-लिखे न थे, पर उनके पास जानकारी का खजाना था और हर स्थिति के प्रति एक नजरिया और अपने तरीके की सोच थी, जिसने नेल्सन को बहुत प्रभावित किया।

लिए खुद ही कुछ करना होगा, दूसरों से अपने हित की उम्मीद रखना व्यर्थ होता है।

वे नेल्सन को अपने साथ अफ्रीकी नेशनल कांग्रेस की बैठकों में ले जाते थे। नेल्सन वहाँ एक श्रोता या दर्शक के तौर पर ही जाते। उन्होंने अभी राजनीति में किसी तरह का हिस्सा लेने या उससे वास्ता रखने का मन नहीं बनाया था। उनके सामने अभी तो उनका अपना लक्ष्य था–वकालत की पढ़ाई पूरी करके एक काबिल वकील बनना। लेकिन उनको इन सभाओं में व्यक्त किए जानेवाले विचार जँचते थे। इन बैठकों में गोरी सरकार की भेदभाव भरी नीतियों से लेकर बसों के किराए बढ़ाए जाने तक विभिन्न विषयों पर गरमागरम चर्चाएँ होती थीं। गौड ने नेल्सन को पढ़ने के लिए कई किताबें भी दीं, जिन्हें पढ़कर उनकी सोच में परिवर्तन आया।

वे नेल्सन को अपने साथ अफ्रीकी नेशनल कांग्रेस की बैठकों में ले जाते थे। नेल्सन वहाँ एक श्रोता या दर्शक के तौर पर ही जाते। उन्होंने अभी राजनीति में किसी तरह का हिस्सा लेने या उससे वास्ता रखने का मन नहीं बनाया था। उनके सामने अभी तो उनका अपना लक्ष्य था–वकालत की पढ़ाई पूरी करके एक काबिल वकील बनना।

दरअसल, मंडेला की सोच में यह परिवर्तन इतना किसी विचार-विमर्श, अध्ययन या इतिहास अथवा राजनीतिक विचारधारा को समझने से नहीं आया, जितना प्रत्यक्ष ज्ञान से आया। उन्होंने देखा और महसूस किया कि अफ्रीकियों के साथ किस तरह का भेदभाव बरता जा रहा है। किसी अफ्रीकी बच्चे का जन्म सिर्फ अफ्रीकियों के लिए नियत अस्पताल में ही होता था। दूसरे अस्पताल में जाने की इजाजत न थी। वह अफ्रीकियों के लिए तय बस्ती में ही रहता था। वह अफ्रीकियों के स्कूल में अफ्रीकियों के लिए नियत बस में सवार होकर जाता था। यही हाल रेलगाड़ियों का था। अफ्रीकी

सिर्फ अफ्रीकियों के लिए निर्धारित रेलगाड़ियों में ही सफर कर सकते थे। उन्हें कहीं भी, किसी भी समय माँगने पर अपना पहचान-पत्र या पास दिखाना पड़ता था। ऐसा न करने पर या पास न होने पर सजा हो सकती थी। इस तरह के रंगभेदी कानून उसकी गतिविधियों को एक शिकंजे में कस देते थे। ऐसे में किसी जाति के विकास या उन्नति की क्या संभावनाएँ थीं!

गौड के अलावा नेल्सन को वाल्टर सिसुलू ने बहुत प्रभावित किया। वे उनके स्वभाव की गंभीरता और संतुलित विचारों के कायल हो गए। उनके घर पर अकसर बैठकें होती थीं, जिनमें नेल्सन हिस्सा लेते थे। सिसुलू और गौड के निकट संपर्क में आने के बाद नेल्सन को लगा कि अफ्रीकी नेशनल कांग्रेस ही एक ऐसी संस्था है, जिसके सदस्य वास्तव में दक्षिण अफ्रीका की स्वाधीनता के लिए कृत-संकल्प हैं।

गौड के अलावा नेल्सन को वाल्टर सिसुलू ने बहुत प्रभावित किया। वे उनके स्वभाव की गंभीरता और संतुलित विचारों के कायल हो गए। उनके घर पर अकसर बैठकें होती थीं, जिनमें नेल्सन हिस्सा लेते थे। सिसुलू और गौड के निकट संपर्क में आने के बाद नेल्सन को लगा कि अफ्रीकी नेशनल कांग्रेस ही एक ऐसी संस्था है, जिसके सदस्य वास्तव में दक्षिण अफ्रीका की स्वाधीनता के लिए कृत-संकल्प हैं। विश्वविद्यालय की पढ़ाई के दौरान नेल्सन का संपर्क कई भारतीय विद्यार्थियों से हुआ। उनके विचार स्वाधीनता और उसे प्राप्त करने के उपायों के बारे में काफी परिपक्व थे। इसके अलावा, उनके व्यवहार में नस्लवाद की बू तक न थी। इसका नेल्सन पर बहुत असर पड़ा।

वर्ष 1943 में बसों का किराया बढ़ाए जाने के विरोध में अलेक्जेंड्रा में करीब 10 हजार लोगों ने विरोध प्रदर्शित करते हुए मार्च किया। मंडेला

भी इसमें शामिल थे। प्रदर्शन सफल रहा और बसों के किराए दोबारा से कम किए गए। इससे मंडेला के लिए इस विचार की पुष्टि हो गई कि संगठन में बड़ी शक्ति होती है और उसके बल पर जीत हासिल की जा सकती है।

युवा लीग

सिसुलू के प्रेरित करने पर मंडेला ने अफ्रीकी कांग्रेस की सदस्यता ले ली थी, लेकिन उसके अति शांतिप्रिय तरीके युवा मंडेला और उनके साथियों को बहुत धीमे लगते थे। वे संघर्ष में और तेजी लाना चाहते थे, अतः उन्होंने सन् 1944 में अफ्रीकी कांग्रेस युवा लीग का गठन किया। लैंबेडे इसके पहले अध्यक्ष बने। सिसुलू को कोषाध्यक्ष और ओलिवर टांबे को महासचिव चुना गया। नेल्सन मंडेला इसकी कार्यकारिणी के सदस्य बनाए गए, जिसका काम लीग की नीतियों और गतिविधियों का निर्धारण करना था।

सिसुलू के प्रेरित करने पर मंडेला ने अफ्रीकी कांग्रेस की सदस्यता ले ली थी, लेकिन उसके अति शांतिप्रिय तरीके युवा मंडेला और उनके साथियों को बहुत धीमे लगते थे। वे संघर्ष में और तेजी लाना चाहते थे, अतः उन्होंने सन् 1944 में अफ्रीकी कांग्रेस युवा लीग का गठन किया।

एवलीन से विवाह

वाल्टर सिसुलू के घर में नेल्सन की मुलाकात एक लड़की से हुई। उसका नाम एवलीन मेस था। वह श्रीमती सिसुलू की भानजी थी और उन्हीं के घर में रहती थी। दरअसल, उसके माता-पिता न थे। पिता एक खदान मजदूर थे और उनका उसके बचपन में ही देहांत हो गया था। जब वह बारह बरस की थी, तभी उसकी माता भी स्वर्ग सिधार गई। फिर वह अपने भाई के साथ सिसुलू के घर में आकर रहने लगी। उसे

राजनीति में कोई दिलचस्पी न थी। वह एक स्थानीय अस्पताल में नर्स की ट्रेनिंग ले रही थी और अपने काम से मतलब रखती थी। नेल्सन को उस लड़की की सादगी और भोलापन बहुत भा गया। वे उससे मुलाकातें करने लगे और दोनों की दोस्ती बढ़ते-बढ़ते प्यार में बदल गई। एक दिन नेल्सन ने उसके सामने विवाह का प्रस्ताव रखा। उसके मन में भी यही ख्वाहिश थी। लिहाजा दोनों ने खुशी-खुशी अदालत में बड़े सादे तरीके से शादी कर ली। दरअसल परंपरागत तरीके से शादी करने और दावत देने की हैसियत उनकी थी ही नहीं।

शादी की तो घर बनाना भी जरूरी था। पहले कुछ दिन तो वे लोग एवलीन के भाई के पास रहे, फिर पश्चिमी ऑरलैंडो में किराए का एक मकान लेकर रहने लगे। नेल्सन की वकालत की पढ़ाई पूरी नहीं हुई थी और वह अभी भी उसी कंपनी में अपनी छोटी सी नौकरी कर रहे थे, जिसमें गुजारा मुश्किल था। लेकिन एवलीन की तनख्वाह से किसी तरह गृहस्थी की गाड़ी चलने लगी। मंडेला के इस घर में बहुत छोटी सी रसोई थी। छत टीन की थी, लेकिन फर्श पक्के सीमेंट का था। सन् 1946 में उनकी पहली संतान एक बेटा हुआ, जिसका नाम मेदीबा थैंबेकल रखा गया। सब उसे प्यार से 'थैंबी' पुकारते थे। उसी साल उन्होंने एक अपेक्षाकृत बड़ा मकान किराए पर ले लिया। मंडेला अपने परिवार को नहीं भूले थे। वे अपनी बहन लीबी को वहाँ ले आए और हाई स्कूल

शादी की तो घर बनाना भी जरूरी था। पहले कुछ दिन तो वे लोग एवलीन के भाई के पास रहे, फिर पश्चिमी ऑरलैंडो में किराए का एक मकान लेकर रहने लगे। नेल्सन की वकालत की पढ़ाई पूरी नहीं हुई थी और वह अभी भी उसी कंपनी में अपनी छोटी सी नौकरी कर रहे थे, जिसमें गुजारा मुश्किल था। लेकिन एवलीन की तनख्वाह से किसी तरह गृहस्थी की गाड़ी चलने लगी।

में पढ़ाई के लिए प्रवेश दिला दिया। घर थोड़ा बड़ा होने के कारण अब वहाँ मेहमान भी आने लगे थे। राजनीति और वकालत की पढ़ाई दोनों साथ-साथ चल रहे थे; लेकिन इसके साथ ही नेल्सन अपने परिवार का भी यथासंभव ध्यान रखते थे। वे समय निकालकर अपने बेटे को प्यार करना कभी न भूलते।

□

7

नेतृत्व की शुरुआत

> **नस्लवाद को उखाड़ फेंकने और लोकतंत्र की स्थापना का एक ही रास्ता है—समझौता-रहित व दृढ़ जन-संघर्ष।**
>
> ***—नेल्सन मंडेला***

सन् 1940 और 1950 के बीच जैसे-जैसे दक्षिण अफ्रीकी सरकार की दमन नीतियों में बढ़ोतरी होती गई, नेल्सन मंडेला के दिल में उसका विरोध करने की इच्छा भी जोर पकड़ती गई। दूसरे महायुद्ध की समाप्ति पर मंडेला और उनके साथियों को लगा कि अब स्थितियाँ बदलेंगी और अश्वेत अफ्रीकियों को भी राष्ट्रीय चुनावों में वोट देने का अधिकार दिया जाएगा; लेकिन सरकार इसके लिए तैयार न थी। दरअसल अश्वेतों का शोषण करके अधिक-से-अधिक लाभ कमाने के लिए यथास्थिति बनाए रखना जरूरी था। युद्ध के बाद अधिक औद्योगीकीकरण का दौर आया। विदेशी निवेश की संभावनाएँ भी बढ़ीं और उसके साथ ही दक्षिण अफ्रीका के उद्योगों पर कब्जा जमाए गोरों का लालच भी बढ़ा।

1945 में अफ्रीकी नेशनल कांग्रेस का वार्षिक अधिवेशन हुआ। इसमें अश्वेतों को वोट देने के अधिकार की माँग की गई। रंगभेद का अंत करने और कुछ खास नौकरियों या कामों को सिर्फ गोरों के लिए

निर्धारित करने की नीति का भी विरोध किया गया। मंडेला और अफ्रीकी नेशनल कांग्रेस की युवा लीग के कई अन्य सदस्य इस प्रस्ताव का पुरजोर समर्थन कर रहे थे, जो सरकार को खुली चुनौती देने के समान था। इसने अफ्रीकी नेशनल कांग्रेस को संघर्ष की राह पर और आगे बढ़ाया।

खान मजदूरों की हड़ताल

सन् 1946 में अफ्रीकी खान मजदूर यूनियन ने खान मजदूरों के शोषण का विरोध करते हुए हड़ताल करा दी। उन दिनों किसी खान मजदूर को 2 शिलिंग रोज के हिसाब से दिहाड़ी मिलती थी। यूनियन की माँग थी कि इसे बढ़ाकर 10 शिलिंग किया जाए। इसके अलावा यूनियन की माँग थी कि मजदूरों के रहने का बेहतर बंदोबस्त होना चाहिए और उनको साल में एक बार तनख्वाह के साथ दो हफ्ते की छुट्टी दी जानी चाहिए। इस सारे संघर्ष में कम्युनिस्ट पार्टी के सदस्यों की भूमिका मुख्य रही। यह दक्षिण अफ्रीका के इतिहास की सबसे बड़ी हड़ताल थी। इसमें 70 हजार खदान मजदूरों ने हिस्सा लिया और इसके फलस्वरूप 19 खदानों में काम ठप्प हो गया। सरकारी दमन चक्र चला। लेकिन मजदूर अपनी माँगों को लेकर हड़ताल पर डटे रहे। फिर गोरी सरकार ने हड़ताल भंग करने के लिए सेना का सहारा लिया। सेना की गोलीबारी में 9 लोग मारे गए और 1,200 के करीब घायल हुए।

सन् 1946 में अफ्रीकी खान मजदूर यूनियन ने खान मजदूरों के शोषण का विरोध करते हुए हड़ताल करा दी। उन दिनों किसी खान मजदूर को 2 शिलिंग रोज के हिसाब से दिहाड़ी मिलती थी। यूनियन की माँग थी कि इसे बढ़ाकर 10 शिलिंग किया जाए।

यह हड़ताल एक सप्ताह तक चली। सरकार ने सभी मजदूर नेताओं को गिरफ्तार कर लिया। उनके दफ्तर तोड़ डाले गए और हड़ताल को

बेरहमी से कुचल दिया गया। नेल्सन ने यह सब बहुत निकट से देखा था। इसका उन पर गहरा असर पड़ा। एक तो जिस बेरहमी से हड़तालियों के साथ सरकार पेश आई, उससे गोरी सरकार के प्रति उनके मन में आक्रोश कहीं ज्यादा बढ़ा; दूसरा, हालाँकि हड़ताल विफल रही थी, उन्होंने संगठन की शक्ति को देखा था। जिस बहादुरी से खान मजदूरों ने दमन का सामना किया, उससे उनको विश्वास हो गया कि अफ्रीकियों में संघर्ष करने का माद्दा है और अगर वे आज असफल हुए हैं तो कल सफल भी होंगे। तीसरी खास बात यह हुई कि वे हड़ताल के दौरान कुछ मजदूर नेताओं के बहुत निकट आए और उनके क्रांतिकारी विचारों से प्रभावित हुए। उनके निकट आकर उन्होंने इस तरह के आंदोलन चलाने की प्रक्रिया के व्यावहारिक स्वरूप को भी देखा।

सन् 1946 में सरकार ने एशियाटिक लैंड टेन्योर ऐक्ट पास करके अपनी नृशंसता का एक और उदाहरण पेश किया। जो सरकार अब तक अश्वेत अफ्रीकियों पर ही अंकुश लगा रही थी, उसने इस ऐक्ट के तहत वहाँ रहनेवाले भारतीयों की रही-सही स्वाधीनता भी छीन ली। इसके मुताबिक उन क्षेत्रों को निर्धारित कर दिया गया, जहाँ भारतीय रह सकते थे या कोई काम-धंधा कर सकते थे।

सन् 1946 में सरकार ने एशियाटिक लैंड टेन्योर ऐक्ट पास करके अपनी नृशंसता का एक और उदाहरण पेश किया। जो सरकार अब तक अश्वेत अफ्रीकियों पर ही अंकुश लगा रही थी, उसने इस ऐक्ट के तहत वहाँ रहनेवाले भारतीयों की रही-सही स्वाधीनता भी छीन ली। इसके मुताबिक उन क्षेत्रों को निर्धारित कर दिया गया, जहाँ भारतीय रह सकते थे या कोई काम-धंधा कर सकते थे। उनके भू-संपत्ति खरीदने पर भी पाबंदी लगा दी गई। दक्षिण अफ्रीका में रहनेवाले अनिवासी भारतीयों पर इसकी तीव्र प्रतिक्रिया हुई।

उन्होंने जवाब में जबरदस्त सत्याग्रह छेड़ दिया, जो दो साल तक चला। भारतीय नेता डॉ. दादू और वाल्टर नायकर आंदोलन की अगुआई कर रहे थे। सत्याग्रह के दौरान भारतीयों ने रैलियाँ आयोजित कीं और गोरों के लिए आरक्षित जमीन पर कब्जा करके वहाँ धरना दिया। सरकार ने आंदोलन के नेताओं सहित करीब 2,000 सत्याग्रहियों को जेल में ठूँस दिया। नायकर और डॉ. दादू को छह-छह महीने की सजा सुनाई गई। सरकार ने इस आंदोलन को भी अपने दमन-चक्र से कुचल दिया; लेकिन मंडेला सहित बहुत से अश्वेतों पर इसका गहरा असर पड़ा। एक तो उनकी समझ में यह आया कि केवल बैठकें करना और सरकार की आलोचना करना ही काफी नहीं है। इसके लिए अहिंसात्मक संघर्ष कैसे चलाया जाता है, यह उन्होंने भारतीयों से सीखा। भारतीय नर-नारी जिस बहादुरी से इस आंदोलन में शरीक हुए और जिस निडरता से उन्होंने अन्याय का विरोध करते हुए स्वयं को गिरफ्तार करवाया, वह अफ्रीकियों के लिए एक अनुकरणीय उदाहरण था। दक्षिण अफ्रीका में अल्प संख्या में रहकर भी अगर भारतीय सरकार पर इस तरह दबाव बना सकते थे, तो संगठित होकर आंदोलन करके अफ्रीकी भी सफल हो सकते थे यानी भारतीयों के आंदोलन की यह विफलता उनको निराश करनेवाली न होकर प्रेरणादायक ही लगी।

भारतीय नर-नारी जिस बहादुरी से इस आंदोलन में शरीक हुए और जिस निडरता से उन्होंने अन्याय का विरोध करते हुए स्वयं को गिरफ्तार करवाया, वह अफ्रीकियों के लिए एक अनुकरणीय उदाहरण था। दक्षिण अफ्रीका में अल्प संख्या में रहकर भी अगर भारतीय सरकार पर इस तरह दबाव बना सकते थे, तो संगठित होकर आंदोलन करके अफ्रीकी भी सफल हो सकते थे..

नेल्सन मंडेला ने इस आंदोलन का निकट से निरीक्षण करके न

केवल सत्याग्रहियों के पक्ष को देखा, बल्कि सरकार के दमन-चक्र का भी बारीकी से अध्ययन किया। उनकी समझ में आया कि सरकार किसी भी आंदोलन और आंदोलनकारियों के खिलाफ क्या-क्या कदम उठा सकती है। किसी आंदोलन को विफल करने के लिए वह क्या हथकंडे अपनाती है। इस प्रक्रिया में इसका तोड़ क्या हो सकता है, उन्होंने यह सोचना भी शुरू दिया। आंदोलन के नेताओं ने किस तरह उसका नेतृत्व किया और कैसे दो साल तक सत्याग्रहियों का हौसला बनाए रखा, इसका भी प्रत्यक्ष ज्ञान उनको मिला।

लैंबेडे की अचानक मौत हो जाने से अफ्रीकी नेशनल कांग्रेस की युवा लीग को भारी आघात पहुँचा। इस शोक से उबरने के बाद पीटर मदा ने युवा लीग की बागडोर सँभाली। वे लैंबेडे के मुकाबले कहीं अधिक उदार विचार रखते थे। मदा के नेतृत्व में युवा लीग ने घोषणा की कि दूसरे उत्पीड़ित वर्गों के साथ मिलकर सरकार के विरुद्ध संघर्ष करना एक अच्छी रणनीति रहेगी।

गठजोड़ की रणनीति

लैंबेडे की अचानक मौत हो जाने से अफ्रीकी नेशनल कांग्रेस की युवा लीग को भारी आघात पहुँचा। इस शोक से उबरने के बाद पीटर मदा ने युवा लीग की बागडोर सँभाली। वे लैंबेडे के मुकाबले कहीं अधिक उदार विचार रखते थे। मदा के नेतृत्व में युवा लीग ने घोषणा की कि दूसरे उत्पीड़ित वर्गों के साथ मिलकर सरकार के विरुद्ध संघर्ष करना एक अच्छी रणनीति रहेगी। कम्युनिस्टों ने खान हड़ताल में और भारतीयों ने अपने सत्याग्रह आंदोलन में अन्याय का विरोध करने की अपनी ताकत का जो प्रदर्शन किया था, उससे ये लोग काफी प्रभावित हुए थे। लिहाजा अफ्रीकी नेशनल कांग्रेस ने दो भारतीय गुटों और एक अश्वेत गुट के साथ मिलकर गोरी सरकार के खिलाफ संघर्ष करने के

लिए एक समझौते पर हस्ताक्षर किए। मंडेला और उनके कुछ निकट सहयोगी इस तरह के समझौते के खिलाफ थे, पर इस बारे में उनकी चली नहीं।

मंडेला का मानना था कि अश्वेत दक्षिण अफ्रीकियों को अपनी सारी लड़ाई सिर्फ अपने बलबूते पर लड़नी चाहिए। यह उनकी अपनी स्वाधीनता की लड़ाई थी। इसमें दूसरों को शामिल करने से उद्देश्य में अंतर आता था, क्योंकि अन्य वर्गों के उद्देश्य भिन्न थे। उनका तर्क था कि भारतीयों की अपनी मातृभूमि है। वे यहाँ केवल अपने विरुद्ध भेदभाव के लिए संघर्ष कर रहे हैं, जबकि अफ्रीकियों को अपनी मातृभूमि को दासता से मुक्त कराने के लिए लड़ना है। इसी तरह दूसरे वर्गों के उद्देश्य भी भिन्न थे। एक आशंका उनको यह भी थी कि इस तरह का गठजोड़ होने पर कोई दूसरा वर्ग अफ्रीकी नेशनल कांग्रेस पर हावी भी हो सकता है, जो उनके संगठन के लिए हितकर न होगा।

मंडेला का मानना था कि अश्वेत दक्षिण अफ्रीकियों को अपनी सारी लड़ाई सिर्फ अपने बलबूते पर लड़नी चाहिए। यह उनकी अपनी स्वाधीनता की लड़ाई थी। इसमें दूसरों को शामिल करने से उद्देश्य में अंतर आता था, क्योंकि अन्य वर्गों के उद्देश्य भिन्न थे। उनका तर्क था कि भारतीयों की अपनी मातृभूमि है।

लिहाजा ट्रांसवाल की कार्यकारिणी के सदस्य की हैसियत से नेल्सन मंडेला ने बहुदलीय गठजोड़ और उसके तहत छेड़े गए संयुक्त अभियान का जोरदार विरोध किया। उनको ऐसा लग रहा था कि इस आंदोलन में अफ्रीकी नेशनल कांग्रेस उन्हें स्पष्टतः नेतृत्व करती दिखाई नहीं दे रही थी और उनके मन में आशंका थी कि आंदोलन कहीं कांग्रेस के हाथ से न निकल जाए, जिसका उनके अपने देशवासियों पर गलत प्रभाव पड़ सकता है। नेल्सन के तर्क

में दम था, क्योंकि जब तक अफ्रीकी नेशनल कांग्रेस स्पष्ट रूप से सारे अश्वेत दक्षिण अफ्रीकियों का नेतृत्व करनेवाली सशक्त पार्टी नहीं बन जाती, तब तक उसे उतना बड़ा जन-समर्थन नहीं मिल सकता था, जिसके दम पर नेल्सन आगे स्वाधीनता की लड़ाई लड़ना चाहते थे। नेल्सन को अन्य वर्गों के संघर्ष के साथ पूरी हमदर्दी थी; लेकिन वे यह सहन नहीं कर सकते थे कि कोई दूसरा वर्ग उनकी पार्टी पर हावी हो जाए या उससे नेतृत्व छीन ले। वे चाहते थे कि जो भी संघर्ष हो, उसका स्पष्ट और एकमात्र नेतृत्व अफ्रीकी नेशनल पार्टी के हाथों में होना चाहिए। इसके लिए मंडेला ने अपने समान विचारोंवाले सहयोगियों के साथ मिलकर इस तरह के अभियान का उग्र विरोध किया। उन्होंने इससे संबंधित पोस्टर फाड़ डाले। यहाँ तक कि मंच पर बोलनेवाले दूसरे वर्गों के वक्ताओं के हाथ से माइक तक छीन लिये।

1948 में राष्ट्रीय चुनाव हुए तो नेल्सन और उनके सहयोगियों ने कोई विशेष ध्यान नहीं दिया। वे अपनी पार्टी के अंतर्विरोधों में व्यस्त थे। चुनावों में वोट देने का अधिकार सिर्फ गोरों को था, इसलिए अधिकतर अफ्रीकी इस तरफ कम ही ध्यान देते थे। हालाँकि कौन सी पार्टी जीतती है और किसकी सरकार क्या नीतियाँ अपनाएगी, इसका उनके जीवन पर बहुत प्रभाव पड़नेवाला था।

1948 के चुनाव

1948 में राष्ट्रीय चुनाव हुए तो नेल्सन और उनके सहयोगियों ने कोई विशेष ध्यान नहीं दिया। वे अपनी पार्टी के अंतर्विरोधों में व्यस्त थे। चुनावों में वोट देने का अधिकार सिर्फ गोरों को था, इसलिए अधिकतर अफ्रीकी इस तरफ कम ही ध्यान देते थे। हालाँकि कौन सी पार्टी जीतती

है और किसकी सरकार क्या नीतियाँ अपनाएगी, इसका उनके जीवन पर बहुत प्रभाव पड़नेवाला था। पर दूसरों की तरह खुद नेल्सन का भी खयाल था कि कोई जीते, कोई हारे—इससे हमें क्या फर्क पड़ता है। सब एक से हैं। फर्क तब पड़ा जब चुनाव में नेशनलिस्ट पार्टी जीत गई। खुद मंडेला चौंक उठे और चिंता में पड़ गए। नेशनलिस्ट पार्टी ने रंगभेद के आधार पर ही चुनाव लड़ा था और अब निश्चित था कि वह श्वेत एवं अश्वेतों के बीच अलगाव और भेदभाव की अपनी नीतियों को लागू करनेवाली है।

जिस बात की आशंका थी, वही हुआ। डॉ. डेनियल मैलान के नेतृत्व में चुनाव जीतने के तुरंत बाद से ही नेशनलिस्ट सरकार ने नए-नए रंगभेदी कानून बनाने शुरू कर दिए। सन् 1949 में एक कानून बनाया गया, जिसके तहत अलग-अलग नस्ल के लोग आपस में विवाह नहीं कर सकते थे। उसी साल एक और अनैतिकता कानून बनाकर अलग-अलग नस्लवालों के आपस में सेक्स संबंध बनाने को गैर-कानूनी करार दिया गया। 1950 में इस सरकार ने जनसंख्या और रजिस्ट्रेशन कानून बनाया। इसके तहत दक्षिण अफ्रीका की जनसंख्या को नस्ल के आधार पर चार वर्गों में बाँटा गया। ये वर्ग थे—मिश्रित नस्ल के लोग, अफ्रीकी, भारतीय और श्वेत। उसी साल ग्रुप एरिया ऐक्ट पास किया गया। इसके मुताबिक हरेक नस्ल-वर्ग के लिए शहरों व कस्बों में इलाके तय कर दिए गए। 1953 में और कानून बनाकर अश्वेतों और श्वेतों के सार्वजनिक स्थानों पर भी अलग-अलग होने का इंतजाम कर

जिस बात की आशंका थी, वही हुआ। डॉ. डेनियल मैलान के नेतृत्व में चुनाव जीतने के तुरंत बाद से ही नेशनलिस्ट सरकार ने नए-नए रंगभेदी कानून बनाने शुरू कर दिए। सन् 1949 में एक कानून बनाया गया, जिसके तहत अलग-अलग नस्ल के लोग आपस में विवाह नहीं कर सकते थे।

दिया गया। इन सभी कानूनों को सख्ती से लागू किया गया। अश्वेतों को श्वेतों के लिए निर्धारित की गई बस्तियों से निकालकर जबरदस्ती उनके लिए निर्धारित कथित कबीले की बस्तियों में भेजा गया। पहले गोरे उनकी संपत्ति को जोर-जबरदस्ती करके गैर-कानूनी तरीकों से हथियाते थे, अब वे कानूनन उसे हथियाने के हकदार बन गए थे।

मंडेला इन नए कानूनों से बहुत क्षुब्ध और परेशान हो रहे थे; लेकिन उनके एक साथी ने कहा कि यह तो अच्छा ही हुआ। उसका तर्क यह था कि दमन जितना उग्र होता है, विरोध और जन-आक्रोश भी उतना ही तीव्र होता है। अब लड़ाई के मुद्दे बिल्कुल स्पष्ट हैं। अब बिल्कुल साफ है कि कौन-कौन हमारा दुश्मन है। अब लड़ने में किसी तरह का भ्रम नहीं रहेगा।

मंडेला इन नए कानूनों से बहुत क्षुब्ध और परेशान हो रहे थे; लेकिन उनके एक साथी ने कहा कि यह तो अच्छा ही हुआ। उसका तर्क यह था कि दमन जितना उग्र होता है, विरोध और जन-आक्रोश भी उतना ही तीव्र होता है। अब लड़ाई के मुद्दे बिल्कुल स्पष्ट हैं। अब बिल्कुल साफ है कि कौन-कौन हमारा दुश्मन है। अब लड़ने में किसी तरह का भ्रम नहीं रहेगा। बस, जरूरत है कमर कसने की। उसके इस तर्क से नेल्सन मंडेला को बहुत प्रेरणा मिली। इसके जवाब में अफ्रीकी नेशनल कांग्रेस की युवा लीग ने एक विस्तृत योजना बनाई, जिसका नाम 'काररवाई कार्यक्रम' रखा गया। इसके तहत बहिष्कार करने, हड़तालें करने, घरों में बैठे रहने यानी काम पर न जाकर विरोध और असहयोग प्रकट करने, शांतिपूर्ण प्रतिरोध करने, विरोध-प्रदर्शन तथा अन्य ऐसी ही दूसरी काररवाइयाँ करने की योजनाएँ बनाई गई थीं। ये सारे ही काम तत्कालीन कानूनों का खुला उल्लंघन थे, लेकिन मंडेला और उनके युवा लीग के साथी इसका खामियाजा भुगतने को तैयार थे।

मतभेद उभरा

युवा लीग ने कार्यक्रम तो बड़े उत्साह से बनाया, लेकिन इसकी पहली अड़चन उनकी अपनी ही पार्टी में आई। अफ्रीकी नेशनल पार्टी के अध्यक्ष डॉ. क्यूमा ने इसका जोरदार विरोध किया। उनका तर्क था कि इस तरह की कारवाइयों से सरकार को अत्याचार करने का बहाना मिल जाएगा और वह इसे सख्ती से कुचलेगी। उन्होंने कहा कि मैं मानता हूँ कि हमें इस तरह की कारवाइयों को एक दिन जरूर अपनाना पड़ेगा, लेकिन अभी समय और वातावरण इसके अनुकूल नहीं है। नेल्सन और उनके साथियों ने डॉ. क्यूमा के घर जाकर उनको राजी करने की कोशिश की; पर वह बहुत खफा हुए और सबको चले जाने के लिए कहा। दरअसल, इस विरोध के पीछे डॉ. क्यूमा का अपना स्वार्थ भी था। उनकी डॉक्टरी की प्रैक्टिस बहुत अच्छी चल रही थी और वह काम छोड़कर आंदोलन करने या जेल जाकर अपनी प्रैक्टिस का बेड़ा गर्क करने का जोखिम नहीं उठाना चाहते थे।

युवा लीग ने कार्यक्रम तो बड़े उत्साह से बनाया, लेकिन इसकी पहली अड़चन उनकी अपनी ही पार्टी में आई। अफ्रीकी नेशनल पार्टी के अध्यक्ष डॉ. क्यूमा ने इसका जोरदार विरोध किया। उनका तर्क था कि इस तरह की कारवाइयों से सरकार को अत्याचार करने का बहाना मिल जाएगा और वह इसे सख्ती से कुचलेगी।

युवाओं का गरम खून उबाल खा रहा था। वे थोथी बातें नहीं, ठोस कारवाई चाहते थे। वे किसी भी कीमत पर अपना कार्यक्रम लागू करवाना चाहते थे, जिसकी बहुत विस्तृत रूपरेखा उन्होंने तैयार की थी। अब एक ही रास्ता था, आनेवाले चुनावों में डॉ. क्यूमा को अध्यक्ष पद

से हटाकर अफ्रीकी नेशनल कांग्रेस का एक ऐसा अध्यक्ष चुनना, जो उनके कार्यक्रम से सहमत हो। यह काम बहुत मुश्किल न था; क्योंकि बहुमत युवा लीग के साथ था। सिर्फ एक नया उम्मीदवार चुनने की जरूरत थी, जो अध्यक्ष की कुरसी पर बैठने के बाद इस काररवाई का नेतृत्व करने का हौसला रखता हो।

लिहाजा युवा लीग ने सन् 1948 के वार्षिक अधिवेशन में डॉ. जे.एस. मोरोका को अध्यक्ष पद का उम्मीदवार बनाकर उनका समर्थन करने का फैसला किया। इस बारे में दिलचस्प तथ्य यह है कि डॉ. मोराका ऑल अफ्रीकन कन्वेंशन के सदस्य थे; लेकिन वे युवा लीग के कार्यक्रम के समर्थक थे, इसलिए उनको अफ्रीकी नेशनल कांग्रेस का सदस्य बनाकर चुनाव में खड़ा किया गया।

लिहाजा युवा लीग ने सन् 1948 के वार्षिक अधिवेशन में डॉ. जे.एस. मोरोका को अध्यक्ष पद का उम्मीदवार बनाकर उनका समर्थन करने का फैसला किया। इस बारे में दिलचस्प तथ्य यह है कि डॉ. मोराका ऑल अफ्रीकन कन्वेंशन के सदस्य थे; लेकिन वे युवा लीग के कार्यक्रम के समर्थक थे, इसलिए उनको अफ्रीकी नेशनल कांग्रेस का सदस्य बनाकर चुनाव में खड़ा किया गया। उनको किसी तरह के आंदोलन का नेतृत्व करने का अनुभव भी नहीं था; लेकिन अफ्रीकी समुदाय में उनका बहुत मान-सम्मान था और अफ्रीकी हितों के लिए वे समर्पित थे। पेशे से वे भी डॉ. क्यूमा की तरह डॉक्टर ही थे। उनकी एक अतिरिक्त विशेषता यह भी थी कि वे बहुत पढ़े-लिखे थे। उन्होंने वियना और एडिनबरा में शिक्षा पाई थी और उनका परिवार बहुत धनी-मानी था।

चुनाव हुए तो जैसी कि उम्मीद थी, डॉ. मोरोका डॉ. क्यूमा को हराकर अफ्रीकी कांग्रेस के अध्यक्ष निर्वाचित हुए। वाल्टर सिसुलू इसके

महासचिव बने। ऑलिवर टैंबो और नेल्सन मंडेला राष्ट्रीय कार्यकारिणी के सदस्य चुने गए। इस परिवर्तन ने नेल्सन मंडेला को उत्साह से भर दिया। अफ्रीकी नेशनल कांग्रेस में अब पुराने और अनुभवी लोग पीछे रह गए थे। उनके स्थान पर युवा रक्त सामने आया था। उनमें अनुभव की कमी थी, लेकिन प्रतिबद्धता और संघर्ष करने का जज्बा कहीं अधिक था।

□

8

संघर्ष का बिगुल बजा

> **जो कानून अनैतिक, अन्यायपूर्ण और असहनीय हों, हमें अवश्य उनका प्रतिरोध करना चाहिए, हमें अवश्य उनका विरोध करना चाहिए, हमें अवश्य उनको बदलने का प्रयास करना चाहिए।**
>
> ***–नेल्सन मंडेला***

मार्च में बहुपार्टी अधिवेशन हुआ। इसमें तय पाया गया कि सरकार की नीतियों और नए रंगभेदी कानूनों का विरोध करने के लिए 1 मई को हड़ताल की जाएगी। मंडेला इसके प्रति उत्साहित न थे। उनको अंदेशा था कि इस आंदोलन का नेतृत्व किसी और पार्टी के हाथों में न चला जाए। लेकिन बाद में हड़ताल का प्रभाव और परिणाम देखकर उन्हें अपने विचार बदलने पड़े। शुरू में उन्होंने इसका विरोध भी किया; पर जब लगा कि संयुक्त संघर्ष ही होगा और हड़ताल इसी आयोजित तरीके से होगी तो अनिच्छा से ही सही, उन्होंने भी इसमें हिस्सा लेने का मन बना लिया।

हड़ताल और विरोध-प्रदर्शन हुआ तो सरकार ने 2,000 की संख्या में हथियारबंद पुलिसवाले भेजकर उसका जवाब कड़ा दिया। सरकार ने

पहले ही लोगों के इकट्ठा होने और किसी तरह का प्रदर्शन या सभा करने पर पाबंदी लगा दी थी। पुलिस बल ने आंदोलनकारियों पर हल्ला बोल दिया। गोलीबारी में 18 अफ्रीकी मारे गए और बड़ी संख्या में घायल हुए। बड़े पैमाने पर गिरफ्तारियाँ हुईं। मंडेला भी इसमें गिरफ्तार हुए। लेकिन उन्होंने इस दौरान जन-शक्ति का प्रत्यक्ष अनुभव किया और भारतीयों की संघर्ष-शक्ति से विशेष रूप से प्रभावित हुए। सबको साथ लेकर संघर्ष करने की उपयोगिता अब उनकी समझ में आने लगी थी।

सरकारी दमन और गोलीकांड की सारे दक्षिण अफ्रीका में बहुत जबरदस्त प्रतिक्रिया हुई। इसे 'मई दिवस' का हत्याकांड करार दिया गया और देश भर में इसकी कड़ी निंदा की गई। उधर, सरकार ने सारी स्थिति का जायजा लेते हुए यह नतीजा निकाला कि कम्युनिस्ट सबसे ज्यादा खतरनाक साबित हो सकते हैं। लिहाजा उसने सप्रेशन ऑफ कम्युनिज्म ऐक्ट पेश कर दिया। इसके मुताबिक, इस पार्टी का सदस्य बनने या इसके आदर्शों का प्रचार करने पर दस साल तक की जेल की सजा हो सकती थी।

सरकारी दमन और गोलीकांड की सारे दक्षिण अफ्रीका में बहुत जबरदस्त प्रतिक्रिया हुई। इसे 'मई दिवस' का हत्याकांड करार दिया गया और देश भर में इसकी कड़ी निंदा की गई। उधर, सरकार ने सारी स्थिति का जायजा लेते हुए यह नतीजा निकाला कि कम्युनिस्ट सबसे ज्यादा खतरनाक साबित हो सकते हैं। लिहाजा उसने सप्रेशन ऑफ कम्युनिज्म ऐक्ट पेश कर दिया।

हालात को देखते हुए अफ्रीकी नेशनल पार्टी की एक आपातकालीन बैठक बुलाई गई। इसमें नेल्सन मंडेला ने कहा कि हालाँकि सप्रेशन ऑफ कम्युनिज्म ऐक्ट ऊपरी तौर पर देखने से सिर्फ कम्युनिस्टों के खिलाफ लगता है, लेकिन असल में यह सभी विरोध करनेवालों पर आघात है।

आज जो कम्युनिस्टों के साथ हो रहा है वह कल हमारी पार्टी के साथ भी हो सकता है। उन्होंने कहा कि यह गोरों के अफ्रीकियों को हमेशा के लिए गुलामी में जकड़कर रखने के इरादे दरशाता है।

राष्ट्रीय विरोध दिवस

मई दिवस हत्याकांड और सप्रेशन ऑफ कम्युनिज्म ऐक्ट के विरुद्ध रोष प्रकट करने के लिए 26 जून, 1950 को राष्ट्रीय विरोध दिवस मनाने का फैसला किया गया। इस फैसले में दक्षिण अफ्रीकी भारतीय कांग्रेस, अफ्रीकी नेशनल कांग्रेस और अफ्रीकन पीपुल्स ऑर्गेनाइजेशन शामिल थे। इन सब पार्टियों ने आपसी मतभेद भुलाकर और एकजुट होकर इसे सफल बनाने का संकल्प किया। इस मामले में गौरतलब बात यह थी कि जिस मंडेला ने पहले बहुपार्टी गठजोड़ का जबरदस्त विरोध किया था, वही अब इस विरोध-प्रदर्शन को सफल बनाने के लिए दिन-रात जुटे हुए थे। विरोध-स्वरूप हड़ताल और प्रदर्शन हुए। कामगार अश्वेतों ने उस दिन काम पर न जाकर और व्यावसायियों ने अपना काम-धंधा बंद रखकर विरोध प्रकट किया। हड़ताल के साथ ही जुलूस निकालकर भी विरोध प्रकट किया गया। अगले दिन दक्षिण अफ्रीका के सारे अखबारों की सुर्खियों में इसकी चर्चा थी।

मई दिवस हत्याकांड और सप्रेशन ऑफ कम्युनिज्म ऐक्ट के विरुद्ध रोष प्रकट करने के लिए 26 जून, 1950 को राष्ट्रीय विरोध दिवस मनाने का फैसला किया गया। इस फैसले में दक्षिण अफ्रीकी भारतीय कांग्रेस, अफ्रीकी नेशनल कांग्रेस और अफ्रीकन पीपुल्स ऑर्गेनाइजेशन शामिल थे।

हालाँकि यह प्रदर्शन बहुत अधिक सफल नहीं कहा जा सकता था, लेकिन इसके कई अहम पहलू थे। एक तो यह अफ्रीकी नेशनल

कांग्रेस का पहला विरोध-प्रदर्शन था। इसकी सफलता ने मंडेला सहित पार्टी के सभी लोगों का मनोबल बढ़ाया। दूसरी प्रमुख बात यह थी कि दक्षिण अफ्रीका में सरकार के खिलाफ आवाज उठाने या किसी भी तरह का विरोध प्रदर्शित करने पर कड़ी पाबंदी थी और इसे न माननेवाले के साथ सरकारी मशीनरी बहुत बर्बरता के साथ पेश आती थी। फिर भी, लोगों ने इसकी परवाह नहीं की। एक और खास बात यह थी कि खान मजदूर हड़ताल की सफलता का कारण आर्थिक था। जब पेट पर लात पड़ती है तो आदमी मरने-मारने पर उतारू हो जाता है। फिर उसे किसी लाठी-गोली की परवाह नहीं रहती, क्योंकि यह तो साफ-तौर पर जीने-मरने का सवाल होता है, लेकिन राष्ट्रीय विरोध दिवस में कोई आर्थिक मुद्दा न था। यह शुद्ध राजनीतिक हड़ताल थी। फिर भी लोगों ने इसका साथ दिया। इसका साफ मतलब था कि अब वहाँ राजनीतिक जागरूकता आ रही थी।

दिसंबर 1950 में मंडेला को युवा लीग का अध्यक्ष चुना गया। उन्होंने वाल्टर सिसुलू के साथ मिलकर रंगभेदी कानूनों का विरोध करने की योजना तैयार की। मंडेला अपने विचारों के अनुसार इसे अकेले अफ्रीकियों का संघर्ष बनाना चाहते थे; लेकिन वाल्टर का कहना था कि यह सबकी समस्या है और सभी पार्टियों व समुदायों को साथ लेकर चलने से हमारी शक्ति भी बढ़ेगी।

अवज्ञा आंदोलन

दिसंबर 1950 में मंडेला को युवा लीग का अध्यक्ष चुना गया। उन्होंने वाल्टर सिसुलू के साथ मिलकर रंगभेदी कानूनों का विरोध करने की योजना तैयार की। मंडेला अपने विचारों के अनुसार इसे अकेले अफ्रीकियों का संघर्ष बनाना चाहते थे; लेकिन वाल्टर का कहना था कि यह सबकी समस्या है और सभी पार्टियों व समुदायों को साथ लेकर चलने से हमारी शक्ति भी बढ़ेगी। नेल्सन

ने राष्ट्रीय कार्यकारिणी में भी यह सवाल उठाया, लेकिन सबने वाल्टर के विचार का ही साथ दिया। मंडेला को भले ही यह अच्छा न लगा हो, लेकिन उनकी खूबी यह थी कि उन्होंने बहुमत का आदर करते हुए सबके साथ मिलकर आंदोलन चलाने की योजना को स्वीकार कर लिया।

मंडेला ने कानून की परीक्षा पूरी करने के बाद जो वकालत शुरू की थी, वह चल निकली थी। अगस्त 1952 में उन्होंने एच.एम. बासनर के नाम से अपनी कानूनी कंपनी खोल ली थी, जो बहुत अच्छा व्यवसाय करने लगी थी; लेकिन उन्होंने इसकी परवाह नहीं की और अधिक-से-अधिक समय जन-संघर्ष को देने लगे।

योजना के अनुसार विरोध-प्रदर्शन की शुरुआत 6 अप्रैल, 1952 से की जानी थी। उस दिन डच खोजी जैन वैन रिबेक वर्ष 1652 में केप ऑफ गुड होप (उत्तम आशा अंतरीय) में आया था। दक्षिण अफ्रीका में बसे गोरे डच उस दिन को अपने देश के स्थापना दिवस के रूप में मनाते थे; लेकिन अश्वेतों ने उस दिन को अपनी दासता की शुरुआत के रूप में मनाना शुरू कर दिया था।

योजना के अनुसार विरोध-प्रदर्शन की शुरुआत 6 अप्रैल, 1952 से की जानी थी। उस दिन डच खोजी जैन वैन रिबेक वर्ष 1652 में केप ऑफ गुड होप (उत्तम आशा अंतरीय) में आया था। दक्षिण अफ्रीका में बसे गोरे डच उस दिन को अपने देश के स्थापना दिवस के रूप में मनाते थे; लेकिन अश्वेतों ने उस दिन को अपनी दासता की शुरुआत के रूप में मनाना शुरू कर दिया था।

प्रधानमंत्री मैलान को भेजने के लिए एक पत्र का मसौदा तैयार किया गया, जिसमें माँग की गई थी कि सरकार सभी अन्यायपूर्ण रंगभेदी नियमों और कानूनों को रद्द करे। हम 29 फरवरी, 1952 तक जवाब

का इंतजार करेंगे। चूँकि हमारे पास सभी संवैधानिक तरीके खत्म हो चुके हैं, इसलिए जवाब न आने पर हम जबरदस्त विरोधी काररवाई करने को स्वतंत्र होंगे। मंडेला इस पत्र को लेकर प्रधानमंत्री को देने गए। यह एक तरह का नोटिस था। किसी किस्म के सकारात्मक उत्तर की उम्मीद रखना तो बेकार था ही। इसका जवाब प्रधानमंत्री के निजी सचिव के दस्तखतवाले पत्र में मिला। उसमें लिखा था कि गोरों को अपनी विशिष्टता बनाए रखने का जन्मजात अधिकार है। इसके साथ ही यह धमकी भी दी गई थी कि अगर किसी तरह की गड़बड़ी फैलाने की कोशिश की गई तो सरकार उसे पूरी ताकत से कुचलेगी।

अवज्ञा आंदोलन

इस बेरुखी से भरे जवाब ने आंदोलन के नेताओं का गुस्सा और भी भड़का दिया। चारों तरफ आंदोलन छेड़ने की तैयारियाँ शुरू हो गईं। स्वयंसेवकों की भरती आरंभ हो गई और उनको समझाया गया कि आंदोलन का स्वरूप क्या होगा। उनको इस बात से भी आगाह किया गया कि इसमें किस-किस तरह के जोखिम हैं और सरकार किस किस्म की जवाबी काररवाई कर सकती है। 6 अप्रैल को शुरुआती आंदोलन हुए। इसमें इकट्ठी हुई भीड़ को संबोधित करते हुए नेल्सन मंडेला ने इस बात पर जोर दिया कि किसी भी हालत में आंदोलनकारियों को सरकारी हिंसा का जवाब हिंसा से नहीं देना है। उनको हर हाल में अहिंसा और अनुशासन बनाए रखना है। सरकार आंदोलनकारियों को डराने-धमकाने या हिंसा पर उकसाने की कोशिशें करेगी, लेकिन शांति बनाए रखकर ही इसे सफल बनाया जा सकता है। डॉ. मोरोको ने भी इसी तरह का

इस बेरुखी से भरे जवाब ने आंदोलन के नेताओं का गुस्सा और भी भड़का दिया। चारों तरफ आंदोलन छेड़ने की तैयारियाँ शुरू हो गईं। स्वयंसेवकों की भरती आरंभ हो गई और उनको समझाया गया कि आंदोलन का स्वरूप क्या होगा।

भाषण देकर जोहांसबर्ग के फ्रीडम स्क्वायर में एकत्र भारी जनसमुदाय को अहिंसक अवज्ञा आंदोलन चलाने के लिए कहा। जनता का आक्रोश उमड़ा पड़ रहा था और बड़ी संख्या में अश्वेत स्वयंसेवक भरती के लिए आगे आ रहे थे। उनको बाकायदा ट्रेनिंग देने और उनका उत्साह बढ़ाने का कार्यक्रम चलाया गया।

दक्षिण अफ्रीका में रह रहे गांधीजी के पुत्र मणिलाल गांधी साउथ अफ्रीकन इंडियन कांग्रेस के एक महत्त्वपूर्ण सदस्य थे। उनका वहाँ बड़ा मान-सम्मान था। वे अपने पिता के समान ही अहिंसा के पुजारी, विनम्र और न्याय के लिए संघर्ष करनेवालों में थे। उन्होंने सलाह दी कि उनके पिता ने जिस तरह भारतीय स्वाधीनता संग्राम अहिंसा और अवज्ञा आंदोलन के दम पर चलाया, हमें भी वैसा ही करना चाहिए।

महात्मा गांधी का अनुगमन

दक्षिण अफ्रीका में रह रहे गांधीजी के पुत्र मणिलाल गांधी साउथ अफ्रीकन इंडियन कांग्रेस के एक महत्त्वपूर्ण सदस्य थे। उनका वहाँ बड़ा मान-सम्मान था। वे अपने पिता के समान ही अहिंसा के पुजारी, विनम्र और न्याय के लिए संघर्ष करनेवालों में थे। उन्होंने सलाह दी कि उनके पिता ने जिस तरह भारतीय स्वाधीनता संग्राम अहिंसा और अवज्ञा आंदोलन के दम पर चलाया, हमें भी वैसा ही करना चाहिए। उनके इस विचार की बड़ी सराहना हुई। हालाँकि कुछ लोगों ने यह राय भी दी कि हमें व्यावहारिक होना चाहिए। दक्षिण अफ्रीका एवं भारत की स्थितियों में अंतर है और उसे ध्यान में रखते हुए हमें अपने कार्यक्रम में कुछ परिवर्तन करना चाहिए।

संघर्ष की रणनीति बनी तो आंदोलन को दो चरणों में बाँटा गया। पहले चरण में प्रशिक्षित और चुनिंदा स्वयंसेवकों को सरकार के बनाए रंगभेदी नियमों का उल्लंघन करना था। इसके लिए उनको ऐसी जगहों

पर जाना था, जहाँ अश्वेतों के जाने पर पाबंदी थी। यह काम भी उनको पुलिस को पहले से जानकारी देकर करना था, ताकि वह उन्हें आसानी से गिरफ्तार कर सके। उसके बाद बड़े पैमाने पर अवज्ञा आंदोलन चलाया जाना था और हड़तालें होनी थीं।

योजना के अनुसार शुरू में सिर्फ 250 स्वयंसेवकों ने सरकारी नियमों का उल्लंघन करके गिरफ्तारियाँ दीं। उसके बाद दूसरा चरण शुरू हुआ, जिसमें मिल मजदूरों, छात्रों, डॉक्टरों, वकीलों, गृहिणियों–सभी ने बिना परिणाम की परवाह किए आंदोलन में हिस्सा लिया। करीब छह महीनों के अंदर 8,500 लोगों ने दक्षिण अफ्रीका के विभिन्न भागों में सविनय अवज्ञा करके अपने आपको गिरफ्तारी के लिए पेश किया। लोग मस्ती से गीत गाते हुए गिरफ्तारी देते थे। उनमें अजीब जोश था। उनको कुछ दिनों की कैद या जुर्माना होता था, जिसकी उन्होंने कतई परवाह नहीं की। आंदोलन तेजी से फैल रहा था। इसकी लोकप्रियता का अंदाजा इसी बात से लगाया जा सकता है कि देखते-ही-देखते अफ्रीकी नेशनल कांग्रेस के सदस्यों की संख्या 20 हजार से बढ़कर 1 लाख पर पहुँच गई।

योजना के अनुसार शुरू में सिर्फ 250 स्वयंसेवकों ने सरकारी नियमों का उल्लंघन करके गिरफ्तारियाँ दीं। उसके बाद दूसरा चरण शुरू हुआ, जिसमें मिल मजदूरों, छात्रों, डॉक्टरों, वकीलों, गृहिणियों–सभी ने बिना परिणाम की परवाह किए आंदोलन में हिस्सा लिया।

इस दौरान नेल्सन मंडेला ने देश भर का दौरा करके जगह-जगह अपने देशवासियों को आंदोलन के तरीके के बारे में समझाया और परिणाम की चिंता किए बिना संघर्ष करने को प्रेरित किया। वे सरकार की आँखों का काँटा बन गए और वह उनको फाँसने के बारे में सोचने लगी।

सरकारी हथकंडे

आंदोलन में दक्षिण अफ्रीका में बसनेवाले सभी अश्वेत वर्गों की एकता देखकर सरकार घबरा उठी। उसने इसे विफल करने के लिए तरह-तरह की चालें चलीं। एक तो उसने कुछ अश्वेतों को पैसे का लालच देकर जासूसी करने के लिए राजी कर लिया। वे आंदोलनकारियों की सारी गतिविधियों के बारे में खबर देते रहते थे और सरकार उनका मुकाबला करने की योजना पहले से बना लेती थी। दूसरी हरकत उनमें फूट डालने की कोशिश थी, जो ज्यादा कामयाब न हो सकी। तीसरी हरकत झूठा प्रचार थी, जिसके तहत लोगों को बताया जाता था कि सरकार आंदोलनकारियों के साथ जेलों में बहुत अच्छा व्यवहार कर रही है, जबकि उनको बहुत ही नारकीय स्थिति में रखा जाता था।

चौथी हरकत इससे भी घटिया थी। सरकार ने पूर्वी केप में अफ्रीकी नेशनल कांग्रेस को अक्तूबर में प्रार्थना-सभा करने की विशेष अनुमति दे दी। गोरी सरकार की साजिश से अनजान लोग जब वहाँ शांतिपूर्ण प्रार्थना करने के लिए इकट्ठे हो गए तो सेना ने आकर अचानक गोलियाँ चलानी शुरू कर दीं।

चौथी हरकत इससे भी घटिया थी। सरकार ने पूर्वी केप में अफ्रीकी नेशनल कांग्रेस को अक्तूबर में प्रार्थना-सभा करने की विशेष अनुमति दे दी। गोरी सरकार की साजिश से अनजान लोग जब वहाँ शांतिपूर्ण प्रार्थना करने के लिए इकट्ठे हो गए तो सेना ने आकर अचानक गोलियाँ चलानी शुरू कर दीं। इसमें 8 अश्वेत मारे गए और दर्जनों घायल हुए। इससे भीड़ का गुस्सा भड़क उठा। लोगों ने जवाबी कारवाई में भारी तोड़-फोड़ की और दो गोरों को जान से मार डाला। अफ्रीकी नेशनल कांग्रेस के नेताओं को इससे बहुत दुःख पहुँचा, क्योंकि वे आंदोलन को

शांतिपूर्ण ढंग से चलाना चाहते थे, पर सेना की भड़कानेवाली काररवाई के बाद लोगों का गुस्सा फूट पड़ा था और स्थिति नियंत्रण से बाहर हो गई थी।

सरकार शायद यही चाहती थी कि हिंसा भड़के और उसे इससे भी सख्त कानून बनाने का बहाना मिले। उसने कानून बनाकर नागरिक अवज्ञा व शांतिपूर्ण प्रतिरोध को भी अपराध घोषित कर दिया। सरकार के बनाए पब्लिक सेफ्टी ऐक्ट ने सरकार को मार्शल-लॉ लगाने और किसी भी नागरिक को बिना मुकदमा चलाए बंदी बनाए रखने का अधिकार दे दिया। सरकार का किसी तरह का विरोध करना भी दंडनीय अपराध बना दिया गया।

सरकार शायद यही चाहती थी कि हिंसा भड़के और उसे इससे भी सख्त कानून बनाने का बहाना मिले। उसने कानून बनाकर नागरिक अवज्ञा व शांतिपूर्ण प्रतिरोध को भी अपराध घोषित कर दिया। सरकार के बनाए पब्लिक सेफ्टी ऐक्ट ने सरकार को मार्शल-लॉ लगाने और किसी भी नागरिक को बिना मुकदमा चलाए बंदी बनाए रखने का अधिकार दे दिया।

इस तरह के कानूनों से लैस होकर सरकार ने आगे की काररवाई की। उसने 30 जुलाई, 1952 को मंडेला और उनके साथ आंदोलनकारी 21 अन्य नेताओं को गिरफ्तार कर लिया। इस तरह नेतृत्वहीन होकर आंदोलन अपने आप समाप्त हो गया।

पहला मुकदमा

22 सितंबर, 1952 को जोहांसबर्ग में नेल्सन मंडेला व अन्य पर आंदोलन चलाने तथा सरकार का विरोध करने के कारण मुकदमा चलाया गया। चूँकि सरकार बदले की भावना से काम कर रही थी, इसलिए मंडेला और उनके कई साथियों पर सप्रेशन ऑफ कम्युनिज्म ऐक्ट का

उल्लंघन करने का आरोप लगाया गया, जिसकी सख्त सजा थी। मंडेला व आंदोलन के अन्य नेताओं को कट्टर कम्युनिस्ट बताया गया। यह रिवाज भी आम था—जो कोई सरकार का विरोध करे उसे कम्युनिस्ट कहा जाता था, भले ही वह कम्युनिस्ट पार्टी का साधारण सदस्य भी न हो।

सरकार के इस अन्याय के खिलाफ जोहांसबर्ग में भारी जन-समूह उमड़ पड़ा। भारी संख्या में लोगों ने सड़कों पर जुलूस निकालकर इसका विरोध किया और उसके बाद अदालत के सामने इकट्ठे हो गए, जहाँ मुकदमा चलाया जा रहा था। इस भीड़ में अश्वेत अफ्रीकियों का होना तो स्वाभाविक ही था, लेकिन खास बात यह थी कि यूनिवर्सिटी ऑफ विट्वाटर्सलैंड के श्वेत विद्यार्थी और बड़ी संख्या में भारतीय विद्यार्थी भी मौजूद थे।

सरकार के इस अन्याय के खिलाफ जोहांसबर्ग में भारी जन-समूह उमड़ पड़ा। भारी संख्या में लोगों ने सड़कों पर जुलूस निकालकर इसका विरोध किया और उसके बाद अदालत के सामने इकट्ठे हो गए, जहाँ मुकदमा चलाया जा रहा था।

इस दौरान सबसे दुर्भाग्यपूर्ण बात यह हुई कि डॉ. मोरोका ने संघर्ष का रास्ता अपनाने की बजाय क्षमायाचना का रास्ता अपनाया। उन्होंने अदालत में यह भी कहा कि दक्षिण अफ्रीका में श्वेतों और अश्वेतों के बीच कभी समानता नहीं हो सकती। उनसे वकील ने यह पूछा कि क्या आरोपियों में कुछ कम्युनिस्ट भी हैं, तो उन्होंने कई लोगों की तरफ इशारा कर दिया, जबकि इसकी कोई जरूरत न थी।

यह अपने साथियों और दक्षिण अफ्रीका की संघर्षरत अश्वेत जनता के साथ सीधा विश्वासघात था। किसी को उम्मीद न थी कि वह आदमी इस तरह का कायरतापूर्ण व्यवहार करेगा। अचानक ऐसा होने से सब सकते में आ गए; लेकिन इसके साथ ही उन्हें यह भी समझ में आ गया कि अब उनको डॉ. मोरोका से मुक्ति मिल गई है। इस तरह के

आदमी के संगठन से हट जाने में ही बेहतरी थी।

मुकदमा चला और जज ने नेल्सन मंडेला एवं उनके साथियों को कम्युनिस्ट व राजद्रोही बताते हुए अपराधी करार दे दिया। इसके लिए हालाँकि दक्षिण अफ्रीका के कानून के मुताबिक बहुत सख्त सजा थी, लेकिन सारे आंदोलन के शांतिपूर्ण रहने के कारण सबको नौ-नौ महीने की बामशक्कत कैद की सजा सुनाई गई। बाद में इस सजा को दो साल के लिए मुल्तवी कर दिया गया। प्रदर्शनकारियों को जेल भेजने के सरकारी फैसले का एक लाभ अफ्रीकी नेशनल कांग्रेस को यह हुआ कि उसके सदस्यों के दिल से जेल का डर निकल गया। उन्होंने प्रत्यक्ष अनुभव कर लिया था कि जेल का कष्ट क्या है और वह उसे झेल सकते हैं। आंदोलन की दूसरी बड़ी उपलब्धि यह थी कि लोग पुलिस के अत्याचारों के बावजूद शांतिपूर्ण अवज्ञा आंदोलन चलाना सीख गए थे। इसका प्रभाव भी उन्होंने देख लिया था और अफ्रीकी नेशनल कांग्रेस दक्षिण अफ्रीका के समस्त अश्वेत जनों को गुलामी से छुटकारा दिलाने में सक्षम पार्टी के रूप में उभरकर सामने आई थी। उसके नेताओं की छवि इस आंदोलन के बाद और भी निखरी थी और लोग उनके निर्देश मानने को तत्पर नजर आते थे। लोग राजनीतिक आंदोलन के महत्त्व को भी समझ गए थे, जबकि इससे पहले वे केवल आर्थिक आंदोलन से ही परिचित थे।

मुकदमा चला और जज ने नेल्सन मंडेला एवं उनके साथियों को कम्युनिस्ट व राजद्रोही बताते हुए अपराधी करार दे दिया। इसके लिए हालाँकि दक्षिण अफ्रीका के कानून के मुताबिक बहुत सख्त सजा थी, लेकिन सारे आंदोलन के शांतिपूर्ण रहने के कारण सबको नौ-नौ महीने की बामशक्कत कैद की सजा सुनाई गई।

□

9

स्वाधीनता सेनानी

अपनी सजा पूरी हो जाने के बाद मैं फिर से अन्याय की समाप्ति के लिए यथाशक्ति संघर्ष आरंभ करूँगा और इसे तब तक जारी रखूँगा, जब तक वह पूर्णरूप से सदा के लिए मिट नहीं जाता।

—नेल्सन मंडेला

1950 के दशक में नेल्सन मंडेला ने गोरी सरकार की रंगभेदी नीति के खिलाफ जो मुहिम चलाई और उसके लिए जिस प्रतिबद्धता, साहस और त्याग का परिचय दिया, उसने उन्हें अश्वेत अफ्रीकियों के वीर नायक के रूप में प्रतिष्ठित कर दिया। सरकार का दमनचक्र आंदोलन को कुचलने के लिए और भी तेज होता गया; लेकिन वे इस सारे उत्पीड़न के सामने अडिग खड़े रहे।

डॉ. मोरोका के विश्वासघात के बाद उनको हटाकर उनके स्थान पर वर्ष 1952 के अंत में हुए अफ्रीकी नेशनल कांग्रेस के अधिवेशन में चीफ एलबर्ट लुथली को अध्यक्ष चुना गया, जो बड़े धीरजवाले और आत्मविश्वासी सज्जन थे। उनके व्यवहार से स्पष्ट झलकता था कि हर किस्म के अत्याचार को सहजता से झेलने और उसका शांतिपूर्ण ढंग

से मुकाबला करने की अद्‌भुत क्षमता उनमें है। अध्यक्ष चुने जाने से पहले ही उनको सरकार ने चेतावनी दी थी कि अफ्रीकी नेशनल कांग्रेस से अपने सब संबंध तोड़ लें और उसके किसी आंदोलन का समर्थन न करें, वरना उन्हें उनके सभी पदों से हटा दिया जाएगा। लेकिन डॉ. लुथली ने इसकी कोई परवाह नहीं की। उनके पद उनसे छिन गए, उनसे होनेवाली आमदनी जाती रही, पर वे अन्याय का विरोध करने के अपने इरादे पर अटल रहे। मंडेला उनके इन्हीं गुणों से प्रभावित थे और उनका आदर-मान करते थे।

राष्ट्रीय अधिवेशन के कुछ दिन पहले ही सरकार ने नेल्सन मंडेला सहित 52 अश्वेत नेताओं पर किसी भी तरह की सभा में हिस्सा लेने पर पाबंदी लगा दी थी। इन नेताओं का जन-साधारण से संबंध तोड़ने और उनको निष्प्रभावी करने के लिए सरकार ने पाबंदी सिर्फ राजनीतिक सभाओं पर ही नहीं लगाई थी''

स्वतंत्रता का हरण

राष्ट्रीय अधिवेशन के कुछ दिन पहले ही सरकार ने नेल्सन मंडेला सहित 52 अश्वेत नेताओं पर किसी भी तरह की सभा में हिस्सा लेने पर पाबंदी लगा दी थी। इन नेताओं का जन-साधारण से संबंध तोड़ने और उनको निष्प्रभावी करने के लिए सरकार ने पाबंदी सिर्फ राजनीतिक सभाओं पर ही नहीं लगाई थी—यहाँ तक कि मंडेला के बेटे के जन्मदिन की पार्टी को भी सभा माना गया और मंडेला उसमें शामिल नहीं हो सके। उनके जोहांसबर्ग से बाहर जाने पर भी पाबंदी थी। यह एक तरह से उनकी स्वतंत्रता छीनने का प्रयास था, ताकि वे मानसिक व शारीरिक रूप से परेशान हों और एक नेता के रूप में कारगर साबित न हो सकें। इस पाबंदी के चलते मंडेला राष्ट्रीय अधिवेशन में भी हिस्सा नहीं ले सके, हालाँकि उन्हें इसकी विस्तृत रिपोर्ट अधिवेशन के तुरंत बाद मिल गई। उनकी अनुपस्थिति में उनको

अफ्रीकी नेशनल कांग्रेस का उपाध्यक्ष भी चुना गया।

इन पाबंदियों के कारण मंडेला अब पार्टी के प्रति अपने कर्तव्यों को पहले की तरह नहीं निभा पाते थे, लेकिन इस समय का उपयोग उन्होंने अपनी वकालत की तरफ ध्यान देकर किया। अगर देखा जाए तो उनकी वकालत भी एक तरह से गोरी सरकार के खिलाफ संघर्ष का ही एक रूप था। वह अगर राजनीतिक संघर्ष था तो यह कानूनी संघर्ष था। नेल्सन मंडेला अश्वेतों में एक बहुत लोकप्रिय वकील थे। वे ज्यादातर अन्याय, पुलिस की बर्बरता और अफ्रीकियों के गोरी सरकार द्वारा लगाए गए प्रतिबंधों को तोड़ने के आरोपियों के मुकदमे लड़ते थे। उनकी निर्भीक और असरदार पैरवी के जहाँ अश्वेत बहुत कायल थे वहीं गोरे इससे चिढ़ने लगे थे। बहरहाल, मंडेला पर इसका कोई असर नहीं पड़ा और उन्होंने अपनी वकालत का यह रवैया जारी रखा।

इन पाबंदियों के कारण मंडेला अब पार्टी के प्रति अपने कर्तव्यों को पहले की तरह नहीं निभा पाते थे, लेकिन इस समय का उपयोग उन्होंने अपनी वकालत की तरफ ध्यान देकर किया। अगर देखा जाए तो उनकी वकालत भी एक तरह से गोरी सरकार के खिलाफ संघर्ष का ही एक रूप था।

अपने धुआँधार भाषणों और सरकार की खुली व निर्भीक आलोचना ने मंडेला को अश्वेत जनता में बहुत लोकप्रिय बना दिया था। गोरी सरकार को इसी कारण वे बहुत खतरनाक आदमी लगते थे। इसी कारण उन पर प्रतिबंध लगाए गए और उनको हर तरह से उत्पीड़ित करने की कोशिशें सरकार की तरफ से हुईं; पर उन्होंने एक ही लक्ष्य बना रखा था—गोरी सरकार की दासता से अपने देशवासियों को स्वाधीन कराना। भले ही इसके लिए कोई भी कीमत क्यों न चुकानी पड़े।

अगर देशवासियों की नजरों में वे वीर नायक थे तो सरकार की

नजरों में सबसे खतरनाक आदमी। उनकी कानून की भाषा में वे एक खतरनाक मुजरिम ही थे। सितंबर 1953 में एक बार फिर उन पर पाबंदी लगाई गई। पिछली बार तो उन पर छह महीने का प्रतिबंध लगा था, लेकिन इस बार पूरे दो साल का प्रतिबंध लगा दिया गया; क्योंकि गोरी सरकार इस निर्भीक सेनानी के ज्वलंत भाषणों से बहुत भयभीत थी, जो श्रोताओं के दिलों में शोले भड़का देते थे। इस बार भी प्रतिबंध का सारा समय मंडेला ने अपनी वकालत पर और पार्टी के लिए मसौदे तैयार करने तथा रणनीति बनाने आदि के महत्त्वपूर्ण कामों में लगाया।

संगठन की रूपरेखा

प्रत्यक्ष रूप से प्रतिबंध था, लेकिन मंडेला और इस तरह की पाबंदी से रोके गए अफ्रीकी नेशनल कांग्रेस के अन्य नेताओं को गुप्त सभाएँ करने से कौन रोक सकता था। खासतौर पर मंडेला इनमें सक्रिय रहे। उन्होंने अपनी पार्टी और साउथ अफ्रीकन कांग्रेस के नेताओं के साथ कई गुप्त बैठकें कीं और सबकी सहमति लेने तथा विचार-विमर्श के बाद संघर्ष के लिए संगठन बनाने की बहुत ही कारगर रूपरेखा तैयार कर डाली। इसकी शुरुआत उन्होंने गली-मोहल्ले के स्तर से की। उनके संगठन की सबसे छोटी इकाई दस घरों का एक सेल था। इसका एक प्रमुख नियुक्त किया जाना था, जो इनसे संपर्क रखता। इस बुनियादी

प्रत्यक्ष रूप से प्रतिबंध था, लेकिन मंडेला और इस तरह की पाबंदी से रोके गए अफ्रीकी नेशनल कांग्रेस के अन्य नेताओं को गुप्त सभाएँ करने से कौन रोक सकता था। खासतौर पर मंडेला इनमें सक्रिय रहे। उन्होंने अपनी पार्टी और साउथ अफ्रीकन कांग्रेस के नेताओं के साथ कई गुप्त बैठकें कीं और सबकी सहमति लेने तथा विचार-विमर्श के बाद संघर्ष के लिए संगठन बनाने की बहुत ही कारगर रूपरेखा तैयार कर डाली।

इकाई के बाद जोन और उसके बाद ऊपर तक यूनिट जाते थे। यानी उन्होंने अपना संदेश घर-घर पहुँचाने, हर परिवार को संगठन का हिस्सा बनाने और उससे सक्रिय सहयोग लेने का पक्का इंतजाम कर डाला।

मंडेला की योजना को पार्टी की स्वीकृति मिलने के बाद उसे अमली जामा पहनाया गया तो अधिकांश शाखाओं ने बड़े उत्साह से उसे स्वीकार किया। इस योजना का एक हिस्सा सारे दक्षिण अफ्रीका में राजनीतिक भाषण देकर लोगों को असली मुद्दों की जानकारी देना था और यह समझाना था कि किस तरह की कारवाई अंततः उनको विदेशी यातनाओं से छुटकारा दिला सकती है। इसके लिए एक तरह का राजनीतिक कोर्स बनाया गया था, जिसे बाकायदा किसी विषय की कक्षा में दिए जानेवाले व्याख्यान की तरह पढ़ाया जाता था।

मंडेला की योजना को पार्टी की स्वीकृति मिलने के बाद उसे अमली जामा पहनाया गया तो अधिकांश शाखाओं ने बड़े उत्साह से उसे स्वीकार किया। इस योजना का एक हिस्सा सारे दक्षिण अफ्रीका में राजनीतिक भाषण देकर लोगों को असली मुद्दों की जानकारी देना था और यह समझाना था कि किस तरह की कारवाई अंततः उनको विदेशी यातनाओं से छुटकारा दिला सकती है।

पार्टी बहुत सीमित संसाधनों के बल पर चल रही थी। कागजों में तो योजना बहुत सही थी, लेकिन जब अमल में आई तो उसका उतना असर दिखाई नहीं दिया जितना होना चाहिए था। एक तो उसका प्रसार करनेवाले सब जगह एक से उत्साही लोग न थे। पार्टी के पास किसी को देने के लिए थोड़ा सा भी वेतन या मानदेय न था, जिसके अभाव में बड़े पैमाने पर लोगों से सहयोग की अपेक्षा नहीं की जा सकती थी। न ही इसके बिना ऐसे लोग मिल सकते थे, जो अपना पूरा समय इस काम में लगा सकें। पार्टी का प्रचार-प्रसार करनेवालों को दोहरा काम करना

पड़ता था। एक अपनी रोजी के लिए काम करना और उसके साथ-साथ पार्टी के लिए समय निकालना। लिहाजा जो कुछ काम होता था, वह पार्ट-टाइम ही होता था। एक और समस्या यह थी कि सब लोगों को इस कार्यक्रम पर पूरा भरोसा नहीं था। कई ऐसे भी थे, जो सोचते थे कि किसी किस्म का असहयोग आंदोलन चलाने से कोई हुकूमत नहीं गिराई जा सकती।

बहरहाल, सब मतभेदों, गलतफहमियों एवं अविश्वासों के बावजूद मंडेला और उनके साथी अपने अभियान में जुटे रहे। कुछ जगहों से निराशा हाथ लगी तो कई क्षेत्रों से बहुत उत्साहजनक परिणाम भी सामने आए। खासतौर पर पोर्ट एलिजाबेथ और पूर्वी केप में इसके अच्छे परिणाम दिखाई दे रहे थे। ईस्टर्न केप में अवज्ञा आंदोलन भी लंबे अरसे तक चलता रहा और वहाँ के आंदोलनकारियों ने सरकारी दमन के बावजूद संघर्ष-क्षमता का अच्छा प्रदर्शन किया।

बहरहाल, सब मतभेदों, गलतफहमियों एवं अविश्वासों के बावजूद मंडेला और उनके साथी अपने अभियान में जुटे रहे। कुछ जगहों से निराशा हाथ लगी तो कई क्षेत्रों से बहुत उत्साहजनक परिणाम भी सामने आए। खासतौर पर पोर्ट एलिजाबेथ और पूर्वी केप में इसके अच्छे परिणाम दिखाई दे रहे थे।

सरकार नेल्सन मंडेला को हर तरह से परेशान करने की फिराक में रहती थी। अपनी कानून की फर्म के लिए उन्होंने ऐसे इलाके में दफ्तर बनाया था, जो भारतीयों के लिए था, लेकिन अश्वेत अफ्रीकी भी जहाँ कार्यालय के लिए जगह ले सकते थे। लेकिन फिर अर्बन एरियाज ऐक्ट के नाम पर उन पर एक और मुसीबत आ पड़ी। अब किसी व्यापारिक जगह पर दफ्तर बनाने के लिए किसी मंत्री की इजाजत लेना जरूरी था। लेकिन ऐसी इजाजत न मिल सकती थी, न मिली। मंडेला और उनके भागीदार से कहा गया कि किसी दूर अफ्रीकी इलाके में

जाकर अपना कारोबार खोलें, जहाँ उनके मुवक्किलों का आना-जाना बहुत मुश्किल था। इतना ही नहीं, जब तक उनका दफ्तर शहर में इस जगह पर था, पुलिसवाले किसी-न-किसी बहाने उनके मुवक्किलों को परेशान करने से बाज नहीं आते थे। इस संदर्भ में एक दिलचस्प बात यह थी कि जब कभी दूर के किसी इलाके में मंडेला किसी मुकदमे की पैरवी के लिए जाते तो वहाँ उनको देखने के लिए लोगों की भारी भीड़ जमा हो जाती। इसका असली कारण यह था कि बहुत से लोगों ने कभी कोई अश्वेत वकील नहीं देखा था। यह उनके लिए एक अजूबा ही था, पर सरकार इसे भी मंडेला की लोकप्रियता समझकर और परेशान हो जाती थी।

पुलिस ही नहीं, मजिस्ट्रेट भी अश्वेत वकील को देखकर भड़क जाते थे। वे पक्षपात तो करते ही थे, किसी-न-किसी बहाने उन्हें परेशान करने से भी बाज नहीं आते थे। एक उदाहरण काफी होगा। नेल्सन मंडेला जब एक केस के मामले में पैरवी करने पहुँचे तो गोरे वकील ने पूछा कि अपना सर्टिफिकेट दिखाइए।

पुलिस ही नहीं, मजिस्ट्रेट भी अश्वेत वकील को देखकर भड़क जाते थे। वे पक्षपात तो करते ही थे, किसी-न-किसी बहाने उन्हें परेशान करने से भी बाज नहीं आते थे। एक उदाहरण काफी होगा। नेल्सन मंडेला जब एक केस के मामले में पैरवी करने पहुँचे तो गोरे वकील ने पूछा कि अपना सर्टिफिकेट दिखाइए। यह सरासर शरारत थी, क्योंकि वकील के लिए हर समय अपना सर्टिफिकेट साथ रखना या दिखाना जरूरी न था। यह कुछ इसी तरह की बात थी मानो किसी प्रोफेसर को क्लास पढ़ाने से पहले कहा जाए कि अपनी विश्वविद्यालय की डिग्री दिखाओ कि तुम सचमुच पढ़ाने के काबिल हो। नेल्सन के बहुत इसरार करने पर भी वह मजिस्ट्रेट टस से मस नहीं हुआ। उलटे उसने मंडेला को अदालत से बाहर हो जाने का आदेश दिया।

मंडेला हार माननेवालों में से तो थे नहीं। उन्होंने इस व्यवहार के बारे में सुप्रीम कोर्ट में गुहार लगाई। वहाँ से मजिस्ट्रेट को फटकार लगी और मुकदमा किसी दूसरे मजिस्ट्रेट की अदालत में स्थानांतरित कर दिया गया।

स्वाधीनता का घोषणा-पत्र

सरकार के बढ़ते दमन और अत्याचारों के प्रतिरोध में अफ्रीकी नेशनल कांग्रेस के अध्यक्ष लिथलू ने सन् 1955 में तय किया कि अश्वेत अफ्रीकियों को अपनी स्वतंत्रता का घोषणा-पत्र तैयार करना चाहिए। इसके लिए उन्होंने बहुजातीय सम्मेलन बुलाने का निश्चय किया, जिसमें इस घोषणा-पत्र को अंतिम स्वरूप देकर उसे स्वीकृति प्रदान की जाए। इस घोषणा-पत्र को तैयार करने की विधि से अंदाज लगाया जा सकता है कि पार्टी का काम करने का तरीका कितना जनतांत्रिक था। इसके लिए अधिवेशन में भाग लेनेवाले सभी संगठनों से इस घोषणा-पत्र के लिए सुझाव आमंत्रित किए गए। इतना ही नहीं, उनका समर्थन करनेवालों से भी संपर्क करके सुझाव देने को कहा गया। देश भर के ग्रामीण व शहरी इलाकों में इसके लिए पत्र भेजकर हर स्वतंत्रता-प्रेमी का आह्वान किया गया कि वह अपने सुझाव यथाशीघ्र प्रेषित करे। पार्टी ने अपनी सभी शाखाओं को भी लिखा कि वे घोषणा-पत्र के लिए विचार लिख भेजें और अपने यहाँ के किन्हीं समान विचारोंवाले संगठनों से भी इसके लिए संपर्क करें।

सरकार के बढ़ते दमन और अत्याचारों के प्रतिरोध में अफ्रीकी नेशनल कांग्रेस के अध्यक्ष लिथलू ने सन् 1955 में तय किया कि अश्वेत अफ्रीकियों को अपनी स्वतंत्रता का घोषणा-पत्र तैयार करना चाहिए। इसके लिए उन्होंने बहुजातीय सम्मेलन बुलाने का निश्चय किया, जिसमें इस घोषणा-पत्र को अंतिम स्वरूप देकर उसे स्वीकृति प्रदान की जाए।

स्वाधीनता के घोषणा-पत्र के लिए सेंट पीटर्सबर्ग और डरबन से जो मसौदे आए, वे पार्टी मुख्यालय को बहुत जँचे; लेकिन उन्होंने अपने आकलन पर ही संतोष न करते हुए उनको दोबारा अपनी शाखाओं और अन्य संगठनों को टिप्पणी करने के लिए भेजा। सम्मेलन का समय निकट आ रहा था, इसलिए तैयार किए गए घोषणा-पत्र के हर पहलू पर एक बार फिर विचार करके और उसमें कुछ संशोधन करके उसे अंतिम रूप दिया गया। इतनी व्यापक रायशुमारी के आधार पर तैयार किए गए घोषणा-पत्र का अधिवेशन में पारित होना तय ही था। बस, अब इंतजार था तो सम्मेलन के दिन का और उसकी सफलता का।

अधिवेशन के लिए भी इसी तरह की नीति का अनुसरण किया गया। पूरी कोशिश की गई कि देश के सभी स्वतंत्रता-प्रेमी संगठन इसमें शामिल हों, ताकि संघर्ष को बल मिले। अधिक-से-अधिक लोगों तक स्वाधीनता का संदेश पहुँचे और वे इसके लिए तैयार हों। जोहांसबर्ग से कुछ मील की दूरी पर क्लिपटाउन में यह बहुजातीय सम्मेलन किया गया। इसमें करीब 200 अश्वेत, श्वेत व भारतीय संगठनों से अपने प्रतिनिधि भेजने का आग्रह किया गया था। परिणामस्वरूप जो सम्मेलन हुआ, वह सारे दक्षिण अफ्रीका के हर वर्ग का प्रतिनिधित्व कर रहा था। इसमें हर उम्र के स्त्री-पुरुषों ने पुलिस के दमन की परवाह न करते हुए हिस्सा लिया। जैसाकि स्वाभाविक ही था, इसमें हिस्सा लेनेवालों में बहुसंख्या

अधिवेशन के लिए भी इसी तरह की नीति का अनुसरण किया गया। पूरी कोशिश की गई कि देश के सभी स्वतंत्रता-प्रेमी संगठन इसमें शामिल हों, ताकि संघर्ष को बल मिले। अधिक-से-अधिक लोगों तक स्वाधीनता का संदेश पहुँचे और वे इसके लिए तैयार हों। जोहांसबर्ग से कुछ मील की दूरी पर क्लिपटाउन में यह बहुजातीय सम्मेलन किया गया।

अश्वेतों की ही थी, लेकिन करीब 200 भारतीय प्रतिनिधि भी इसमें शामिल हुए। सबसे दिलचस्प बात यह थी कि सम्मेलन में 100 के करीब श्वेत प्रतिनिधियों ने भी हिस्सा लिया। सम्मेलन-स्थल को तरह-तरह के बैनरों से सजाया गया था, जिन पर नारे लिखे हुए थे, जैसे-'स्वाधीनता हमारे जीवन का लक्ष्य है' या 'संघर्ष अमर रहे' आदि।

सम्मेलन में शामिल लोगों में जोश था। इसके बावजूद वे बहुत सब्र और अनुशासन का वातावरण बनाए रहे। इधर, पुलिसवाले भी अपनी काररवाई कर रहे थे। उन्होंने जनसमूह को आतंकित करने के लिए सबको चारों तरफ से घेर लिया। इसके बाद उनके फोटो लेने और अपनी नोटबुकों में कुछ-कुछ लिखकर भय का वातावरण बनाने की कोशिश की। इससे सब्र नहीं हुआ तो लोगों को डराना-धमकाना शुरू कर दिया। उन्हें मालूम होना चाहिए था कि आजादी के दीवाने इस तरह के हथकंडों से नहीं डरते।

सम्मेलन में शामिल लोगों में जोश था। इसके बावजूद वे बहुत सब्र और अनुशासन का वातावरण बनाए रहे। इधर, पुलिसवाले भी अपनी काररवाई कर रहे थे। उन्होंने जनसमूह को आतंकित करने के लिए सबको चारों तरफ से घेर लिया।

नेल्सन मंडेला और वाल्टर वहाँ आए तो थे, लेकिन चुपचाप एक कोने में भीड़ में खड़े थे। सरकारी मनाही की वजह से वे मंच पर आकर किसी काररवाई में हिस्सा नहीं ले सकते थे, क्योंकि इससे कोई उद्देश्य सिद्ध नहीं होता, नतीजा सिर्फ उनकी गिरफ्तारी होता।

जोशीले भाषणों और गीतों के साथ सम्मेलन का जब खूब समाँ बँध गया तो स्वाधीनता के घोषणा-पत्र को हिस्सों में पढ़कर सुनाया जाने लगा। इसकी खासियत यह थी कि अंग्रेजी के अलावा इसे खोसा और सोथो भाषाओं में भी पढ़कर सुनाया गया, ताकि सबकी समझ में

आ जाए और अपनी भाषा में सुनकर उनको अपनेपन का एहसास हो। सम्मेलन में उपस्थित जनसमूह ने बड़े उत्साह से घोषणा-पत्र को सुना और उतने ही उत्साह से उसके हर हिस्से का भारी हर्षध्वनि से समर्थन किया। सम्मेलन का पहला दिन इस तरह शांतिपूर्वक गुजर गया।

दूसरे दिन की शुरुआत भी शांति से हुई। पिछले दिन की तरह ही भाषण, गीत और घोषणा-पत्र के अंश पढ़ने का सिलसिला चला। लगता था कि सब ठीक रहेगा, लेकिन सरकार की योजना कुछ और थी। दोपहर बाद स्वतंत्रता के घोषणा-पत्र को मंजूरी देने के लिए आखिरी बार मतदान किया जाना था। उसके ठीक पहले पुलिस बल ने मंच पर धावा बोल दिया। उन्होंने माइक और मंच पर रखे सारे कागजात अपने कब्जे में ले लिये और ऐलान किया कि कोई अपनी जगह से जाएगा नहीं। कोई चाहता भी तो जा कैसे सकता था। सम्मेलन-स्थल के चारों तरफ तो पुलिस का घेरा था।

दूसरे दिन की शुरुआत भी शांति से हुई। पिछले दिन की तरह ही भाषण, गीत और घोषणा-पत्र के अंश पढ़ने का सिलसिला चला। लगता था कि सब ठीक रहेगा, लेकिन सरकार की योजना कुछ और थी। दोपहर बाद स्वतंत्रता के घोषणा-पत्र को मंजूरी देने के लिए आखिरी बार मतदान किया जाना था।

इसके बाद पुलिस ने एक-एक करके लोगों का ब्योरा लिखकर और उनके बयान लेकर मंच पर मौजूद सब लोगों को जाने दिया। बाकी लोग भी इसी तरह जाने लगे। इससे जाहिर हो गया कि उनका असली इरादा सभा को भंग करना और उसके उद्देश्य को विफल करना था। पुलिस की एक और टुकड़ी ने भीड़ का रुख किया और उन पर धावा बोला। भीड़ में खड़े मंडेला और उनके साथियों को लगा कि इस बार उनके पकड़े जाने की आशंका है, इसलिए उन्होंने वहाँ से निकल जाने में ही बेहतरी समझी। कुछ समय बाद उनकी जोहांसबर्ग में एक बैठक

होनी थी और उन्हें वहाँ पहुँचना ही था।

जोहांसबर्ग पहुँचने पर उनको पता चला कि सरकार की योजना बहुत कड़े कदम उठाने की है। वह पूरी तरह से आंदोलन को कुचलना चाहती है। बहुजातीय सम्मेलन को तो उसने तितर-बितर कर ही दिया था, लेकिन दमनकारी सरकार यह नहीं समझ पाई कि सम्मेलन भंग करके उसने कुछ हासिल नहीं किया। इससे जनता का गुस्सा और भड़क उठा था। वह पहले से भी अधिक उग्रता के साथ संघर्ष करने के लिए तैयार हो गई। इसके अलावा सम्मेलन के भंग होने के बावजूद उसका उद्देश्य पूरा हो गया था। विशाल जनसमूह ने स्वतंत्रता का घोषणा-पत्र सुन लिया था और उसे अपनी स्वीकृति भी दे दी थी। इससे उनके सामने लक्ष्य अब और भी स्पष्ट हो गया था। आंदोलन के सारे मुद्दे अब साफ जाहिर थे और आंदोलन को किस दिशा में और किस मकसद से आगे बढ़ना है, इसमें अब कोई शक-शुबहा बाकी न था। जो लोग सरकारी अत्याचारों और दमन की परवाह किए बिना इसमें शरीक हुए थे, वे आम लोगों की नजरों में हीरो बन चुके थे। इससे उनका हौसला और बुलंद हो गया। बहुजातीय सम्मेलन की इस कामयाबी ने दक्षिण अफ्रीका के सभी स्वतंत्रता प्रेमियों को एकजुट कर दिया था। उनकी एकता को इसने मजबूती दी थी, जिससे स्वाधीनता संघर्ष को बहुत बल मिला। अब हर आदमी की आँखों में आजादी का सुनहरा सपना था। उसके सामने साफ हो गया था कि अगर आजाद हो गए तो जिंदगी क्या बन जाएगी।

जोहांसबर्ग पहुँचने पर उनको पता चला कि सरकार की योजना बहुत कड़े कदम उठाने की है। वह पूरी तरह से आंदोलन को कुचलना चाहती है। बहुजातीय सम्मेलन को तो उसने तितर-बितर कर ही दिया था, लेकिन दमनकारी सरकार यह नहीं समझ पाई कि सम्मेलन भंग करके उसने कुछ हासिल नहीं किया।

उनकी समझ में आ गया था कि इसके लिए बड़े-से-बड़ा बलिदान देना भी उचित होगा।

आजादी का वह घोषणा-पत्र क्या था, जिसने दक्षिण अफ्रीकियों में ऐसी जागरूकता फैला दी, यह इस पर एक नजर डालने से स्पष्ट हो जाएगा।

घोषणा-पत्र

दक्षिण अफ्रीका इसमें रहनेवाले श्वेत-अश्वेत सबका है। अगर कोई सरकार जनता के अनुमोदन से चुनी गई तो वही शासन कर सकती है, नहीं तो उसे हम पर शासन करने का कोई अधिकार नहीं है। असमानता और अन्याय पर आधारित सरकार ने हमारी जनता से उसकी धरती, स्वाधीनता और शांति के जन्मसिद्ध अधिकारों को उनसे छीन लिया है।

हम दक्षिण अफ्रीकावासी अपने देश और सारे संसार को सूचित करने के लिए ऐलान करते हैं कि—

दक्षिण अफ्रीका इसमें रहनेवाले श्वेत-अश्वेत सबका है। अगर कोई सरकार जनता के अनुमोदन से चुनी गई तो वही शासन कर सकती है, नहीं तो उसे हम पर शासन करने का कोई अधिकार नहीं है। असमानता और अन्याय पर आधारित सरकार ने हमारी जनता से उसकी धरती, स्वाधीनता और शांति के जन्मसिद्ध अधिकारों को उनसे छीन लिया है। जब तक हमारे देशवासी समान अधिकारों व अवसरों के साथ भाईचारे से नहीं रहते, हम कभी समृद्ध नहीं हो सकते।

कोई लोकतांत्रिक सरकार ही रंगभेद, जातिभेद, लिंगभेद और धर्मभेद से निरपेक्ष होकर सबको उनके जन्मसिद्ध अधिकार दे सकती है।

इसलिए हम दक्षिण अफ्रीका के श्वेत-अश्वेत सभी निवासी समान भाव से और परस्पर भाइयों के समान होकर इस घोषणा-पत्र को स्वीकार

करते हैं। हम मिलकर संघर्ष करने की शपथ लेते हैं। जब तक हम इस लोकतांत्रिक घोषणा-पत्र के अनुरूप लोकतांत्रिक परिवर्तन नहीं कर लेंगे, तब तक अपनी पूरी शक्ति व साहस इस संघर्ष में झोंक देंगे।

इस घोषणा-पत्र में दक्षिण अफ्रीका को एक स्वाधीन लोकतांत्रिक राष्ट्र बनाने की आवश्यकता पर जोर दिया गया है।

जनता का राज्य होगा

हरेक नर-नारी को अपना वोट देने और कानून बनानेवाली किसी भी संस्था की सदस्यता के लिए उम्मीदवार बनने का अधिकार होगा।

हरेक व्यक्ति को देश के प्रशासन में हस्तक्षेप करने का अधिकार होगा।

हरेक नर-नारी को अपना वोट देने और कानून बनानेवाली किसी भी संस्था की सदस्यता के लिए उम्मीदवार बनने का अधिकार होगा। हरेक व्यक्ति को देश के प्रशासन में हस्तक्षेप करने का अधिकार होगा।

सबको समान अधिकार मिलेंगे—किसी तरह के जाति, लिंग और रंगभेद के बिना।

अल्पसंख्यकों की शासक समितियों, सलाहकार संस्थाओं और संगठनों की जगह लोकतांत्रिक संस्थान लेंगे।

सभी राष्ट्रीय वर्गों को समान अधिकार

सभी सरकारी संस्थानों, अदालतों और स्कूलों में देश की सभी जातियों के सदस्यों को एक समान महत्त्व दिया जाएगा।

सभी राष्ट्रीय वर्गों को उनकी जाति के प्रति किसी प्रकार के अपमान के विरुद्ध और राष्ट्रीय सम्मान के लिए कानूनी संरक्षण दिया जाएगा।

सब लोगों को अपनी भाषा का प्रयोग करने और अपनी लोक-संस्कृति व रीति-रिवाजों का विकास करने के समान अधिकार प्राप्त होंगे।

राष्ट्रीयता, जाति और रंगभेद का प्रचार करना या व्यवहार करना दंडनीय अपराध होगा।

सभी अलगाववादी कानून और उनको लागू किए जाने को निरस्त कर दिया जाएगा।

देश की संपत्ति में जनता सहभागी होगी

हमारे देश की राष्ट्रीय संपत्ति सभी दक्षिण अफ्रीकियों की थाती है। इसे उनको सौंपा जाएगा।

हमारे देश की राष्ट्रीय संपत्ति सभी दक्षिण अफ्रीकियों की थाती है। इसे उनको सौंपा जाएगा। धरती के नीचे की खनिज-संपदा, बैंक और एकाधिकारवाले उद्योग, इन सबका स्वामित्व सारी जनता को हस्तांतरित किया जाएगा।

धरती के नीचे की खनिज-संपदा, बैंक और एकाधिकारवाले उद्योग, इन सबका स्वामित्व सारी जनता को हस्तांतरित किया जाएगा।

बाकी सारे उद्योग-व्यापारों को भी जनता के कल्याण में सहायता के लिए नियंत्रित किया जाएगा।

सभी लोगों को स्वेच्छानुसार कहीं भी व्यापार करने का समान अधिकार होगा। उनको किसी भी वस्तु का उत्पादन करने, व्यवसाय, शिल्प या पेशेगत कार्य करने का भी समान अधिकार होगा।

धरती पर जोतनेवालों का अधिकार होगा

जाति के आधार पर धरती के स्वामित्व का परिसीमन समाप्त किया जाएगा। अकाल व भूमि की क्षुधा को समाप्त करने के लिए सारी धरती को जोतनेवालों में दोबारा से बाँट दिया जाएगा।

इस घोषणा-पत्र का व्यापक स्वागत हुआ। लेकिन कुछ ऐसे भी थे, जिन्होंने इसका विरोध किया। ये वे लोग थे, जो श्वेतों और कम्युनिस्टों के

खिलाफ थे। इनका विरोध का मुद्दा यह था कि इस तरह जिस राष्ट्र का निर्माण होगा, वह वैसा न होगा जिसकी बात अफ्रीकी नेशनल पार्टी शुरू से करती आई है। इनका तर्क था कि यह घोषणा-पत्र समाजवादी व्यवस्था का समर्थन करता है। नेल्सन मंडेला ने इसके जवाब में 'लिबरेशन' नामक पत्रिका में एक लेख लिखकर स्पष्ट किया कि घोषणा-पत्र निजी उद्यमों का समर्थक है और इससे पहली बार अफ्रीकियों में पूँजीवाद को पनपने के अवसर मिलेंगे। वे अपने नाम से अपना कारोबार कर सकेंगे और अपनी संपत्ति रख सकेंगे और अपने परिश्रम के अनुसार उसका विकास कर सकेंगे। जहाँ तक राष्ट्रीयकरण का सवाल है, वह देश की प्रगति के लिए एक अनिवार्य आवश्यकता है; क्योंकि खदानों, बैंकों और दूसरे महत्त्वपूर्ण उद्यमों को श्वेतों के एकाधिकार में नहीं छोड़ा जा सकता।

जैसाकि स्वाभाविक ही था, घोषणा-पत्र का बड़ी गर्मजोशी से स्वागत किया गया। इसने देशवासियों को एक स्पष्ट दिशा प्रदान की थी। इसने स्वाधीनता और समानता से संबद्ध सभी मुद्दों को नितांत स्पष्ट कर दिया था और संघर्ष का आगे का मार्ग भी इससे प्रशस्त हो गया था।

जैसाकि स्वाभाविक ही था, घोषणा-पत्र का बड़ी गर्मजोशी से स्वागत किया गया। इसने देशवासियों को एक स्पष्ट दिशा प्रदान की थी। इसने स्वाधीनता और समानता से संबद्ध सभी मुद्दों को नितांत स्पष्ट कर दिया था और संघर्ष का आगे का मार्ग भी इससे प्रशस्त हो गया था। यह वास्तव में एक क्रांतिकारी दस्तावेज था। इसने सारे संघर्ष का स्वरूप बदल दिया। यह दमन और अत्याचार-विरोधी वह दस्तावेज था, जो सारे राष्ट्र की सम्मति से तैयार किया गया था। समान अधिकारोंवाली निष्पक्ष व्यवस्था का निर्माण पृथक्तावाद को खत्म किए बिना असंभव था, इसलिए इसे सबसे अधिक महत्त्व दिया गया।

□

10

जुझारू मंडेला

> **यह अफ्रीका की जनता का संघर्ष है। उनके अपने कष्टों और अपने अनुभवों से प्रेरित संघर्ष। यह उनके जीने के अधिकार का संघर्ष है।**
>
> ***—नेल्सन मंडेला***

दिसंबर 1955 के आरंभ में मंडेला पर लगाए गए प्रतिबंध हटा लिए गए। पाबंदी हटने पर उनको सबसे पहले अपने परिवार और अपने ग्रामीण वातावरण की याद आई। उन्होंने उस ओर जाने का मन बना लिया। इसके दो कारण थे। एक तो उनके लिए ग्रामीण परिवेश में जाकर वहाँ की स्थितियों का जायजा लेना बहुत जरूरी था। वह प्रतिबंध के कारण वहाँ जा नहीं पाए थे और वहाँ के हालात की प्रत्यक्ष जानकारी व अनुभव उनको नहीं था। दूसरा, उनका मन उस परिवेश में दोबारा जाने को ललक रहा था, जिसमें उनके बचपन और किशोर अवस्था की यादें बसी हुई थीं। उन्होंने सबको अपना इरादा बताया और यात्रा की तैयारियाँ शुरू कर दीं।

आधी रात को मंडेला ने चुपचाप अपना सफर शुरू किया। वे नेटल में कई लोगों से मिले और तथ्यों की प्रत्यक्ष जानकारी हासिल

की। मिलने और समाचार-पत्रों से तथ्यों की जानकारी पाने में एक बड़ा अंतर यह भी था कि इसमें विचारों का आदान-प्रदान भी होता था। बहुत सी ऐसी बातों पर भी चर्चा होती थी, जिनका जिक्र तक अखबारों में नहीं किया जा सकता था। वे वहाँ से डरबन गए और डॉ. नायकर तथा नेटल इंडियन कांग्रेस के सदस्यों से मुलाकात की। वहाँ अन्य बातों के अलावा नेल्सन ने सरकार द्वारा उन पर लगाए प्रतिबंधों से छुटकारा पाने के उपायों पर भी चर्चा की।

वहाँ से उन्होंने आगे समुद्र के किनारे बसे बहुत से छोटे शहरों व कस्बों का दौरा किया और लोगों से संपर्क साधा। इसके बाद उन्होंने उमताता का रुख किया। जैसाकि हर घर की तरफ जानेवाले के साथ होता है, पुरानी यादों ने उनको घेर लिया और वे भावुक हो उठे। मंडेला के ट्रांस्की पहुँचने पर खुफिया पुलिस के उनके आने की भनक लग गई और पुलिस ने लगातार उनका पीछा करना शुरू कर दिया। नेल्सन ने इसकी परवाह नहीं की, लेकिन सतर्क जरूर हो गए।

वहाँ से उन्होंने आगे समुद्र के किनारे बसे बहुत से छोटे शहरों व कस्बों का दौरा किया और लोगों से संपर्क साधा। इसके बाद उन्होंने उमताता का रुख किया। जैसाकि हर घर की तरफ जानेवाले के साथ होता है, पुरानी यादों ने उनको घेर लिया और वे भावुक हो उठे।

नेल्सन जब केजवानी पहुँचे तो रात हो चुकी थी। लोगों को उनके आने की खबर मिली तो वहाँ इकट्ठे हो गए और बड़ी गर्मजोशी से उनका स्वागत किया। उनकी दूसरी माँ उनसे बहुत प्यार से मिलीं और फिर उनकी कार में बैठकर उनको अपने किसी रिश्तेदार के यहाँ दूर गाँव में ले गईं। तब तक काफी रात हो चुकी थी। लेकिन यह अपनों का प्यार था कि घर के सभी लोग सारी रात जागते रहे और बातें होती रहीं। सुबह का सूरज निकलने पर ही मंडेला लौटे। करीब पंद्रह दिन

वह वे उस इलाके में रहे और लगातार कूनू व केजवानी आते-जाते रहे। नेल्सन ने वहाँ किसी तरह की जनसभा का आयोजन नहीं किया, जिसकी तरफ सरकार का ध्यान जाता। वे तो अपने लोगों से मिलकर उनसे सारे मामले पर गंभीर चर्चा करना चाहते थे, ताकि उद्देश्य सबको स्पष्ट हो और एक मजबूत संगठन की नींव रखी जा सके। उन्हें विश्वास था कि उनके अपने लोगों से बढ़कर उनका समर्थन और कौन कर सकता है। उन्हें लगा कि क्रांतिकारी के लिए भी जरूरी है कि वह अपनी जड़ों से जुड़ा रहे। लेकिन नेल्सन का कार्यक्षेत्र अब बहुत विस्तृत हो चुका था। लिहाजा अपनी माता, बहन और परिजनों से विदा लेकर वे फिर से केपटाउन के लिए रवाना हो गए।

केपटाउन में नेल्सन ने करीब दो हफ्ते गुजारे और वहाँ व आसपास के इलाके में अफ्रीकी नेशनल कांग्रेस के सदस्यों तथा अन्य समान विचारोंवाले लोगों से निरंतर संपर्क किया। एक दिन जब वे केपटाउन की पत्रिका 'न्यू एज' के कार्यालय में अपने मित्रों से मिलने जा रहे थे तो सीढ़ियों से ही उनको तरह-तरह की आवाजें आने लगीं। इससे वे सतर्क हो गए। उनको भाँपते वक्त नहीं लगा कि पत्रिका के दफ्तर पर पुलिस ने छापा मारा है। वे उलटे पैर वहाँ से लौट पड़े। बाद में नेल्सन को पता चला कि सिर्फ इस पत्रिका के दफ्तर पर ही नहीं, सारे देश में व्यापक पैमाने पर छापे मारे जा रहे हैं।

केपटाउन में नेल्सन ने करीब दो हफ्ते गुजारे और वहाँ व आसपास के इलाके में अफ्रीकी नेशनल कांग्रेस के सदस्यों तथा अन्य समान विचारोंवाले लोगों से निरंतर संपर्क किया। एक दिन जब वे केपटाउन की पत्रिका 'न्यू एज' के कार्यालय में अपने मित्रों से मिलने जा रहे थे तो सीढ़ियों से ही उनको तरह-तरह की आवाजें आने लगीं।

महाराजद्रोह

पुलिस ने दक्षिण अफ्रीका के इतिहास में सबसे बड़े छापे मारे थे। सुबह-सुबह ही सैकड़ों घरों पर एक साथ धावा बोलकर उसने कथित राजद्रोह के सुबूत इकट्ठे करने का प्रयास किया। मंडेला के घर की भी तलाशी ली गई और तीसरी बार उन पर पाँच साल के लिए प्रतिबंध लगाया गया। उसके बाद की काररवाइयों में अफ्रीकी नेशनल कांग्रेस के 48 सदस्यों पर प्रतिबंध लगाया गया।

तत्पश्चात् 5 दिसंबर, 1956 को पुलिस ने सुबह-सवेरे मंडेला का जगाकर महाराजद्रोह के आरोप में उनके घर से गिरफ्तार कर लिया। इसके साथ ही अफ्रीकी नेशनल कांग्रेस के लगभग सभी अन्य नेताओं को भी गिरफ्तार किया गया। इससे भी तसल्ली न हुई तो सरकार ने स्वतंत्रता संघर्ष से संबंध रखनेवाली अन्य सभी पार्टियों के सदस्यों को भी हिरासत में ले लिया। कुल 156 लोगों को जेल में ठूँसा गया।

5 दिसंबर, 1956 को पुलिस ने सुबह-सवेरे मंडेला का जगाकर महाराजद्रोह के आरोप में उनके घर से गिरफ्तार कर लिया। इसके साथ ही अफ्रीकी नेशनल कांग्रेस के लगभग सभी अन्य नेताओं को भी गिरफ्तार किया गया। इससे भी तसल्ली न हुई तो सरकार ने स्वतंत्रता संघर्ष से संबंध रखनेवाली अन्य सभी पार्टियों के सदस्यों को भी हिरासत में ले लिया।

इन सब पर हिंसा के जरिए सरकार का तख्ता पलटने की साजिश का अभियोग लगाया गया। इसके साथ ही यह भी कहा गया कि वे वर्तमान सरकार के स्थान पर कम्युनिस्ट सरकार की स्थापना करना चाहते थे। इसके सुबूत के तौर पर 1 अक्तूबर, 1952 से 13 दिसंबर, 1952 की उनकी गतिविधियों को आधार बनाया गया। ये अभियोग सिद्ध हो जाने पर आरोपियों को उम्रकैद या मृत्युदंड भी दिया जा सकता था।

दक्षिण अफ्रीका की दमनकारी सरकार से कानूनी चूक यह हुई कि उसने स्वतंत्रता के घोषणा-पत्र को महाराजद्रोह का मुख्य आधार बनाया। यह कानून की नजरों में और सारी दुनिया की नजरों में अपना मजाक उड़वानेवाली बात थी। स्वतंत्रता का घोषणा-पत्र मुख्य रूप से रंगभेद और जातिभेद का विरोध करता था। वह समान अधिकारों की बात करता था। एक तरह से कहा जा सकता है कि वह मानव अधिकारों का मसौदा था। फिर उसे दक्षिण अफ्रीका की अधिकांश जनता ने मान्यता दी थी। इसके लिए कुछ सौ लोगों को जिम्मेदार नहीं ठहराया जा सकता था।

दूसरी बात चूँकि कम्युनिज्म का आरोप लगाने की थी—स्वतंत्रता के घोषणा-पत्र में या स्वाधीनता संघर्ष के नारों या गानों में कहीं भी कम्युनिज्म की गंध नहीं आती थी। इसके अधिकांश नेताओं का कम्युनिस्ट पार्टी से कुछ लेना-देना भी नहीं था, इसलिए आरोप का यह आधार भी खिसकता नजर आता था।

दूसरी बात चूँकि कम्युनिज्म का आरोप लगाने की थी—स्वतंत्रता के घोषणा-पत्र में या स्वाधीनता संघर्ष के नारों या गानों में कहीं भी कम्युनिज्म की गंध नहीं आती थी। इसके अधिकांश नेताओं का कम्युनिस्ट पार्टी से कुछ लेना-देना भी नहीं था, इसलिए आरोप का यह आधार भी खिसकता नजर आता था। सरकारी मनमानी और निरंकुशता की बात और थी, लेकिन इससे उसकी हठधर्मिता और अन्याय तो जग-जाहिर हो ही जाता। अंतरराष्ट्रीय बिरादरी के सामने इस तरह पोल खुलने के बाद कथित अपराधियों को दंड देना इतना आसान काम न था।

जहाँ तक मंडेला का सवाल था, वे इस मुकदमे को अपनी बात और तर्क सारी दुनिया के सामने रखने का एक सुनहारा मौका समझ रहे थे। महान् हस्तियों की यही पहचान होती है कि वे हर विपत्ति में से भी अपने अनुकूल कोई पहलू खोज लेते हैं, जो उनको संघर्ष करने

की प्रेरणा देता है। तेरह महीने तक चले इस मुकदमे में अभियोजन पक्ष ने काफी सुबूत पेश करने की कोशिश की, जिनके आधार पर ट्रांसवाल के सर्वोच्च न्यायालय में आरोपियों के खिलाफ सुनवाई हो और उनको कठोर-से-कठोर दंड मिले।

अभियोजन पक्ष की सुनवाई के होने पर जज ने व्यवस्था दी कि मामला उच्च न्यायालय द्वारा सुनवाई के लायक है। लेकिन इस बीच 61 लोगों को अभियोग से मुक्त कर दिया गया था, जिनमें से अधिकांश ए.एन.सी. और दूसरी पार्टियों के छुटभैए थे।

विनी से मुलाकात

मुकदमे की सुनवाई के लिए लंबी तारीखें पड़ती थीं। इस बीच प्रतिवादियों को छोड़ दिया जाता था। मंडेला भी अवकाश पाकर अपनी वकालत के काम पर लौटे और जो मुकदमों का काम इस आरोप के कारण छूट गया था, उसे फिर से हाथ में लेकर रात-दिन मेहनत में जुट गए।

अभियोजन पक्ष की सुनवाई के होने पर जज ने व्यवस्था दी कि मामला उच्च न्यायालय द्वारा सुनवाई के लायक है। लेकिन इस बीच 61 लोगों को अभियोग से मुक्त कर दिया गया था, जिनमें से अधिकांश ए.एन.सी. और दूसरी पार्टियों के छुटभैए थे।

सन् 1955 में मंडेला की पत्नी एवेलिन अपने बच्चों को लेकर उनसे अलग हो गई थी। बात यह हुई थी कि उनकी प्रिय पत्नी ने उनसे दो-टूक कह दिया था कि वे अपने बीवी-बच्चों और ए.एन.सी. में से किसी एक को चुन लें। देखा जाए तो उसका भी कुसूर न था। आखिर उनका पारिवारिक जीवन पार्टी और स्वाधीनता संघर्ष की भेंट चढ़ गया था। कहने की आवश्यकता नहीं कि नेल्सन मंडेला जैसे जुझारू अपने देश व देशवासियों के स्वाधीनता और परिवार में से किसी एक को चुनने की नौबत आने पर अपने स्वाधीनता

के लक्ष्य को ही तो चुनते। लिहाजा वे अपना विवाहित जीवन टूटता देखते रहे, पर अपने लक्ष्य के प्रति अडिग रहे।

मुकदमे के बीच के अंतराल में एक दिन मंडेला अपने किसी दोस्त के साथ कहीं जा रहे थे कि बस स्टॉप पर खड़ी एक युवती पर उनकी नजर पड़ी। वह उसकी सुंदरता से बहुत प्रभावित हुए। उन्हें लगा जैसे पहली नजर में ही वह उनके दिल में समा गई हो। उसे देखने की उनके मन में तीव्र उत्कंठा जाग गई, लेकिन तब तक बस आ गई और वह उसमें सवार होकर चली गई। मंडेला क्या करते, मन मसोसकर रह गए।

मुकदमे के बीच के अंतराल में एक दिन मंडेला अपने किसी दोस्त के साथ कहीं जा रहे थे कि बस स्टॉप पर खड़ी एक युवती पर उनकी नजर पड़ी। वह उसकी सुंदरता से बहुत प्रभावित हुए। उन्हें लगा जैसे पहली नजर में ही वह उनके दिल में समा गई हो। उसे देखने की उनके मन में तीव्र उत्कंठा जाग गई, लेकिन तब तक बस आ गई और वह उसमें सवार होकर चली गई।

पर कुदरत को यह मंजूर न था कि मंडेला इस तरह निराश हों। वही युवती कुछ सप्ताह बाद अपने भाई के लिए कानूनी सलाह लेने उनके वकालत के दफ्तर में आ गई। बातचीत से पता चला कि उसका पूरा नाम नोमजामो विनीफ्रैंड मदिकजैला था, पर सब उसे 'विनी' नाम से पुकारते थे। उसने जोहांसबर्ग के जान हाफ्सर स्कूल से समाज-सेवा की शिक्षा ली थी और अब बैरग्वानेथ अस्पताल में समाज-सेविका के रूप में काम कर रही थी। जान-पहचान बढ़ी और बढ़कर प्यार का रूप धारण कर लिया। मंडेला तो पहले ही उस पर मर मिटे थे, युवती भी उनको चाहने लगी थी। जब भी अवकाश मिलता, दोनों कहीं मिल जाते और धीरे-धीरे उनका प्यार परवान चढ़ने लगा। मंडेला ने

उसे साफ बता दिया कि वह उसको अपनी पत्नी बनाना चाहते हैं।

युवती के पिता को जब यह सब पता चला तो वे अपनी बेटी के लिए स्वभावतः बहुत चिंतित हो उठे। उन्होंने उसे मंडेला के जीवन पर मँडराते खतरों से आगाह किया। उन्होंने उसे तरह-तरह से समझाया कि काँटों की डगर पर चलने की जिद न करे। खुद मंडेला भी यही सोचते थे कि उनके प्यार की ज्योति चारों ओर से घोर अँधेरों से घिरी है। उनकी विवाहित जिंदगी को अगर कुछ बचाए रख सकता है तो वे उन दोनों का गहनतम प्यार ही होगा। लेकिन वह अपने दिल के हाथों मजबूर थे, इसलिए यह जोखिम उठाने को तैयार हो गए थे।

विनी के पिता ने जब देखा कि वे लोग शादी करने पर आमादा हो ही गए हैं तो उन्होंने एक और व्यावहारिक सलाह दी कि अगर ऐसा है तो तुम्हारे लिए बेहतर यही होगा कि अपने पति के रास्ते पर चलो। तभी तुम्हारी जिंदगी एक राह पर चलेगी। वरना अलग-अलग रास्ते पर चलने को मजबूर होगे। नेल्सन ने भी अपनी पत्नी को शुरू में ही स्पष्ट कर दिया कि उनकी गृहस्थी की गाड़ी फिलहाल तो सिर्फ उसकी तनख्वाह से ही चलेगी। नेल्सन मुकदमे में इस कदर फँसे हैं कि कोई कमाई करने की उम्मीद नहीं रख सकते। अपने लोगों की स्वतंत्रता के लिए उनकी प्रतिबद्धता का पता तो उसे था ही। वह इस उच्च उद्‌देश्य को देखते हुए इस पर भी राजी हो गई।

विनी के पिता ने जब देखा कि वे लोग शादी करने पर आमादा हो ही गए हैं तो उन्होंने एक और व्यावहारिक सलाह दी कि अगर ऐसा है तो तुम्हारे लिए बेहतर यही होगा कि अपने पति के रास्ते पर चलो। तभी तुम्हारी जिंदगी एक राह पर चलेगी। वरना अलग-अलग रास्ते पर चलने को मजबूर होगे।

मंडेला का विवाह

जोखिम से भरे वर्तमान और अनिश्चित भविष्य के बावजूद इन दोनों प्रेमियों ने लगभग एक साल की मेल-मुलाकातों के बाद 14 जून, 1958 को विवाह कर लिया। इस इंतजार का एक कारण यह भी था कि एवेलिन से उनके तलाक की प्रक्रिया अभी पूर्ण नहीं हुई थी। जैसे ही यह कार्य संपन्न हुआ; तलाक के कुछ समय बाद ही उन्होंने अपना दूसरा विवाह विनी से किया। विवाह के लिए उनको जोहांसबर्ग से छह दिन बाहर जाने की विशेष अनुमति मिल गई। बिजाना में इनके विवाह में खूब खुशी मनाई गई और सबने नृत्य का आनंद लिया। इसके बाद परंपरा के अनुसार विनी को अपने ससुराल यानी मंडेला के पैतृक घर पर जाना चाहिए था, लेकिन हालात को देखते हुए यह संभव न था। उनकी यह अभिलाषा पूरी नहीं हो सकी। विनी को पश्चिम ऑरलैंडो स्थित अपने पति के घर पर जाकर ही संतोष करना पड़ा। एवेलिन के बच्चों के साथ घर छोड़ जाने के बाद से वीरान हुआ मंडेला का आशियाना फिर से खुशियों से भर गया। स्वाधीनता संघर्ष और पार्टी के प्रति उनकी जिम्मेदारी के साथ-साथ नेल्सन अपनी पत्नी के प्रति अपने कर्तव्य को भी यथासंभव निभाते रहे।

जोखिम से भरे वर्तमान और अनिश्चित भविष्य के बावजूद इन दोनों प्रेमियों ने लगभग एक साल की मेल-मुलाकातों के बाद 14 जून, 1958 को विवाह कर लिया। इस इंतजार का एक कारण यह भी था कि एवेलिन से उनके तलाक की प्रक्रिया अभी पूर्ण नहीं हुई थी।

वे जोखिम और तनाव के साए में दिन गुजार रहे थे। वे जानते थे कि उनको प्यार करने के लिए थोड़े से दिन ही मिले हैं। इसी को भरपूर जी लेना है। उसके बाद मुकदमा क्या रुख अख्तियार करेगा या सरकार

आगे नेल्सन के खिलाफ क्या चाल चलेगी, यह कहना मुश्किल था।

जिस बात का उन्हें अंदेशा था, वही हुआ। अगस्त 1958 में नेल्सन के मुकदमे की फिर से नियमित सुनवाई होने लगी। अब तो उनका सारा समय इसी की भेंट चढ़ने लगा। तीन साल तक यही सिलसिला जारी रहा। इस लंबे समय में विनी मंडेला ने दो बच्चों को जन्म दिया। ये दोनों ही बेटियाँ थीं। इन बच्चियों को माँ की ममता का साया तो मिला, पर पिता का प्यार-दुलार कम ही नसीब हुआ। नेल्सन अपनी बच्चियों को समय नहीं दे पाते थे। उनका सारा समय तीन कामों में बँटा हुआ था। मुकदमे की सुनवाई, पार्टी का काम और बाकी बचा समय अपनी वकालत को, ताकि गृहस्थी के लिए कुछ कमाई कर सकें। विनी इसे समझती थी और उसने किसी तरह का गिला-शिकवा करने की बजाय बच्चियों की परवरिश की जिम्मेदारी पूरी तरह से निभाई।

रंगभेद की नीति के खिलाफ देश भर में रोष तो था ही। सरकार के पास संबंधित कानून का विरोध करने के लिए पैन अफ्रीकी कांग्रेस ने एक योजना बनाई। इसके तहत तय पाया गया कि मार्च 1960 में बड़ी संख्या में पास जलाकर और प्रदर्शन करके विरोध प्रकट किया जाएगा। इस कानून के मुताबिक सोलह साल से ज्यादा उम्र के हर अफ्रीकी को अपना पहचान-पत्र लेकर चलना पड़ता था।

शार्पविले हत्याकांड

रंगभेद की नीति के खिलाफ देश भर में रोष तो था ही। सरकार के पास संबंधित कानून का विरोध करने के लिए पैन अफ्रीकी कांग्रेस ने एक योजना बनाई। इसके तहत तय पाया गया कि मार्च 1960 में बड़ी संख्या में पास जलाकर और प्रदर्शन करके विरोध प्रकट किया जाएगा। इस कानून के मुताबिक सोलह साल से ज्यादा उम्र के हर अफ्रीकी को

अपना पहचान-पत्र लेकर चलना पड़ता था।

बड़े पैमाने पर प्रदर्शन हुए। इनमें सबसे उग्र प्रदर्शन जोहांसबर्ग से लगभग 35 मील दूर एक छोटे से शहर शार्पविले में हुआ। वहाँ हजारों की भीड़ ने एकत्र होकर जबरदस्त प्रदर्शन किया। पुलिस के 75 जवानों ने निहत्थे लोगों पर बिना किसी चेतावनी के गोलियाँ बरसानी शुरू कर दीं। जैसाकि स्वाभाविक ही था, निहत्थे लोग इससे डरकर भाग खड़े हुए, लेकिन पुलिस ने गोली चलाना बंद नहीं किया। ज्यादातर लोगों की पीठ पर गोलियाँ लगीं। इस जघन्य गोलीकांड में 69 अफ्रीकी मारे गए और 400 से ज्यादा जख्मी हुए। इनमें से अधिकांश महिलाएँ और बच्चे थे।

बड़े पैमाने पर प्रदर्शन हुए। इनमें सबसे उग्र प्रदर्शन जोहांसबर्ग से लगभग 35 मील दूर एक छोटे से शहर शार्पविले में हुआ। वहाँ हजारों की भीड़ ने एकत्र होकर जबरदस्त प्रदर्शन किया। पुलिस के 75 जवानों ने निहत्थे लोगों पर बिना किसी चेतावनी के गोलियाँ बरसानी शुरू कर दीं।

इस बर्बर हत्याकांड की प्रतिक्रिया केवल दक्षिण अफ्रीका में ही नहीं, सारी दुनिया में हुई। भारतीय स्वाधीनता संग्राम के दौरान जलियाँवाला बाग के गोलीकांड की याद दिलानेवाले इस हत्याकांड की खबर दुनिया भर के अखबारों की सुर्खियों में थी। इसके साथ ही संयुक्त राष्ट्र सहित सारे संसार ने एक स्वर से इसकी निंदा की। गौरतलब बात यह है कि इसमें अमेरिका का विदेश विभाग भी शामिल था। इस आंतरिक और बाहरी प्रतिक्रिया से दक्षिण अफ्रीकी सरकार को जबरदस्त धक्का लगा।

शोक दिवस

नेल्सन मंडेला और अफ्रीकी नेशनल कांग्रेस के अन्य नेताओं ने यह महसूस किया कि देश भर में उमड़े आक्रोश को कोई अभिव्यक्ति

देना आवश्यक था। नेल्सन मंडेला, वाल्टर सिसुलू, ड्यूमा नाक्वे और स्लोबो की टीम ने रात भर जागकर विरोध की एक योजना तैयार की। उन्होंने प्रधान लुथुलू को जब अपनी योजना के बारे में बताया तो उन्होंने इसे सहमति दे दी। 26 मार्च को लुथुलू ने जनता का आह्वान किया कि वह विरोध-स्वरूप अपने पास सार्वजनिक रूप से जलाए। जैसाकि किसी भी श्रेष्ठ नेता को करना चाहिए, सबसे पहले उन्होंने अपना पास जनसमूह के सामने जला डाला। 28 मार्च को शार्पविले हत्याकांड के विरोध में राष्ट्रव्यापी शोक-दिवस मनाने का ऐलान किया गया। नेल्सन मंडेला और उनके साथियों ने प्रेस व जनता के सामने अपने पास जलाकर सरकार की रंगभेदी नीति का विरोध किया।

अफ्रीकी नेशनल कांग्रेस के आह्वान पर 28 मार्च को मनाया गया विरोध दिवस बहुत सफल रहा। अकेले केपटाउन में ही लगभग 50 हजार की भारी भीड़ ने हत्याकांड के विरोध में प्रदर्शन किया। लोग अपने गुस्से पर काबू न रख सके और देश के कई इलाकों में दंगे भड़क उठे। अब जाहिर था कि सरकार की तरफ से दमनचक्र व गिरफ्तारियों का सिलसिला और तेज होनेवाला है। इसको मद्‌देनजर रखते हुए ए.एन.सी. ने अपने महासचिव आलिवर टांबो को गुपचुप तरीके से देश से बाहर भेज दिया। वे अंतरराष्ट्रीय स्तर पर अपनी जनता के पक्ष में जनमत तैयार करने के लिए इंग्लैंड चले गए।

अफ्रीकी नेशनल कांग्रेस के आह्वान पर 28 मार्च को मनाया गया विरोध दिवस बहुत सफल रहा। अकेले केपटाउन में ही लगभग 50 हजार की भारी भीड़ ने हत्याकांड के विरोध में प्रदर्शन किया। लोग अपने गुस्से पर काबू न रख सके और देश के कई इलाकों में दंगे भड़क उठे। अब जाहिर था कि सरकार की तरफ से दमनचक्र व गिरफ्तारियों का सिलसिला और तेज होनेवाला है।

30 मार्च को सरकार ने सारे देश में आपातकालीन स्थिति की घोषणा कर दी। इसके साथ ही मार्शल-लॉ लागू कर दिया गया, जिसके तहत अफ्रीकियों के नागरिक सुरक्षा कानूनों को भी स्थगित कर दिया गया। पुलिस के सशस्त्र बल ने आधी रात को नेल्सन मंडेला के घर पर छापा मारा और उनको बिना किसी वारंट के गिरफ्तार कर लिया। बिना वारंट गिरफ्तार होनेवाले मंडेला अकेले न थे। सारे दक्षिण अफ्रीका में 22 हजार लोगों को इसी तरह हिरासत में लिया गया।

पुलिस ने तलाशी में मंडेला का सारा घर अस्त-व्यस्त कर डाला। उन्होंने कागज के एक छोटे से टुकड़े को भी नहीं छोड़ा। इसके बाद वे नेल्सन को सोफियाटाउन के पुलिस थाने में ले गए। वहाँ उनको एक गंदी सड़ाँधवाली कोठरी में उनकी पार्टी के अन्य साथियों के साथ ठूँस दिया गया। उनको फर्श पर सोने के लिए गंदे बिस्तरे दिए गए। पुलिस की अमानवीयता का एक उदाहरण यह भी था कि उनको 12 घंटे तक खाने को कुछ भी नहीं दिया गया। 36 घंटों के बाद उन्हें प्रिटोरिया में राजद्रोह के अभियोग में सुनवाई के लिए ले जाया गया।

पुलिस ने तलाशी में मंडेला का सारा घर अस्त-व्यस्त कर डाला। उन्होंने कागज के एक छोटे से टुकड़े को भी नहीं छोड़ा। इसके बाद वे नेल्सन को सोफियाटाउन के पुलिस थाने में ले गए। वहाँ उनको एक गंदी सड़ाँधवाली कोठरी में उनकी पार्टी के अन्य साथियों के साथ ठूँस दिया गया। उनको फर्श पर सोने के लिए गंदे बिस्तरे दिए गए।

1 अप्रैल को सरकार ने गैर-कानूनी संगठन कानून लागू कर दिया। इसके तहत ए.एन.सी. और पी.ए.सी. को प्रतिबंधित कर दिया गया। इसका मतलब यह था कि इन संगठनों के सदस्य होना या इनकी किसी भी गतिविधि में भाग लेना अपने आप ही अपराध हो जाता था। इस कानून के बनते ही इन पार्टियों के सभी सदस्य रातोरात अपराधी बन गए।

रिहाई

अगस्त 1960 में सरकार ने आपातकालीन स्थिति समाप्त कर दी, लेकिन उसके दौरान बंदी बनाए गए लोगों पर मुकदमा चलता रहा। इसी दौरान मंडेला पर लगे तीसरे प्रतिबंध की अवधि समाप्त हो गई। इसका मतलब था कि वे अब जोहांसबर्ग से बाहर जा सकते थे। इसका लाभ उठाते हुए उन्होंने तुरंत सभी स्वाधीनता-प्रेमी संगठनों की एक आपातकालीन बैठक में भाग लिया, जिसमें देश भर से 14,000 प्रतिनिधि आए थे। इस बैठक का उद्देश्य सरकार के दक्षिण अफ्रीका को श्वेतों का जनतंत्र घोषित करने के इरादे का विरोध करना था।

संगठन पर प्रतिबंध लगने के बाद से अफ्रीकी नेशनल कांग्रेस की गुप्त बैठकें होती रहती थीं। इन्हीं में से एक बैठक में यह भी तय पाया गया कि आनेवाले किसी भी दमन से बचने के लिए मंडेला को भूमिगत हो जाना चाहिए। हालाँकि इसका मतलब अपने परिवार से बिछुड़ना था, लेकिन नेल्सन ने देश-हित में यह भी गवारा कर लिया। जब वे लोग बंदी थे, तब भी आपस में विचार-विमर्श करके संघर्ष के लिए आगे की योजनाएँ बनाते रहते थे।

संगठन पर प्रतिबंध लगने के बाद से अफ्रीकी नेशनल कांग्रेस की गुप्त बैठकें होती रहती थीं। इन्हीं में से एक बैठक में यह भी तय पाया गया कि आनेवाले किसी भी दमन से बचने के लिए मंडेला को भूमिगत हो जाना चाहिए। हालाँकि इसका मतलब अपने परिवार से बिछुड़ना था, लेकिन नेल्सन ने देश-हित में यह भी गवारा कर लिया।

29 मार्च, 1961 को मंडेला और उनके साथ के 26 अभियुक्तों पर चल रहे मुकदमे का फैसला सुनाया जाना था। इसके लिए अपार

जन–समूह उमड़ पड़ा था। दोपहर 12 बजे के करीब न्यायाधीश रैंफ ने तीन जजों की पीठ का फैसला सुनाना शुरू किया। इनमें उन्होंने कहा कि सभी सुबूतों और तथ्यों पर विचार करने पर अदालत इस नतीजे पर पहुँची है कि अफ्रीकी नेशनल कांग्रेस सरकार को बदलना चाहती थी। इसके लिए उसने कुछ असंवैधानिक तरीकों का भी इस्तेमाल किया। उसके कुछ नेताओं ने हिंसा के पक्ष में भाषण भी दिए। उनके भाषणों में कुछ कम्युनिज्म की गंध भी मिली। लेकिन किसी भी तरह से यह साबित नहीं होता कि अफ्रीकी नेशनल कांग्रेस ने सरकार का तख्ता पलटने के लिए हिंसा का कोई तरीका अपनाया हो। यह भी साबित नहीं हो सका कि अफ्रीकन नेशनल कांग्रेस कोई कम्युनिस्ट संगठन है। उसके स्वाधीनता के घोषणा–पत्र से भी ऐसा कुछ जाहिर नहीं होता, न ही साबित होता है। इन हालात में अभियुक्तों को दोषी नहीं माना जा सकता और उन सबको बरी किया जाता है।

इतना सुनना था कि जनसमूह खुशी से भर गया। सबने मिलकर इस जीत की खुशी में एक जुलूस निकाला। अदालत के बाहर जमा लोगों की भीड़ ने भारी हर्षध्वनि से रिहा हुए अपने नायकों का स्वागत किया। हर तरफ खुशी और उल्लास का माहौल था। नेल्सन का फैसला सुनने उनकी पत्नी विनी भी आई हुई थी। वह तेजी से उनकी तरफ बढ़ी और पति के गले से लिपट गई।

इतना सुनना था कि जनसमूह खुशी से भर गया। सबने मिलकर इस जीत की खुशी में एक जुलूस निकाला। अदालत के बाहर जमा लोगों की भीड़ ने भारी हर्षध्वनि से रिहा हुए अपने नायकों का स्वागत किया। हर तरफ खुशी और उल्लास का माहौल था। नेल्सन का फैसला सुनने उनकी पत्नी विनी भी आई हुई थी। वह तेजी से उनकी तरफ बढ़ी और पति के गले से लिपट गई।

लोग खुशी से नाच रहे थे। पत्रकार तेजी से यह सब नोट कर रहे थे। फोटोग्राफरों के कैमरों के फ्लैश चमक रहे थे; लेकिन नेल्सन मंडेला जानते थे कि यह खुशी स्थायी नहीं। इस तकनीकी हार से सरकार को कोई ज्यादा फर्क नहीं पड़ता। वह आगे की रणनीति तैयार कर चुकी होगी। अब वह समय दूर नहीं, जब उनपर और उनके साथियों पर किसी और बहाने से कोई दूसरी गाज गिरनेवाली है।

दक्षिण अफ्रीका में जहाँ सबकुछ पक्षपातपूर्ण, अन्यायपूर्ण था, वहाँ एक बात राहत पहुँचानेवाली भी थी कि वहाँ की न्यायपालिका काफी हद तक कानून के सिद्धांतों का आदर करती थी। वहाँ किसी अश्वेत की बात भी ध्यान से सुनी जाती थी और फैसला कानूनी नुक्ते के मुताबिक होता था। यह फैसला उसी का नतीजा था, लेकिन इस फैसले को हासिल करने के लिए कम मेहनत या समय नहीं लगा था। लगभग चार साल इस जद्दोजहद में लग गए थे। इसमें दर्जनों वकीलों ने जिरह की थी। अपने पक्ष को रखने के लिए उन्होंने हजारों दस्तावेज पेश किए थे और कई लाख पृष्ठों की गवाहियाँ दर्ज की गई थीं। यह सही फैसला उस सारी मेहनत और इस स्तर पर न्यायाधीशों के सिद्धांतवादी व निष्पक्ष होने का ही नतीजा था।

दक्षिण अफ्रीका में जहाँ सबकुछ पक्षपातपूर्ण, अन्यायपूर्ण था, वहाँ एक बात राहत पहुँचानेवाली भी थी कि वहाँ की न्यायपालिका काफी हद तक कानून के सिद्धांतों का आदर करती थी। वहाँ किसी अश्वेत की बात भी ध्यान से सुनी जाती थी और फैसला कानूनी नुक्ते के मुताबिक होता था।

लेकिन सरकार का रवैया कुछ और था। उसने तय कर लिया कि अब ऐसी कोई काररवाई नहीं करेगी, जिसमें स्वाधीनता सेनानियों

के बचकर निकल जाने का रास्ता हो। उसकी समझ में आ गया था कि न्यायालय उसके अधीन नहीं हैं और न ही आँख मूँदकर उसका पक्ष लेनेवालों में से है। उसने और कठोरता बरतने तथा सतर्क रहने का फैसला कर लिया। इतने अरसे से सरकार से जूझनेवाले नेल्सन को भी सरकार के इस इरादे का अंदाजा था।

□

11

लुका-छिपी का खेल

मुझे अपनी प्रिय पत्नी, अपने बच्चों, अपनी माता व बहनों से अलग रहने को विवश होना पड़ा। मुझे अपने ही देश में एक घोर अपराधी की तरह जीवन बिताना पड़ा। मुझे अपना पेशा छोड़कर गरीबी व कष्टों में दिन गुजारने पड़े। मेरे बहुत से अन्य देशवाासियों को भी ऐसा ही करना पड़ा।

–नेल्सन मंडेला

नेल्सन मंडेला इतने सतर्क थे कि फैसले के बाद अपने घर नहीं गए। वे जानते थे कि हार से खिसियाई सरकार किसी भी बहाने उनको गिरफ्तार कर सकती है। उन्होंने सोचा कि इससे पहले कि सरकार किसी बहाने उनको हिरासत में ले या कोई नया प्रतिबंध लगाए, उन्हें वहाँ से दूर निकल जाना चाहिए। लेकिन इसके साथ ही उन्होंने अपने साथियों से मिलने और बैठकें करने का सिलसिला भी जारी रखा। आखिर उनकी फरारी का मकसद खुद को बचाना न होकर संघर्ष के लिए खुद को स्वतंत्र रखना ही था।

मंडेला गिरफ्तारी से बचने के लिए काफी सतर्कता बरतते थे। पुलिस ने जगह-जगह उनके फोटो बँटवा रखे थे, ताकि उनको पकड़ा जा

सके। वे खुफिया पुलिस की निगाहों से बचने के लिए यथासंभव एक मजदूर की तरह गंदे और अस्त-व्यस्त रहते थे। दिन भर वे किसी खाली घर में या किसी शुभचिंतक के घर पर छिपे रहते। बैठकों के लिए रात को ही घर से निकलते। वे बहुत बड़ा जोखिम उठाकर यदा-कदा अपने परिवार से मिलने भी जाते। उनका अधिकांश समय एकांत में बीतता, जिसका उपयोग वे आगे की रणनीति तैयार करने में करते। वे अपना समय आनेवाले संघर्ष के लिए जन-समर्थन जुटाने के लिए भी करते।

23 मार्च को पार्टी द्वारा जनता से देशभर में हड़ताल करके घर पर रहने का आह्वान किया गया। सरकार ने इसे दबाने के लिए आतंक फैलाने की नीति अपनाई। हड़ताल के दिन से हफ्तों पहले ही से पुलिसवालों की छुट्टियाँ रद्द कर दी गईं।

23 मार्च को पार्टी द्वारा जनता से देशभर में हड़ताल करके घर पर रहने का आह्वान किया गया। सरकार ने इसे दबाने के लिए आतंक फैलाने की नीति अपनाई। हड़ताल के दिन से हफ्तों पहले ही से पुलिसवालों की छुट्टियाँ रद्द कर दी गईं। फैक्टरीवालों से सरकार ने अपील की कि वे अपने कर्मचारियों को हड़ताल से पहलेवाले दिन वहीं रहने का इंतजाम करें, ताकि उनको अगले दिन काम पर आने की असुविधा न झेलनी पड़े। पुलिस की गश्त से तसल्ली न हुई तो सरकार ने सड़कों पर टैंकों की गश्त आरंभ कर दी। इतना ही नहीं, आसमान में हेलीकॉप्टर भी मँडराते नजर आते थे। पुलिस के दस्ते सड़कों पर गश्त लगाते रहते थे। यानी सरकार यह संदेश देना चाहती थी कि अगर विरोध प्रकट किया तो उसे पूरी ताकत से कुचला जाएगा।

हड़ताल

सरकारी आतंक और चेतावनी के बावजूद बहुत बड़ी संख्या में अफ्रीकियों ने अपने घर-बार या नौकरी की परवाह न करते हुए बड़े जोश

से उसमें हिस्सा लिया। अफ्रीका निवासी भारतीयों ने भी उसमें हिस्सा लेकर अपना सहयोग दिया। नेल्सन ने रेडियो से अपना संदेश देते हुए हड़ताल को सफल बनाने के लिए जनता को बधाई दी और उसकी प्रशंसा की। हालाँकि हड़ताल 29 से 31 मई, 1956 के लिए घोषित की गई थी, लेकिन हालात को देखते हुए मंडेला ने पहले दिन की सफल हड़ताल के बाद आगे की काररवाई को वापस ले लिया। वे जानते थे कि सरकार की तरफ से इसे कुचलने में अभूतपूर्व बर्बरता बरती जाएगी। उनको लगा कि देशवासियों का इतने बड़े कष्ट झेलने के लिए आह्वान करना इस समय उचित न होगा। इससे उनका मनोबल टूट भी सकता है।

लेकिन उन्होंने अपने रेडियो संदेश में कहा कि अगर सरकार का इरादा इसी तरह हमारे हर शांतिपूर्ण विरोध का जवाब हिंसा के नंगे नाच से देना है तो हमें भी अपने तरीके बदलने पर विचार करना पड़ेगा। हम अपनी नई युक्तियों के बारे में सोचने को मजबूर होंगे। मुझे तो ऐसा लगता है कि अब हम अपनी अहिंसा नीति का अध्याय समाप्त करने वाले हैं। यह बहुत ही गंभीर ऐलान था। नेल्सन इसके परिणामों से भलीभाँति परिचित थे। उनके कुछ साथियों ने उनकी इस घोषणा की आलोचना भी की। उनकी मुख्य आपत्ति यह थी कि नेल्सन ने अपने साथियों से परामर्श नहीं किया। कुछ ने यह भी तर्क दिया कि अगर हिंसा का रास्ता अपनाया गया तो सरकार को जनता को और कुचलने का बहाना

उन्होंने अपने रेडियो संदेश में कहा कि अगर सरकार का इरादा इसी तरह हमारे हर शांतिपूर्ण विरोध का जवाब हिंसा के नंगे नाच से देना है तो हमें भी अपने तरीके बदलने पर विचार करना पड़ेगा। हम अपनी नई युक्तियों के बारे में सोचने को मजबूर होंगे। मुझे तो ऐसा लगता है कि अब हम अपनी अहिंसा नीति का अध्याय समाप्त करने वाले हैं। यह बहुत ही गंभीर ऐलान था।

मिल जाएगा और इसमें बहुत से बेगुनाह लोगों की जानें जा सकती हैं। एक साथी ने बाद में हुई मीटिंग में यहाँ तक कहा कि गुस्से में आकर बिफरे हुए शेर की तरह दहाड़ना और लड़ाई पर आमादा हो जाना बेवकूफी है। जो भी कदम उठाना हो, पूरी योजना बनाने के बाद ही उठाना चाहिए; लेकिन नेल्सन का कहना था कि अहिंसा का रास्ता त्यागने के बारे में पहले भी कई बार चर्चा हो चुकी थी; अलबत्ता इस बात की सार्वजनिक घोषणा करने के बारे में तय नहीं हुआ था। बहरहाल, जब बैठक में इस बारे में कोई ठोस फैसला नहीं हो सका तो इस पर आगे विचार करने के इरादे से इसे अनिर्णीत छोड़ दिया गया।

बाद में डरबन में जब कार्यकारिणी की गुप्त बैठक हुई तो नेल्सन ने फिर रणनीति बदलकर अहिंसा का रास्ता छोड़ने की वकालत की। उनका तर्क था कि सरकार ने इसके सिवाय कोई और विकल्प अब स्वाधीनता सेनानियों के लिए छोड़ा ही नहीं है। अहिंसक आंदोलन की उसे मानो परवाह ही नहीं है और वह हर अहिंसक कारवाई को बर्बरता से कुचल देती है।

बाद में डरबन में जब कार्यकारिणी की गुप्त बैठक हुई तो नेल्सन ने फिर रणनीति बदलकर अहिंसा का रास्ता छोड़ने की वकालत की। उनका तर्क था कि सरकार ने इसके सिवाय कोई और विकल्प अब स्वाधीनता सेनानियों के लिए छोड़ा ही नहीं है। अहिंसक आंदोलन की उसे मानो परवाह ही नहीं है और वह हर अहिंसक कारवाई को बर्बरता से कुचल देती है।

स्वतंत्र संगठन का जन्म

प्रधान लुथुलू ने नेल्सन के प्रस्ताव पर आपत्ति जताई। इसका एक कारण तो यह था कि वे मूलतः अहिंसावादी थे। उनका दूसरा तर्क यह

था कि पार्टी के जिन सदस्यों पर अभी तक कोई प्रतिबंध नहीं लगा था, वे भी नीति बदलने के बाद प्रतिबंधों की चपेट में आ जाएँगे। इस तरह इतने परिश्रम से बनाए गए संगठन की शक्ति क्षीण हो जाएगी।

लेकिन इसका रास्ता निकल आया। यह तय किया गया कि एक स्वतंत्र संगठन बनाया जाए। वह अफ्रीकी नेशनल कांग्रेस के नियंत्रण में ही हो, लेकिन उसका वजूद अलग हो, ताकि उसकी गतिविधियों का कोई कानूनी प्रभाव ए.एन.सी. पर न पड़े। इस प्रस्ताव को मंजूरी दे दी गई। इस तरह नेल्सन की योजना भी स्वीकृत हो गई और इसका विरोध करनेवालों की भी तसल्ली हो गई। इस प्रकार पार्टी का एक उग्रवादी अंग अस्तित्व में आया। मंडेला को इसका कमांडर नियुक्त किया गया। संगठन का नाम 'एमखोंतों वी सिज्वे' रखा गया, जिसका अर्थ होता था—'राष्ट्र का भाला'। यह नाम इसलिए चुना गया था कि यह अफ्रीकियों का प्रिय हथियार था और इसी के बलबूते पर उन्होंने बहुत से अत्याचारियों का सामना किया था। संक्षेप में इस संगठन का नाम 'एम.के.' रखा गया।

लेकिन इसका रास्ता निकल आया। यह तय किया गया कि एक स्वतंत्र संगठन बनाया जाए। वह अफ्रीकी नेशनल कांग्रेस के नियंत्रण में ही हो, लेकिन उसका वजूद अलग हो, ताकि उसकी गतिविधियों का कोई कानूनी प्रभाव ए.एन.सी. पर न पड़े। इस प्रस्ताव को मंजूरी दे दी गई। इस तरह नेल्सन की योजना भी स्वीकृत हो गई और इसका विरोध करनेवालों की भी तसल्ली हो गई।

मंडेला न तो कभी फौज में थे, न उनका किसी बंदूक से वास्ता पड़ा था—लड़ाई में हिस्सा लेना तो दूर की बात थी। मगर उन्होंने सशस्त्र संघर्ष का इरादा कर लिया और सरकार से सीधी शस्त्रों की लड़ाई के लिए कमर कस ली। यह रास्ता पहले से भी कहीं ज्यादा खतरनाक और कदम-कदम पर जोखिम से भरा

था। अब उनको दो चीजों की जरूरत थी। एक तो निहायत गुप्त अड्डों की और दूसरे हथियारबंद लड़ाई लड़ने के बारे में भरपूर जानकारी की।

उन्होंने दूसरे विश्व युद्ध में भाग ले चुके कुछ अनुभवी लोगों को अपने साथ मिलाया। इसके अलावा जो कुछ साहित्य छापामार युद्ध या तोड़-फोड़ की कारवाइयों के बारे में हासिल हो सकता था, उसे इकट्ठा करके पढ़ना शुरू कर दिया। धीरे-धीरे बहुत सावधानी से वे संगठन में और लोगों को भी लेने लगे।

अपना मुख्यालय बनाने के लिए नेल्सन ने जोहांसबर्ग के एक छोटे से कस्बे रिवोनिया को चुना। यह कम आबादीवाला कस्बा था, जो अपेक्षाकृत शांत था। इसके आसपास का ग्रामीण परिवेश उनको दिन में भी कहीं आने-जाने की सुविधा प्रदान करता था।

अपना मुख्यालय बनाने के लिए नेल्सन ने जोहांसबर्ग के एक छोटे से कस्बे रिवोनिया को चुना। यह कम आबादीवाला कस्बा था, जो अपेक्षाकृत शांत था। इसके आसपास का ग्रामीण परिवेश उनको दिन में भी कहीं आने-जाने की सुविधा प्रदान करता था। वहाँ छोटे-छोटे फार्म और खेत थे। बहुत से घर थे, जो खाली पड़े रहते थे। नेल्सन उनके रखवाले या चौकीदार की तरह तो कभी नौकर के वेश में वहाँ रहने लगे, ताकि किसी को कोई शक न हो। उनके साथी उनसे आकर वहाँ मिलने लगे और आगे की कारवाई के बारे में विचार-विमर्श होने लगा। यह एक ऐसा रास्ता था, जिससे वे पूरी तरह अनजान थे। हथियार कहाँ से मिलेंगे, छापामार सैनिकों को कैसे भरती किया जाए और उनको किस तरह की तथा कैसे ट्रेनिंग दी जाए—इस बारे में कोई ठोस जानकारी उन्हें न थी। कुछ साहित्य उन्होंने जरूर इकट्ठा कर लिया था, पर किताबी जानकारी से कोई सामरिक योजना तो नहीं बनाई जा सकती।

□

12

क्रांतिकारी मंडेला

केवल कष्ट सहकर, बलिदान देकर और सशस्त्र संघर्ष से ही स्वाधीनता पाई जा सकती है।

–नेल्सन मंडेला

मंडेला को तय करना था कि किस किस्म की उग्रवादिता के साथ सशस्त्र संघर्ष की शुरुआत की जाए। एम.के. के पास इसके लिए चार विकल्प थे–आतंकवादी, गुरिल्ला युद्ध, तोड़-फोड़ की कारवाइयाँ और सशस्त्र क्रांति। इसमें से सशस्त्र क्रांति इसलिए नहीं की जा सकती थी, क्योंकि इसके लिए बहुत बड़ी और युद्ध के लिए प्रशिक्षित सेना की जरूरत पड़ती, जो सरकारी सशस्त्र बल का मुकाबला कर सके। इतनी बड़ी सेना जुटाना कल्पना से परे की बात थी, इसलिए इस विचार को त्याग दिया गया। आतंकवाद से निरीह लोगों को हानि पहुँचती है, इसलिए उसका भी विचार त्यागना पड़ा। बाकी दो विकल्पों में से गुरिल्ला युद्ध भी बहुत अनुभवी लड़ाकू जत्थे ही कर सकते हैं। इसलिए तय पाया गया कि कम-से-कम शुरुआत तो तोड़-फोड़ से ही की जाए।

नेल्सन मंडेला का उद्देश्य सरकार को समझौता-वार्त्ता के लिए विवश करने का था। इसके लिए उन्होंने ऐसी रणनीति बनाने का निश्चय

किया, जिससे सरकार की सैनिक क्षमता में कमी आए, उसके पिट्ठुओं की संख्या में कमी हो और दक्षिण अफ्रीका में पूँजी निवेश करनेवाले दहशत के मारे पलायन कर जाएँ। इसके लिए उन्होंने तोड़-फोड़ की कारखाई के अंतर्गत सैनिक ठिकानों, बिजलीघरों, फोन की लाइनों और परिवहन के संपर्कों पर हमले करने की योजना तैयार की।

उन्होंने इस बात का विशेष ध्यान रखा कि ऐसी किसी भी कारखाई में बेगुनाह लोगों को हानि न पहुँचे। इनमें श्वेत-अश्वेत सब शामिल थे। वे बार-बार कहते थे कि उनका संघर्ष नस्लवाद के खिलाफ है, किसी नस्ल के खिलाफ नहीं। उन्होंने अपने साथियों को स्पष्ट कर दिया कि अगर किसी श्वेत को भी उनकी कारखाइयों से नुकसान पहुँचता है तो यह गलत संदेश होगा। उनका मानना था कि दक्षिण अफ्रीका श्वेत-अश्वेत दोनों का है। कल दोनों को मिल-जुलकर रहना है। इसलिए अभी कोई ऐसी कारखाई नहीं होनी चाहिए, जिससे आपस में वैर-भाव पनपे।

एम.के. का पूरा नेटवर्क तैयार कर लिया गया। इसके तहत मुख्यालय में राष्ट्रीय हाईकमान था। उसके नीचे हरेक प्रदेश के लिए प्रादेशिक कमान थी और फिर स्थानीय कमान थी, जो देश भर में फैली हुई थी। सदस्यों को सख्त हिदायत थी कि किसी भी कारखाई के दौरान श्वेतों को नुकसान न पहुँचे।

एम.के. का पूरा नेटवर्क तैयार कर लिया गया। इसके तहत मुख्यालय में राष्ट्रीय हाईकमान था। उसके नीचे हरेक प्रदेश के लिए प्रादेशिक कमान थी और फिर स्थानीय कमान थी, जो देश भर में फैली हुई थी। सदस्यों को सख्त हिदायत थी कि किसी भी कारखाई के दौरान श्वेतों को नुकसान न पहुँचे। इससे वे एम.के. के खिलाफ हो जाते और नौबत गृहयुद्ध तक पहुँच सकती थी, जबकि नेल्सन आधी सदी से चली आ रही श्वेत और अश्वेतों के बीच घृणा को समाप्त करने के पक्ष

में थे। इसके लिए उन्होंने यह नियम भी बनाया कि किसी कारखाई में जाते समय एम.के. के सदस्य कोई हथियार अपने पास नहीं रखेंगे।

लुथुलू को नोबेल शांति पुरस्कार

इधर तैयारियाँ चल रही थीं और उधर एक और बहुत महत्त्वपूर्ण घटना घटी। नेल्सन ने रेडियो पर समाचार सुना कि ए.एन.सी. के प्रधान लुथुलू को ओस्लो में एक समारोह में नोबेल शांति पुरस्कार से सम्मानित किया गया है। सरकार ने उनको पुरस्कार लेने के लिए जाने की अनुमति और दस दिन का वीजा भी दिया था। यह अंतरराष्ट्रीय स्तर पर उनके संघर्ष को मान्यता थी और एक बहुत बड़ी नैतिक जीत थी, जिसके दूरगामी प्रभाव पड़ने अवश्यंभावी थे।

लुथुलू के ओस्लो से लौटने के एक दिन बाद एम.के. ने अपनी कारखाइयों का आरंभ करके इस जश्न को मनाने का निश्चय किया। इसके तहत 16 दिसंबर को सुबह जोहांसबर्ग, पोर्ट एलिजाबेथ और डरबन के खाली सरकारी दफ्तरों तथा बिजलीघरों पर देसी बम फेंककर विध्वंस की शुरुआत की गई।

लुथुलू के ओस्लो से लौटने के एक दिन बाद एम.के. ने अपनी कारखाइयों का आरंभ करके इस जश्न को मनाने का निश्चय किया। इसके तहत 16 दिसंबर को सुबह जोहांसबर्ग, पोर्ट एलिजाबेथ और डरबन के खाली सरकारी दफ्तरों तथा बिजलीघरों पर देसी बम फेंककर विध्वंस की शुरुआत की गई। इसमें एम.के. का एक जवान शहीद हो गया; लेकिन लड़ाई में अपनी जान गँवानी पड़ती है—यह तो हर सेनानी जानता ही है।

इसके साथ ही विस्फोट की जिम्मेदारी लेते हुए एम.के. ने परचे फेंककर अपना मंतव्य स्पष्ट कर दिया। इसमें कहा गया कि आज हमारे

संगठन ने अलगाववाद और नस्लवाद के ठिकानों पर हमला किया है। हमारे इस संगठन में दक्षिण अफ्रीकी जाति के सभी लोग शामिल हैं। इसका उद्देश्य नए तरीके से स्वतंत्रता के लिए संघर्ष करना है। यह ऐसा समय है जब हमारे सामने दो ही विकल्प बचे हैं—या तो आत्मसमर्पण करें या युद्ध करें। आत्मसमर्पण न करके हम अपनी स्वाधीनता के लिए पूरी ताकत और साधनों का इस्तेमाल करते हुए पलटवार करेंगे।

विस्फोटों की इस कारवाई से सरकार और बहुत से श्वेत दक्षिण अफ्रीकी भौचक्के रह गए। इस नई शुरुआत से सरकार के कान खड़े हो गए और उसने संगठन के सदस्यों व नेताओं का पता-ठिकाना खोजने के लिए अपनी सारी शक्ति लगा दी। इससे सदस्यों के लिए, और खासतौर पर नेल्सन के लिए, खतरा और बढ़ गया।

एक तरफ संघर्ष था और उसकी वजह से छिपकर रहना जरूरी था। दूसरी तरफ नेल्सन का परिवार था, जिसके साथ समय-समय पर संपर्क रखना जरूरी था। विनी सारे खतरे को जानते हुए भी कई बार बच्चों को लेकर उनसे मिलने आती रहती थी। बच्चों को समझा दिया गया था कि इस बारे में किसी को न बताएँ। लेकिन उनके मुँह से किसी-न-किसी सुराग के निकल जाने की आशंका भी बराबर बनी रहती थी। एक दिन उनके बेटे मैगाथो ने अपने एक दोस्त को बता ही दिया कि डेविड के नाम से रह रहे उसके पिता वास्तव में दक्षिण अफ्रीका के महान् स्वाधीनता सेनानी नेल्सन मंडेला ही हैं। इससे खतरा और बढ़

विस्फोटों की इस कारवाई से सरकार और बहुत से श्वेत दक्षिण अफ्रीकी भौचक्के रह गए। इस नई शुरुआत से सरकार के कान खड़े हो गए और उसने संगठन के सदस्यों व नेताओं का पता-ठिकाना खोजने के लिए अपनी सारी शक्ति लगा दी। इससे सदस्यों के लिए, और खासतौर पर नेल्सन के लिए, खतरा और बढ़ गया।

गया। अब मंडेला के लिए उस जगह से कहीं दूर जाना जरूरी हो गया, क्योंकि बात फैलते ही उनकी गिरफ्तारी की पूरी आशंका थी; पर इसके लिए एक संयोग भी बन ही गया।

मंडेला विदेश में

दिसंबर में ए.एन.सी. को पैन अफ्रीकन फ्रीडम मूवमेंट फॉर ईस्ट सेंट्रल एंड सदर्न अफ्रीका के एक अधिवेशन में भाग लेने का निमंत्रण मिला था। यह अधिवेशन फरवरी 1962 में अदिस अबाबा में होना था। इसका उद्‌देश्य महाद्वीप में सब कहीं चल रहे स्वाधीनता आंदोलन को एकजुट करना और प्रोत्साहन देना था। यह एम.के. के लिए आर्थिक सहायता और प्रशिक्षण पाने का एक सुनहरा मौका था। इसके अतिरिक्त उसे वहाँ से अंतरराष्ट्रीय स्तर पर राजनीतिक समर्थन भी मिलता, जो अत्यंत महत्त्वपूर्ण था।

दिसंबर में ए.एन.सी. को पैन अफ्रीकन फ्रीडम मूवमेंट फॉर ईस्ट सेंट्रल एंड सदर्न अफ्रीका के एक अधिवेशन में भाग लेने का निमंत्रण मिला था। यह अधिवेशन फरवरी 1962 में अदिस अबाबा में होना था। इसका उद्‌देश्य महाद्वीप में सब कहीं चल रहे स्वाधीनता आंदोलन को एकजुट करना और प्रोत्साहन देना था।

अगले महीने मंडेला अपनी पार्टी के साथियों की मदद से चोरी-छिपे दक्षिण अफ्रीका से बाहर निकले। यह उनका विदेश जाने का पहला अवसर था। उन्होंने इस प्रवास के दौरान अधिवेशन में भाग लेने के अलावा अफ्रीका व यूरोप के विभिन्न देशों की यात्रा करके अपने लिए समर्थन जुटाया। इनमें तंगानीका (अब तंजानिया का एक भाग), घाना, लाइबेरिया, इथियोपिया और अल्जीरिया शामिल थे। यह उनके लिए एक बहुत सुखद और आश्चर्यजनक अनुभव था। इस दौरान वे बहुत सी राजनीतिक हस्तियों से मिले और उनकी कई अफ्रीकी नेताओं

से बहुत अच्छी व्यक्तिगत मित्रता भी हो गई।

स्वयं मंडेला के शब्दों में–"मैं जीवन में पहली बार एक स्वतंत्र व्यक्ति होने का अनुभव कर रहा था। मैं दमन से मुक्त था। नस्लवाद की बेवकूफियों और जातीय अहंकार से मुक्त था। मैं पुलिस के अत्याचार, दुर्व्यवहार और अपमान से भी मुक्त था। मैं जहाँ भी जाता, मेरे साथ एक मनुष्य की तरह व्यवहार किया जाता था।"

लेकिन मंडेला को एम.के. की सहायता प्राप्त करने में आंशिक सफलता ही मिली। कई नव स्वतंत्र अफ्रीकी राष्ट्रों ने भी उनकी सशस्त्र संघर्ष की नीति को पूरा समर्थन नहीं दिया। उनको आर्थिक सहायता तो मिली, मगर सैनिक साज–सामान या प्रशिक्षण की सहायता इनसे नहीं मिल सकी। सिर्फ अल्जीरिया और इथियोपिया ने उन्हें सैनिक प्रशिक्षण में सहायता देने का वचन दिया।

मैं जीवन में पहली बार एक स्वतंत्र व्यक्ति होने का अनुभव कर रहा था। मैं दमन से मुक्त था। नस्लवाद की बेवकूफियों और जातीय अहंकार से मुक्त था। मैं पुलिस के अत्याचार, दुर्व्यवहार और अपमान से भी मुक्त था। मैं जहाँ भी जाता, मेरे साथ एक मनुष्य की तरह व्यवहार किया जाता था।

नेल्सन ने खुद इथियोपिया में सैनिक प्रशिक्षण प्राप्त करने का निश्चय किया, क्योंकि वे एम.के. के कमांडर थे और सेना के बारे में बिल्कुल अनभिज्ञ थे। वहाँ उन्होंने आग्नेयास्त्र चलाना सीखा और विस्फोटकों के बारे में जानकारी हासिल की। इसके अलवा अपने सोचने के तरीके को किसी कमांडर की मन:स्थिति के अनुसार बदलने का अभ्यास भी उन्होंने किया। वे चाहते थे कि स्वदेश पहुँचकर आवश्यकता पड़ने पर तोड़–फोड़ से बड़े पैमाने पर सशस्त्र संघर्ष का नेतृत्व किसी सैनिक कमांडर की तरह कर सकें। इसके लिए उनको छह महीने तक प्रशिक्षण प्राप्त करना था। लेकिन यह संभव न हो सका।

नेल्सन को प्रशिक्षण आरंभ किए अभी दो ही महीने हुए थे कि उनको स्वदेश से एक तार मिला। इसमें कहा गया था कि सशस्त्र संघर्ष अब बहुत तेजी से बढ़ रहा है और एम.के. को ऐसी स्थिति में उसके कमांडर की बहुत जरूरत है। नेल्सन ने अपनी ट्रेनिंग बीच में छोड़कर स्वदेश वापस लौटने का इरादा किया। विदाई के समय इथियोपिया की सरकार ने उनको उपहारस्वरूप एक स्वचालित पिस्तौल और 200 गोलियाँ भेंट कीं। एम.के. के लिए मिली सहायता राशि और इस भेंट के साथ मंडेला चोरी-छिपे वापस स्वदेश लौटे।

दक्षिण अफ्रीका लौटकर नेल्सन ने अपनी यात्रा का सारा वृत्तांत अपने साथियों को सुनाया और वहाँ की स्थिति की उनसे जानकारी हासिल की। उनके साथियों ने राय दी कि नेल्सन अपनी विदेश यात्रा की सारी रिपोर्ट प्रधान लुथुलू को खुद जाकर दें। बात उनको जँच गई और नेल्सन प्रधान से मिलने के लिए डरबन रवाना हो गए।

दक्षिण अफ्रीका लौटकर नेल्सन ने अपनी यात्रा का सारा वृत्तांत अपने साथियों को सुनाया और वहाँ की स्थिति की उनसे जानकारी हासिल की। उनके साथियों ने राय दी कि नेल्सन अपनी विदेश यात्रा की सारी रिपोर्ट प्रधान लुथुलू को खुद जाकर दें।

गिरफ्तारी

सरकार को नेल्सन के विदेश से लौटने की भनक मिल चुकी थी। पुलिस उनके पीछे लगी हुई थी। किसी मुखबिर ने खबर दी कि नेल्सन प्रधान से मिलने डरबन जाएँगे। इसके आधार पर पुलिस ने अपना जाल बिछाया और 5 अगस्त, 1962 को रास्ते में नेल्सन की कार रोककर उन्हें गिरफ्तार कर लिया। उन पर मई 1961 की हड़ताल भड़काने और बिना पासपोर्ट के देश से बाहर जाने के आरोप लगाए गए। अब तक

सरकार ने उनपर एम.के. की हिंसात्मक काररवाइयों के लिए आरोप नहीं लगाए थे।

गिरफ्तारी की व्यापक प्रतिक्रिया हुई। मंडेला के समर्थकों और पार्टी के सदस्यों ने मिलकर मंडेला मुक्ति समिति का गठन किया और मंडेला व अन्य राजनीतिक बंदियों के मुकदमे की पैरवी के लिए धन भी एकत्रित किया। उन्होंने मंडेला मुक्ति अभियान छेड़ दिया, जिसके तहत शांतिपूर्ण प्रदर्शन करके सरकार के प्रति विरोध प्रकट किया गया।

सुनवाई

5 अक्तूबर, 1962 को प्रिटोरिया में नेल्सन मंडेला के मुकदमे की सुनवाई शुरू हुई। आरंभ में ही मंडेला ने अदालत में अपनी बात रखनी शुरू की तो सनसनी फैल गई। उन्होंने कहा–

मैं इस न्यायालय में एक श्वेत मजिस्ट्रेट के सामने उपस्थित हूँ। एक श्वेत प्रॉसीक्यूटर से मेरा वास्ता पड़ा है। श्वेत अर्दली मुझे यहाँ लाए हैं। आखिर ऐसा क्यों है? क्या कोई ईमानदारी से बताएगा कि इस तरह के वातावरण में न्याय की तराजू के संतुलित होने की उम्मीद की जा सकती है?

“मैं इस न्यायालय में एक श्वेत मजिस्ट्रेट के सामने उपस्थित हूँ। एक श्वेत प्रॉसीक्यूटर से मेरा वास्ता पड़ा है। श्वेत अर्दली मुझे यहाँ लाए हैं। आखिर ऐसा क्यों है? क्या कोई ईमानदारी से बताएगा कि इस तरह के वातावरण में न्याय की तराजू के संतुलित होने की उम्मीद की जा सकती है? इस देश के इतिहास में आज तक ऐसा क्यों नहीं हुआ कि किसी अफ्रीकी को उसके अपने ही लोगों द्वारा न्याय पाने का सम्मान मिले? माननीय न्यायमूर्ति, मुझे नस्लभेद के हर स्वरूप से बहुत अधिक नफरत है। मैं अपनी पूरी जिंदगी इसके खिलाफ लड़ता रहा हूँ। मैं अब भी इसके खिलाफ लड़ रहा हूँ और

अपने जीवन के अंत तक लड़ता रहूँगा।''

इस विरोध के बावजूद अभियोजन पक्ष ने मंडेला के खिलाफ सौ से अधिक गवाह पेश किए। इनमें पुलिसवाले, पत्रकार, नगरों के सुपरिंटेंडेंट व अन्य लोग शामिल थे। इन लोगों ने गवाही दी कि नेल्सन ने मई 1961 की हड़ताल के लिए लोगों को भड़काया था। कुछ ने यह गवाही दी कि मंडेला गैर-कानूनी तरीके से देश से बाहर गए थे। अपने बयान में इन सब आरोपों को स्वीकार करके उन्होंने अदालत को हैरत में डाल दिया; लेकिन इसके साथ ही उन्होंने अपने लंबे भाषण में यह भी बताया कि उन्होंने ऐसा क्यों किया। साथ ही यह भी कि अगर मौका मिला तो आइंदा भी ऐसा ही करेंगे। अपनी बात की व्याख्या करते हुए नेल्सन ने कहा कि हर विचारवान् अफ्रीकी की पूरी जिंदगी उसकी अंतरात्मा की आवाज और कानून के बीच कशमकश में गुजरती है। उन्होंने कहा कि सर्वथा अनैतिक, अनुचित एवं असहनीय कानून का उल्लंघन करने के सिवाय उनके पास और कोई रास्ता नहीं है और वे इस उल्लंघन का परिणाम भुगतने को तैयार हैं। हमारी अंतरात्मा चीखकर कह रही है कि हमें इसका प्रतिरोध करना चाहिए और इसे बदलने की कोशिश करनी चाहिए।

इस विरोध के बावजूद अभियोजन पक्ष ने मंडेला के खिलाफ सौ से अधिक गवाह पेश किए। इनमें पुलिसवाले, पत्रकार, नगरों के सुपरिंटेंडेंट व अन्य लोग शामिल थे। इन लोगों ने गवाही दी कि नेल्सन ने मई 1961 की हड़ताल के लिए लोगों को भड़काया था। कुछ ने यह गवाही दी कि मंडेला गैर-कानूनी तरीके से देश से बाहर गए थे।

कानून ने मुझे अपराधी बनाया, इसलिए नहीं जो मैंने किया था, बल्कि उसके लिए—जिसका मैं समर्थक हूँ, जो मैं सोचता हूँ, जो मेरी अंतरात्मा महसूस करती है। आप मुझे चाहे जो सजा दें, लेकिन इत्मीनान

रखें कि जब भी वह सजा खत्म होगी, मैं फिर से इस अन्याय की समाप्ति के लिए भरसक प्रयास करूँगा। उन्होंने यह भी कहा कि मैंने दक्षिण अफ्रीका और अपने लोगों के प्रति अपना कर्तव्य पूरा कर दिया है और आनेवाले हमारे वंशज यह मानेंगे कि मैं बेगुनाह था। गुनहगार वे थे, जो सरकार के सदस्य हैं और इस अदालत के सामने उनको पेश किया जाना चाहिए था। उनके सारे तर्क के बावजूद मंडेला को अपराधी करार देकर पाँच साल की सजा सुना दी गई।

मंडेला को प्रिटोरिया की जेल में बंद कर दिया गया। इसके बाद मई 1963 के अंत में उनको वहाँ से रोबेन द्वीप के बदनाम कारागार में भेजा गया। यह वही ऐतिहासिक कारागार था, जहाँ उन्नीसवीं सदी में अंग्रेज अपनी रक्षा के लिए और आक्रमणकारी विदेशियों के विरुद्ध हथियार उठानेवाले खोसा योद्धाओं को बंदी बनाकर यातनाएँ देते थे। इस जेल के हथियारबंद रक्षक परंपरा से ही बहुत रूखे और अभद्र थे। इस कारागार में नेल्सन को दो अन्य राजनीतिक बंदियों के साथ अलग-थलग रखा गया। उसके बाद जुलाई 1963 में उन्हें अचानक फिर से प्रिटोरिया ले जाया गया।

□

13

आजीवन कारावास

> **हम भविष्य का सामना पूरे आत्मविश्वास से कर रहे हैं। जो बंदूकें नस्लवाद की सेवा में हैं, वे अजेय नहीं हो सकतीं। जो बंदूक के सहारे जीते हैं, वे बंदूक से ही नष्ट होते हैं।**
>
> ***—नेल्सन मंडेला***

जब मंडेला जेल में थे, तभी दक्षिण अफ्रीकी सरकार को एम.के. की गतिविधियों के बारे में कुछ सुराग मिल गए। उसके सहारे वे एम.के. के रिवोनिया फार्म वाले अड्डे तक पहुँच गए। वहाँ मारे गए छापे में उन्हें सैकड़ों गुप्त दस्तावेज मिले। इनमें से एक सरकार के विरुद्ध गुरिल्ला युद्ध की योजना से संबंधित भी था। हालाँकि इस पर अमल नहीं किया गया था, लेकिन इसे एक खतरनाक षड्यंत्र तो माना ही जा सकता था। इनके आधार पर वाल्टर सिसुलू व ए.एन.सी. के अन्य कई सदस्यों को हिरासत में ले लिया गया। जब्त किए गए दस्तावेजों में कई जगह नेल्सन का नाम एम.के. के कमांडर के तौर पर लिखा था।

मंडेला और उनके दस साथियों पर तोड़-फोड़ की काररवाइयाँ करने का आरोप लगाया गया। इसके साथ ही उन पर गुरिल्ला युद्ध की योजना बनाने का गंभीर अभियोग भी लगा। उन पर राजद्रोह का अभियोग

नहीं लगाया गया था, लेकिन इन अपराधों के लिए भी दक्षिण अफ्रीका के कानून के तहत उन्हें मौत की सजा हो सकती थी।

सुनवाई शुरू हुई तो न्यायाधीश ने पूछा, "अभियुक्त नं. 1 नेल्सन मंडेला, क्या तुम अपना अपराध स्वीकार करते हो?"

इस पर मंडेला ने जवाब दिया, "नहीं श्रीमान! जिस कठघरे में मैं खड़ा हूँ, उसमें तो सरकार को खड़ा होना चाहिए। मैं अपराध अस्वीकार करता हूँ।"

अगले तीन महीने तक सुनवाई के दौरान सरकार ने अपने पक्ष को साबित करने के लिए 173 गवाह पेश किए। उसने साथ ही सैकड़ों दस्तावेज और फोटो भी साक्ष्य के तौर पर प्रस्तुत किए गए। सबसे खतरनाक गवाह एक अपराधी पृष्ठभूमि का मोटेलो नाम का आदमी था, जिसे स्पष्ट था कि सरकार ने अपने फायदे के लिए राजी कर लिया था।

इस पर न्यायाधीश ने यह कहकर बात टाल दी कि वे राजनीतिक भाषण नहीं सुनना चाहते।

अगले तीन महीने तक सुनवाई के दौरान सरकार ने अपने पक्ष को साबित करने के लिए 173 गवाह पेश किए। उसने साथ ही सैकड़ों दस्तावेज और फोटो भी साक्ष्य के तौर पर प्रस्तुत किए गए। सबसे खतरनाक गवाह एक अपराधी पृष्ठभूमि का मोटेलो नाम का आदमी था, जिसे स्पष्ट था कि सरकार ने अपने फायदे के लिए राजी कर लिया था। उसने कहा कि वह एम.के. का सदस्य रहा है। उसने तोड़-फोड़ की कारवाइयों में हिस्सा लिया और जब उसे पता चला कि एम.के. कम्युनिस्टों के साथ साँठ-गाँठ करती है, उनके आदर्शों को मानती है तो वह निराश हो गया और उसने इससे नाता तोड़ लिया। उसने अपनी गवाही से नेल्सन मंडेला और ए.एन.सी. के कुछ अन्य सदस्यों को फँसाया, जिनमें से कुछ तो एकदम निर्दोष थे। उनका किसी कारवाई से कुछ लेना-देना

नहीं था। जिन दिनों तोड़-फोड़ की काररवाइयाँ हुई थीं, खुद नेल्सन या तो जेल में थे या फिर देश से बाहर गए हुए थे; लेकिन सरकार तो उन्हें किसी-न-किसी तरह अपराधी करार देकर सजा देना चाहती थी।

अपने बचाव में मंडेला और उनके साथियों ने जो कुछ कहा, वह मंडेला की इस सोच के अनुसार था कि हमें अपना बचाव कानूनी तौर पर उतना नहीं करना है जितना नैतिक तौर पर करना है। इसके अलावा उन्होंने न्यायालय में अपने बयानों को अपने बचाव की बजाय अपने विचार सारे संसार के सामने रखने के लिए इस्तेमाल किया। इसके लिए उन्होंने कुछ आरोपों को आंशिक रूप से स्वीकार करते हुए उनका औचित्य सिद्ध करने का प्रयास किया। बाकी आरोपों से इनकार किया।

अपने बचाव में मंडेला और उनके साथियों ने जो कुछ कहा, वह मंडेला की इस सोच के अनुसार था कि हमें अपना बचाव कानूनी तौर पर उतना नहीं करना है जितना नैतिक तौर पर करना है। इसके अलावा उन्होंने न्यायालय में अपने बयानों को अपने बचाव की बजाय अपने विचार सारे संसार के सामने रखने के लिए इस्तेमाल किया।

न्यायाधीश ने 11 जून, 1964 के अपने फैसले में अभियुक्तों की सारी सफाई को अमान्य करार देते हुए नेल्सन मंडेला व उनके सात साथियों को आजीवन कारावास का दंड सुना दिया। जन-समुदाय की इस फैसले पर होनेवाली तीव्र प्रतिक्रिया की आशंका से सरकार ने मंडेला व उनके साथियों को न्यायालय के नीचे की कोठरियों में ही कैद कर लिया। वहाँ से उनको बाहर भीड़ के नारे और राष्ट्रगान के स्वर सुनाई दे रहे थे। मंडेला और उनके सभी साथियों को मालूम था कि आनेवाला समय बहुत कठिन बीतेगा लेकिन उनके हौसले बुलंद थे। हर शाम को प्रिटोरिया की इस जेल में मंडेला के साथियों सहित सभी बंदी मिलकर पूरे जोश से आजादी के गीत गाते

थे, जिससे जेल का सारा वातावरण गूँज उठता था। सब भविष्य के प्रति पूरी तरह आशावान् थे और सरकार के किसी भी अत्याचार का सामना करने के लिए पूरी तरह तैयार हो चुके थे।

उधर अंतरराष्ट्रीय वातावरण भी दक्षिण अफ्रीका की सरकार के खिलाफ बन रहा था। अनेक देशों ने वहाँ अश्वेतों के साथ हो रहे दमनकारी व्यवहार के विरुद्ध अपना रोष प्रकट किया था। यूरोप के बहुत से देशों में उपनिवेशी शासन समाप्त हो चुका था और नव स्वतंत्र राष्ट्र व अन्य लोकतांत्रिक राष्ट्रों की पूरी सहानुभूति दक्षिण अफ्रीका के स्वाधीनता सेनानियों के प्रति थी।

फिर से रॉबिन आइलैंड में

नेल्सन वापस रॉबिन आइलैंड पहुँच गए थे। यह उनके 46वें जन्मदिन के कुछ बाद का ही समय था। चूँकि वे लोग राजनीतिक कैदी थे, इसलिए उनको वहाँ दूसरे बंदियों से अलग रखा गया था। सरकार को डर था कि कहीं ये बाकी बंदियों को भी अपने रंग में न रँग लें। वहाँ की कठिन परिस्थितियाँ झेलना आसान न था। अगर कोई बात उनमें प्रेरणा और आशा का संचार करती थी तो यही कि वे एक विशेष उद्देश्य के लिए कष्ट झेल रहे हैं और उनकी यह कुरबानी एक दिन रंग लाएगी।

नेल्सन वापस रॉबिन आइलैंड पहुँच गए थे। यह उनके 46वें जन्मदिन के कुछ बाद का ही समय था। चूँकि वे लोग राजनीतिक कैदी थे, इसलिए उनको वहाँ दूसरे बंदियों से अलग रखा गया था। सरकार को डर था कि कहीं ये बाकी बंदियों को भी अपने रंग में न रँग लें। वहाँ की कठिन परिस्थितियाँ झेलना आसान न था।

रंगभेद और नस्लवाद का असर जेल के जीवन में भी था। जब वे रॉबिन आइलैंड की जेल में लाए गए तो नियम के अनुसार उनको

पुरानी जेल के कपड़े उतारकर इस जेल के कपड़े पहनने का आदेश दिया गया। यह खाकी वरदी थी। इसमें अश्वेत कैदियों के लिए नेकर, एक मामूली सी जर्सी और कैनवस का कोट दिया गया। लेकिन केथी को, जो भारतीय था, पतलून पहनने को मिली। इसी तरह अश्वेत और दूसरे बंदियों के खाने में भी भेद था। नेल्सन ने उसी समय तय कर लिया कि वह इस भेदभाव का विरोध करेंगे। हालाँकि इसके लिए उन्हें बहुत लंबा संघर्ष करना पड़ा।

मंडेला और उनके साथियों को पत्थर के एक किले में बंदी बनाकर रखा गया। उसके बीचोबीच एक बड़ा आँगन और किनारे पर कैदियों के लिए कोठरियाँ थीं, जिनके दरवाजे आँगन की तरफ खुलते थे। कैदियों को सोने के लिए चटाई और ओढ़ने के लिए कंबल दिए गए थे। नेल्सन जिस कोठरी में बंदी बनाकर रखे गए थे, उसके बारे में लिखते हैं कि वह उसकी पूरी लंबाई को तीन कदमों में नाप सकते थे। वह छह फीट चौड़ी थी और खड़े होकर चलने पर उनका सिर छत से टकराता था। सुरक्षा का आलम यह था कि कोठरी की दीवारें दो फीट मोटी बनाई गई थीं। उन पर लोहे की ग्रिल का एक दरवाजा था और लकड़ी का एक अतिरिक्त दरवाजा भी था। दिन में लोहे का दरवाजा बंद रहता, लेकिन रात को पहरेदार लकड़ी का दरवाजा भी बंद कर देते।

मंडेला और उनके साथियों को पत्थर के एक किले में बंदी बनाकर रखा गया। उसके बीचोबीच एक बड़ा आँगन और किनारे पर कैदियों के लिए कोठरियाँ थीं, जिनके दरवाजे आँगन की तरफ खुलते थे। कैदियों को सोने के लिए चटाई और ओढ़ने के लिए कंबल दिए गए थे।

कठोर परिश्रम

सश्रम कारावास के इस दौर की शुरुआत पत्थर तोड़ने से हुई। जेल में राजनीतिक कैदियों को सामान्य अपराधियों की तरह पत्थर तोड़ने के

काम पर लगाया गया। रोज सुबह एक बड़े ठेले में भरकर भारी पत्थर लाए जाते थे। उनको आँगन में उलट दिया जाता था और बंदियों को आदेश दिया जाता था कि वे भारी हथौड़ों से उन पत्थरों को तोड़कर कंक्रीट में तब्दील करें। मंडेला और उनके साथी पाँव फैलाकर बैठ जाते और अपने काम में लगे रहते। पहरेदार सब पर सख्त नजर रखते थे कि वे अपना काम पूरी मुस्तैदी से करें। मौसम चाहे जैसा हो, भले ही कड़ी धूप हो, उन्हें यह काम वहीं खुले में करना होता था।

कुछ दिन सब ठीक चला। इसके बाद पहरेदारों ने एक चाल चली। उन्होंने कैदियों की तकलीफ बढ़ाने के इरादे से उनका पत्थर तोड़ने का कोटा बढ़ाना शुरू कर दिया। नेल्सन मंडेला ने आखिरकार इसका तोड़ निकाला। उन्होंने अपने सभी साथियों से कहा कि अब हम धीमी रफ्तार से काम करेंगे। देखते हैं कि ये हमारा क्या बिगाड़ सकते हैं। उन्होंने अपने से आधे पत्थर तोड़ने शुरू कर दिए। इससे खिसियाकर पहरेदारों ने अपना परेशान करनेवाला रवैया कुछ बदला। जेल में होनेवाली दूसरी कठिनाइयों के प्रति भी नेल्सन ने अधिकारियों का ध्यान आकृष्ट किया और वहाँ के अमानवीय व भेदभाववाले नियमों को बदलने के लिए मुहिम चलाई। हालाँकि यह बहुत कठिन काम था, लेकिन लंबे संघर्ष के बाद उन्होंने कुछ रियायत हासिल कर ही ली।

कुछ दिन सब ठीक चला। इसके बाद पहरेदारों ने एक चाल चली। उन्होंने कैदियों की तकलीफ बढ़ाने के इरादे से उनका पत्थर तोड़ने का कोटा बढ़ाना शुरू कर दिया। नेल्सन मंडेला ने आखिरकार इसका तोड़ निकाला। उन्होंने अपने सभी साथियों से कहा कि अब हम धीमी रफ्तार से काम करेंगे।

जेल की दिनचर्या कड़ी थी। सब कैदियों को तड़के साढ़े पाँच बजे उठना पड़ता था। फिर सबको सुबह के नित्यकर्म और नहाने आदि के बाद नाश्ते के लिए ले जाया जाता था। उसके बाद उनको काम पर

लगा दिया जाता था। इस दौरान आपस में बात करने की सख्त मनाही थी। दोपहर को उनको खाने के लिए ले जाया जाता था और उसके बाद फिर काम पर वापस लाया जाता था, जो शाम 4.30 बजे तक लगातार चलता था। उसके बाद उनको वापस लाकर सबकी तलाशी ली जाती थी। फिर रात का भोजन दिया जाता था, जिसे वे ले जाकर अपनी-अपनी कोठरी में खाते थे।

बंदियों को नाश्ते में दलिया और कॉफी मिलती थी। दोपहर के खाने में दलिए के साथ सूप मिल जाता था। रात को भी मकई का दलिया ही मिलता था, जिसमें सब्जी का या गोश्त का कोई छोटा टुकड़ा खोजने से मिल जाता था। अफ्रीकी और भारतीय कैदियों के भोजन में भी भेदभाव बरता जाता था।

भोजन में भी भेदभाव

बंदियों को नाश्ते में दलिया और कॉफी मिलती थी। दोपहर के खाने में दलिए के साथ सूप मिल जाता था। रात को भी मकई का दलिया ही मिलता था, जिसमें सब्जी का या गोश्त का कोई छोटा टुकड़ा खोजने से मिल जाता था। अफ्रीकी और भारतीय कैदियों के भोजन में भी भेदभाव बरता जाता था। उनको सब्जी मिली पतली खिचड़ी भी मिलती थी। यहाँ तक कि कॉफी में अफ्रीकी कैदियों को आधा चम्मच चीनी और भारतीय कैदियों को एक चम्मच चीनी दी जाती थी। नेल्सन ने इस भेदभाव का भी कड़ा विरोध किया।

दिन भर तो कैदियों को आपस में बात करने की मनाही थी, लेकिन शाम को काम से छुट्टी पाने के बाद वे बातचीत कर सकते थे। इस समय का उपयोग नेल्सन और उनके साथी राजनीतिक वार्त्तालाप के लिए करते। वे संघर्ष की भावी रूपरेखा पर विचार करते और गुप्त सूत्रों से बाहर से आई खबरों के आधार पर स्थिति की समीक्षा करते। वीरान

द्वीप में ऐसे कड़े एकांत कारावास के बावजूद उन्हें बाहरी दुनिया की खबरें मिल ही जाती थीं, क्योंकि पहरेदारों में से उनके साथ सहानुभूति रखनेवाले भी थे। जब वे बंदी बनाए गए थे तो जो लेफ्टिनेंट उनके साथ था, उसने भी राजनीतिक कैदियों के साथ सहानुभूति रखते हुए कहा था, "तुम लोगों को उम्रकैद जरूर हुई है, लेकिन ज्यादा दिन तक जेल में नहीं रहोगे। तुम्हारी रिहाई के लिए पुरजोर माँग की जा रही है। उम्मीद है कि एक या दो साल में ही तुम लोग जेल से बाहर आ जाओगे। तब तुम सब देश के हीरो होंगे। तुम्हारी बहुत इज्जत होगी। हर कोई तुमसे दोस्ती करना चाहेगा। महिलाएँ भी तुम लोगों को बहुत पसंद करेंगी। आखिर तुम लोगों के काम ही ऐसे हैं।" यह सब सुनकर मंडेला को बहुत अच्छा लगा था। लेकिन अफसोस, उसकी भविष्यवाणी पूरी तरह सच साबित नहीं हुई। वे रिहा भी हुए, राष्ट्रीय हीरो भी बने; पर दो साल बाद नहीं, पूरे तीन दशक बाद।

रॉबिन आइलैंड का बाहरी दुनिया से संपर्क न के बराबर था। बंदियों को महीने में सिर्फ एक चिट्ठी लिखने की इजाजत दी जाती थी। उन पत्रों को भी जेल के अधिकारी पूरी तरह पढ़ते और सेंसर करते थे। यही हाल आनेवाले पत्रों का भी था। उन्हें भी पढ़कर और सेंसर करके ही बंदियों को दिया जाता था।

सेंसर की कैंची

रॉबिन आइलैंड का बाहरी दुनिया से संपर्क न के बराबर था। बंदियों को महीने में सिर्फ एक चिट्ठी लिखने की इजाजत दी जाती थी। उन पत्रों को भी जेल के अधिकारी पूरी तरह पढ़ते और सेंसर करते थे। यही हाल आनेवाले पत्रों का भी था। उन्हें भी पढ़कर और सेंसर करके ही बंदियों को दिया जाता था। मंडेला को अपनी पत्नी विनी की कई

ऐसी चिट्ठियाँ भी मिलीं, जिनमें कुछ ही वाक्य बचे थे। बाकी सारे पत्र पर सेंसर करनेवाले ने स्याही पोत दी थी। मंडेला और उनके साथियों ने आनेवाले पत्रों को पढ़ने का तरीका निकाला। उन्होंने आजमाकर देखा कि काली स्याही को धो लेने से नीचे का लिखा किसी-न-किसी तरह पढ़ा जा सकता है। पता नहीं कैसे सेंसर करनेवालों को इसकी जानकारी मिल गई और इसकी संभावना खत्म करने के लिए उन्होंने सेंसर किए वाक्यों को कैंची से काटना शुरू कर दिया। इस तरह उनके पीछे लिखा भी कट जाता था। लेकिन उन्हें इससे क्या! वे पत्रों के नाम पर कागज के कटे टुकड़े कैदियों को देकर बहुत खुश होते थे। इतने पर भी बंदियों को अपने प्रियजनों के पत्र पाकर कुछ तसल्ली होती थी। लेकिन कई बार अधिकारी सिर्फ यह कहते कि तुम्हारे लिए पत्र आया था, पर वह हम तुम्हें दे नहीं सकते। यह पत्र न आने से भी अधिक दुःखदायी हो जाता था, लेकिन पर-पीड़कों को इससे क्या?

उनसे मिलने के लिए कोई साल में सिर्फ दो बार ही आ सकता था। मंडेला से मुलाकात करने के लिए उनकी पत्नी विनी उनके बंदी बनाए जाने के करीब तीन महीने बाद पहली बार आईं। मुलाकात कराने का तरीका भी अजीब और अमानवीय था। कैदी को एक तरफ और मुलाकाती को दूसरी तरफ बैठा दिया जाता था।

मुलाकात की शर्तें

उनसे मिलने के लिए कोई साल में सिर्फ दो बार ही आ सकता था। मंडेला से मुलाकात करने के लिए उनकी पत्नी विनी उनके बंदी बनाए जाने के करीब तीन महीने बाद पहली बार आईं। मुलाकात कराने का तरीका भी अजीब और अमानवीय था। कैदी को एक तरफ और मुलाकाती को दूसरी तरफ बैठा दिया जाता था। दोनों के बीच धुँधला सा शीशा होता था। उसमें छेद होते थे, ताकि बात की जा सके। मुलाकाती और कैदी एक-दूसरे को छू नहीं

सकते थे। पहरेदार दोनों के सिर पर सवार रहते थे और बातचीत के दौरान अगर कोई बात उनकी समझ में न आए तो टोकते थे। परिवार के अलावा किसी और विषय पर बात करने की सख्त मनाही थी। अगर कोई मुलाकात के इन नियमों का उल्लंघन करता तो मुलाकात खत्म की जा सकती थी। इस तरह के माहौल में मंडेला की मुलाकात अपनी पत्नी से हुई। उन्हें अपनी पत्नी को देखकर संतोष तो हुआ, लेकिन उसके साथ किसी तरह की अंतरंग बात करने की गुंजाइश न होने और उसका एक स्पर्श तक न पा सकने ने उन्हें बहुत आहत किया।

इतना ही नहीं, 1960 के दशक के दिन मंडेला के लिए बहुत खराब गुजरे। जेल अधिकारियों ने उन्हें परिवार की दुःखद घटनाओं में भी शरीक होने की इजाजत नहीं दी। पहले उनकी माता का देहांत हो गया। वे उनकी अंत्येष्टि में शामिल होना चाहते थे, पर अनुमति नहीं दी गई।

इतना ही नहीं, 1960 के दशक के दिन मंडेला के लिए बहुत खराब गुजरे। जेल अधिकारियों ने उन्हें परिवार की दुःखद घटनाओं में भी शरीक होने की इजाजत नहीं दी। पहले उनकी माता का देहांत हो गया। वे उनकी अंत्येष्टि में शामिल होना चाहते थे, पर अनुमति नहीं दी गई। इसके कुछ समय बाद उनके सबसे बड़े बेटे का एक दुर्घटना में निधन हो गया। इस बार भी नेल्सन को उसकी अंतिम क्रिया में शामिल होने की इजाजत नहीं दी गई।

विनी की परेशानियाँ

मंडेला से जी भर के वैर निकालनेवाली सरकार ने उनकी पत्नी को भी नहीं बख्शा। उन पर 1962 से 1975 तक लगभग पूरे समय प्रतिबंध तो लगा ही रहा, 1969 में उन्हें अफ्रीकन नेशनल कांग्रेस को पुनर्जीवित करने के आरोप में कैद करके जेल में डाल दिया गया। उन्हें प्रिटोरिया

के केंद्रीय कारागार में अकेले रखा गया। इसके 17 महीने बाद बिना कोई कारण बताए उन्हें रिहा कर दिया गया। लेकिन दो हफ्ते बाद ही उन्हें घर में नजरबंद कर दिया गया। विनी ने अपने पति से मुलाकात के लिए प्रार्थना-पत्र दिया, पर अधिकारियों ने उनकी यह माँग भी ठुकरा दी।

रॉबिन आइलैंड में समय-समय पर बंदियों की हालत का जायजा लेने के लिए रेडक्रॉस के अधिकारी आया करते थे कि उनके साथ अमानुषिक व्यवहार तो नहीं किया जा रहा। जब कैदियों से कहा गया कि वे उनसे मिलने के लिए अपना प्रवक्ता चुन लें तो उन्होंने स्वभावतः मंडेला को चुना। मंडेला ने जेल की स्थितियों से उनको अवगत कराते हुए वहाँ खाने, कपड़े की हालत, मुलाकात की कठिन शर्तों, कड़ी मेहनत कराए जाने और पहरेदारों के बुरे सुलूक आदि की शिकायतें कीं। इससे स्थिति में कुछ सुधार हुआ। कुछ सुधार मंडेला और उनके साथियों ने संघर्ष करके करा लिये। इस दौरान एक और उल्लेखनीय बात यह हुई कि बंदियों को अध्ययन करने की अनुमति दे दी गई। खुद मंडेला ने भी इसका लाभ उठाते हुए स्नातकोत्तर अध्ययन करना आरंभ कर दिया। कारागार के समय का इससे अच्छा उपयोग और क्या हो सकता था!

रॉबिन आइलैंड में समय-समय पर बंदियों की हालत का जायजा लेने के लिए रेडक्रॉस के अधिकारी आया करते थे कि उनके साथ अमानुषिक व्यवहार तो नहीं किया जा रहा। जब कैदियों से कहा गया कि वे उनसे मिलने के लिए अपना प्रवक्ता चुन लें तो उन्होंने स्वभावतः मंडेला को चुना।

जनवरी 1965 के आरंभ में मंडेला और उनके साथी राजनीतिक कैदियों को चूने की एक खान में काम करने के लिए ले जाया गया। यह रॉबिन आइलैंड के बीचोबीच थी। फौज का एक कर्नल इस काम की निगरानी पर था, जिसने खदान में काम करने के बारे में भाषण

दिया। उसके बाद सबको बेलचे और गेंतियाँ देकर काम पर जुट जाने को कहा गया। कहने को तो चूना नरम होता है, लेकिन इसकी खुदाई का काम आसान नहीं होता। यह पत्थर की चट्टानों पर जमा हुआ था। इसे पहले गेंती से परत-दर-परत तोड़ना पड़ता था और उसके बाद बेलचे से निकालना होता था। यह काम पत्थर तोड़ने से कहीं ज्यादा मेहनत का था और शाम तक काम करके सबके जिस्म थकान से टूटने लगते थे। नेल्सन लिखते हैं कि हालाँकि इस कड़ी मशक्कत की वजह से हाथों में छाले पड़ गए थे और खून भी निकल आया था, लेकिन उनको कहीं इस बात की तसल्ली भी थी कि बाहर की प्रकृति के दर्शन हो रहे हैं।

मेहनत से भी ज्यादा तकलीफदेह थी कड़ी धूप, जिसमें सब पसीने से नहा जाते थे। इससे भी अधिक कष्टप्रद थी उसकी चौंध, जिसका आँखों पर बहुत बुरा असर पड़ता था। बंदियों ने इस मुसीबत से बचने के लिए कई बार धूप के चश्मे दिए जाने का आग्रह किया, लेकिन अधिकारियों के कान पर जूँ तक न रेंगी।

मेहनत से भी ज्यादा तकलीफदेह थी कड़ी धूप, जिसमें सब पसीने से नहा जाते थे। इससे भी अधिक कष्टप्रद थी उसकी चौंध, जिसका आँखों पर बहुत बुरा असर पड़ता था। बंदियों ने इस मुसीबत से बचने के लिए कई बार धूप के चश्मे दिए जाने का आग्रह किया, लेकिन अधिकारियों के कान पर जूँ तक न रेंगी। तीन साल बाद एक डॉक्टर के यह कहने पर कि सबकी आँखें खराब हो रही हैं, उनको चश्मे लगाने की इजाजत दी गई।

अंतरराष्ट्रीय रेडक्रॉसवाले जब भी रॉबिन आइलैंड में कैदियों की दशा का निरीक्षण करने आते थे, मंडेला कैदियों के प्रतिनिधि के तौर पर उनसे वहाँ के अमानवीय व्यवहार की शिकायतें किया करते थे। वे सबकी राय से शिकायतों की एक सूची तैयार कर लिया करते थे और

विस्तार से भोजन, कपड़ों और अन्य जरूरत की चीजों के अभाव के बारे में उन्हें बताया करते थे। इस प्रयास का अपना असर हुआ और धीरे-धीरे रेडक्रॉस के हस्तक्षेप से उनको कुछ सुविधाएँ मिलीं। रेडक्रॉस ने बंदियों के बच्चों और पत्नियों को कुछ धन दिए जाने का प्रबंध भी किया, जो परिवार के मुखिया के बंदी होने के कारण घोर अभाव में जी रहे थे।

कैदियों पर जो बहुत से प्रतिबंध लगे हुए थे, उनमें एक समाचार-पत्र पढ़ना भी था। यह घोर अपराध माना जाता था। अव्वल तो किसी को कोई अखबार मयस्सर हो ही नहीं सकता था, लेकिन अगर किसी के पास यह बरामद हो जाए तो कड़ी सजा मिलती थी। एक दिन मंडेला को एक जगह पर पड़ा अखबार दिख गया। उन्होंने उसे अपनी कमीज के नीचे छिपा लिया और बाद में कोठरी में आकर पढ़ने लगे। लेकिन अचानक जेल के दो पहरेदार और एक अफसर वहाँ आ धमके और उनको यह 'अपराध' करते रँगे हाथों पकड़ लिया। उन्हें तीन दिन तक एकांत में रहने और खाना न देने की सजा सुनाई गई। इन्हीं दिनों में नेल्सन मंडेला ने अपनी प्रसिद्ध आत्मकथा कागज के छोटे-छोटे टुकड़ों में लिखनी शुरू की, जो चोरी से जेल से बाहर ले जाए जाते थे।

कैदियों पर जो बहुत से प्रतिबंध लगे हुए थे, उनमें एक समाचार-पत्र पढ़ना भी था। यह घोर अपराध माना जाता था। अव्वल तो किसी को कोई अखबार मयस्सर हो ही नहीं सकता था, लेकिन अगर किसी के पास यह बरामद हो जाए तो कड़ी सजा मिलती थी। एक दिन मंडेला को एक जगह पर पड़ा अखबार दिख गया।

स्वातो प्रदर्शन

जून 1976 में स्वातो में 15 हजार स्कूली छात्रों ने जबरदस्त प्रदर्शन किया। उनकी माँग थी कि माध्यमिक स्कूलों में अश्वेत बच्चों

की शिक्षा का माध्यम उनकी अपनी भाषा होनी चाहिए, न कि विदेशी भाषा। पुलिस ने प्रदर्शनकारियों पर गोलीबारी की तो हिंसा भड़क उठी। बच्चों ने गोलीबारी का जवाब पत्थरबाजी और डंडों की मार से दिया। सैकड़ों बच्चे इसमें घायल हो गए। दो श्वेत पत्थरों की मार से मारेगए।

इसके बाद बड़े पैमाने पर दंगे व हिंसा का दौर भड़क उठा। बच्चों ने स्कूलों का बहिष्कार किया। दक्षिण अफ्रीकी सरकार ने इसका जवाब दमनचक्र चलाकर दिया।

इधर नेल्सन और उनके साथी जेल में उनसे मजदूरी करवाने का विरोध करते रहे थे। आखिर उनका यह प्रयास सफल रहा और अंततः 1977 की शुरुआत में अधिकारियों ने फैसला सुना दिया कि वे अब उनसे शारीरिक श्रम नहीं करवाएँगे। इससे उन्हें आपस में बातचीत करने और लिखने-पढ़ने के लिए अधिक समय मिल गया।

इधर नेल्सन और उनके साथी जेल में उनसे मजदूरी करवाने का विरोध करते रहे थे। आखिर उनका यह प्रयास सफल रहा और अंततः 1977 की शुरुआत में अधिकारियों ने फैसला सुना दिया कि वे अब उनसे शारीरिक श्रम नहीं करवाएँगे। इससे उन्हें आपस में बातचीत करने और लिखने-पढ़ने के लिए अधिक समय मिल गया।

शारीरिक श्रम से छुट्टी मिलने पर नेल्सन को महसूस हुआ कि किसी-न-किसी तरह की कसरत या खेल खेलना बहुत आवश्यक है। उन्होंने अपना बॉक्सिंग का अभ्यास शुरू किया। थोड़े से स्थान पर टेनिस का एक कोर्ट बनाया गया और वे लोग टेनिस भी खेलने लगे। इसके अलावा उन्होंने बागबानी करना भी शुरू कर दिया।

सन् 1982 में मंडेला को रॉबिन आइलैंड से मुख्य भूमि में पौल्समूर की जेल में स्थानांतरित कर दिया गया। इस बंदीगृह की स्थितियाँ रॉबिन आइलैंड से कहीं बेहतर थीं। यहाँ उनको सोने के लिए बिस्तर दिया गया

था और बाथरूम की सुविधा भी थी। भेंट करने की शर्तें भी बेहतर थीं। उदाहरण के लिए, 21 सालों में पहली बार उनको अपनी पत्नी विनी से मिलने पर उसे गले लगाने का अवसर मिला।

पौल्समूर में एक और विशेष बात यह हुई कि वहाँ रहकर नेल्सन को बाहर के समाचार मिलने लगे थे। उन्हें पता चला कि बाहर स्वाधीनता आंदोलन जोर पकड़ रहा है। यूनाइटेड नेशनल फ्रंट के नाम से बहुत से संगठनों ने एकत्र होकर सरकार के विरुद्ध अभियान छेड़ रखा है। इसके अलावा अफ्रीकी नेशनल कांग्रेस की गतिविधियाँ भी सरकार के क्रूर दमन के बावजूद जोरों पर थीं। उग्रवादी गतिविधियाँ और विस्फोट की काररवाइयाँ भी निरंतर चल रही थीं। सरकार सख्ती बरत रही थी, लेकिन उसकी स्थिति दिन-ब-दिन कमजोर हो रही थी; क्योंकि आंतरिक विरोध के अलावा उस पर अंतरराष्ट्रीय दबाव भी बराबर बढ़ रहा था।

पौल्समूर में एक और विशेष बात यह हुई कि वहाँ रहकर नेल्सन को बाहर के समाचार मिलने लगे थे। उन्हें पता चला कि बाहर स्वाधीनता आंदोलन जोर पकड़ रहा है। यूनाइटेड नेशनल फ्रंट के नाम से बहुत से संगठनों ने एकत्र होकर सरकार के विरुद्ध अभियान छेड़ रखा है।

□

14

बंधन-मुक्त मंडेला

हमारी मुक्ति का प्रभात सन्निकट है। आओ, हम स्वाधीनता, स्वतंत्रता और बंधन-मुक्ति के लिए भाइयों की तरह एकजुट होकर प्रयास करें।

–नेल्सन मंडेला

नेल्सन मंडेला की रिहाई की माँग और स्वाधीनता संघर्ष बराबर जोरपकड़ रहा था। बढ़ते हुए आंतरिक व बाहरी दबाव की वजह से राष्ट्रपति बोथा ने 31 जनवरी, 1985 को संसद् में मंडेला को रिहा करने की घोषणा कर डाली, बशर्ते वे हिंसा को राजनीति का हथियार न बनाएँ। इसके साथ ही बोथा ने यह भी कहा कि अब नेल्सन की रिहाई में सरकार बाधक नहीं, वे खुद ही होंगे। यह पहली बार नहीं था, जब सरकार ने नेल्सन को किसी-न-किसी शर्त पर रिहा करने की पेशकश की थी; पर वे अपने सिद्धांतों की बलि चढ़ाकर रिहा होने को तैयार न थे।

बोथा की पेशकश का नेल्सन ने जवाब दिया कि उनकी पार्टी हिंसा नहीं करती। वह तो सरकारी हिंसा का जवाब उसी तरीके से देती है, क्योंकि उसके पास इसके सिवाय और कोई चारा नहीं। एक वीर नायक

की तरह उन्होंने ऐलान किया कि अगर सरकार उनको रिहा करती है तो वे फिर वही सब करेंगे, जो अब तक करते आए हैं। इसके साथ ही उन्होंने यह भी कहा कि लड़ाई के बनिस्बत बातचीत का रास्ता हमेशा बेहतर होता है, बशर्ते दोनों पक्ष समान रूप से उसकी मर्यादा का पालन करें।

उन्होंने बोथा की इस घोषणा को उन्हें उनकी पार्टी और जनता से अलग-थलग करने की सरकार की एक चाल के रूप में देखा और उसे नामंजूर कर दिया। अपने इस फैसले से वे अपने साथियों को यह संदेश देना चाहते थे कि पार्टी के लिए उनकी निष्ठा अटूट है और कोई भी प्रलोभन उन्हें इससे डिगा नहीं सकता। उन्होंने अपने जवाब में कहा कि जब मेरे संगठन पर प्रतिबंध लगा है तो फिर मेरी रिहाई का क्या अर्थ रह जाता है? राष्ट्रपति अगर न्याय के रास्ते पर चलना चाहते हैं तो पृथक्तावाद का त्याग करें और सब तरह के प्रतिबंध हटाएँ। उनकी सरकार हिंसा का त्याग करे और सब राजनीतिक बंदियों को रिहा करे। उन्होंने कहा कि मैं न तो अपने जन्मसिद्ध अधिकार को बेच सकता हूँ, न अपने देशवासियों के अधिकार का सौदा कर सकता हूँ।

उन्होंने बोथा की इस घोषणा को उन्हें उनकी पार्टी और जनता से अलग-थलग करने की सरकार की एक चाल के रूप में देखा और उसे नामंजूर कर दिया। अपने इस फैसले से वे अपने साथियों को यह संदेश देना चाहते थे कि पार्टी के लिए उनकी निष्ठा अटूट है और कोई भी प्रलोभन उन्हें इससे डिगा नहीं सकता।

राष्ट्रमंडल की टीम

इसके बाद अक्तूबर 1985 में नसाऊ में ब्रिटिश राष्ट्रमंडल की एक बैठक हुई। इसमें तय पाया गया कि विशिष्ट लोगों की एक टीम दक्षिण अफ्रीका के दौरे पर जाकर वहाँ की समस्याओं व स्थिति का पता

लगाएगी और फिर वापस आकर रिपोर्ट देगी। यह टीम 1986 के शुरू में दक्षिण अफ्रीका आई। सरकारी पक्ष से बातचीत करने के अलावा दक्षिण अफ्रीका के स्वाधीनता सेनानियों से मिलना भी इसके लिए जरूरी था। अतः परिस्थिति को देखते हुए सरकार ने टीम के सदस्यों की मुलाकात नेल्सन मंडेला से कराने का निर्णय लिया।

अधिकारी बड़े होशियार थे। उन्होंने कैदियों के कपड़े पहने बदहाल नेल्सन को अति विशिष्ट लोगों की टीम से मिलवाना उचित नहीं समझा। इससे तो साफ जाहिर हो जाता कि उनके साथ कैसा सुलूक हो रहा है। उन्होंने एक दर्जी बुलाकर रातोरात उनके लिए बढ़िया सूट सिलवाया और उनका हुलिया बदलकर उनकी टीम से मुलाकात कराई।

अधिकारी बड़े होशियार थे। उन्होंने कैदियों के कपड़े पहने बदहाल नेल्सन को अति विशिष्ट लोगों की टीम से मिलवाना उचित नहीं समझा। इससे तो साफ जाहिर हो जाता कि उनके साथ कैसा सुलूक हो रहा है। उन्होंने एक दर्जी बुलाकर रातोरात उनके लिए बढ़िया सूट सिलवाया और उनका हुलिया बदलकर उनकी टीम से मुलाकात कराई।

इस टीम के सदस्यों ने नेल्सन से कई तरह के सवाल पूछे। वे हिंसा के बारे में खासतौर पर प्रश्न पूछ रहे थे। मंडेला ने उन्हें यकीन दिलाया कि वे हिंसा के समर्थक नहीं। उनकी पार्टी को सरकारी हिंसा के प्रत्युत्तर में काररवाई करनी पड़ती है। अगर सरकार शहरों से पुलिस और सेना को वापस बुला ले तो उनकी पार्टी सशस्त्र संघर्ष की नीति को त्यागकर बातचीत का रास्ता अपना सकती है। उन्होंने कहा कि वार्त्ता से ही समस्याओं का समाधान हो सकता है। मंडेला ने टीम को विश्वास दिलाया कि वे विचारधारा से पूर्णतः राष्ट्रवादी हैं और साम्यवाद से उनका कोई नाता नहीं है। उन्होंने यह भी कहा कि ये सब उनके निजी विचार हैं और पार्टी की समग्र रूप

से विचारधारा जानने के लिए उन्हें उनके अन्य साथियों से भी मिलना चाहिए, जो अन्यत्र राजनीतिक बंदी हैं।

मंडेला से बातचीत करने के बाद टीम ने सरकार से बात करने और ऑलिवर टैंबो से मिलने का इरादा किया। नेल्सन ने दोनों को अपने विचार लिख भेजे थे, ताकि स्पष्ट हो जाए कि उन्होंने क्या बातचीत की है और किस संदर्भ में की है। सरकार को लिखे अपने नोट में उन्होंने कहा कि समान स्तर का उचित माहौल बनने पर बातचीत करके सभी समस्याओं का हल निकाला जा सकता है।

मंडेला से बातचीत करने के बाद टीम ने सरकार से बात करने और ऑलिवर टैंबो से मिलने का इरादा किया। नेल्सन ने दोनों को अपने विचार लिख भेजे थे, ताकि स्पष्ट हो जाए कि उन्होंने क्या बातचीत की है और किस संदर्भ में की है। सरकार को लिखे अपने नोट में उन्होंने कहा कि समान स्तर का उचित माहौल बनने पर बातचीत करके सभी समस्याओं का हल निकाला जा सकता है।

राष्ट्रमंडलीय टीम सरकार से और टैंबो से मिलने के बाद वापस लौट गई। मंडेला को उम्मीद थी कि जाते समय वे एक बार फिर उनसे मिलेंगे, लेकिन परिस्थितिवश ऐसा नहीं हो सका। इसके बाद उनकी न्यायमंत्री कोट्सी से केपटाउन में उनके निवास पर लंबी बातचीत हुई। इससे जाहिर हो गया कि आए दिन के घोर विरोध, हिंसा और अंतरराष्ट्रीय दबाव के कारण सरकार अब बातचीत और समझौते के मूड में आ गई है। कोट्सी यह जानने को उत्सुक थे कि अफ्रीकी नेशनल कांग्रेस के साथ किस तरह से समझौता किया जा सकता है और उनकी पार्टी किस तरह हिंसा का मार्ग छोड़ सकती है। इससे साफ जाहिर था कि सरकार की समझ में आ गया है कि पुराना जोर-जबरदस्ती का तरीका गलत था और उसे अपना रवैया बदलना ही होगा।

वार्त्ता के दौर

सन् 1987 में कोट्सी ने नेल्सन को सूचित किया कि सरकार ने उनके साथ नियमित रूप से बातचीत करने के लिए राष्ट्रपति की अध्यक्षता में एक समिति का गठन किया है। नेल्सन ने पहले अपनी पार्टी के साथियों से मिलने का प्रस्ताव रखा। उनका सोचना था कि अपने साथियों से विचार-विमर्श किए बिना अकेले सरकार से बातचीत करना उचित नहीं होगा और इससे गलतफहमियाँ भी पैदा हो सकती हैं। दूसरी समस्या यह थी कि बिना उनकी राय जाने अकेले किसी बात पर सहमत होना संभव न था, इसलिए पार्टी के अन्य साथियों को विश्वास में लेना बहुत आवश्यक था। सरकार ने उनकी इस समस्या को समझा और अनुमति दे दी।

सरकार के विभिन्न प्रतिनिधियों से नेल्सन की बातचीत चलती रही; लेकिन वे किसी स्थायी हल तक नहीं पहुँच पाए। सरकार की तरफ से कई तरह की दुविधा थी। एक तो वह इस जिद पर अड़ी थी कि अफ्रीकी नेशनल कांग्रेस हिंसा का सर्वथा त्याग करे। मंडेला का तर्क यह था कि हिंसा उनकी पार्टी नहीं, सरकार कर रही है।

सरकार के विभिन्न प्रतिनिधियों से नेल्सन की बातचीत चलती रही; लेकिन वे किसी स्थायी हल तक नहीं पहुँच पाए। सरकार की तरफ से कई तरह की दुविधा थी। एक तो वह इस जिद पर अड़ी थी कि अफ्रीकी नेशनल कांग्रेस हिंसा का सर्वथा त्याग करे। मंडेला का तर्क यह था कि हिंसा उनकी पार्टी नहीं, सरकार कर रही है। वह उनकी पार्टी को या यों कहें कि जनता को हिंसा का जवाब देने को उकसाती है। दूसरी दुविधा यह थी कि सरकार कम्युनिस्टों के सख्त खिलाफ थी और चूँकि ए.एन.सी. में बहुत से साम्यवादी विचारधारावाले सदस्य भी

थे, उसे वहम था कि पार्टी पर साम्यवादियों का नियंत्रण है; जबकि स्थिति ऐसी न थी।

सब तरह के तर्क देकर भी उनको आश्वस्त न कर पाने के बाद नेल्सन ने उनसे कहा कि आप अगर ऐसा सोचते हैं तो यही सही, लेकिन आपको इतना जरूर समझ लेना चाहिए कि ए.एन.सी. से बात किए बिना आप दक्षिण अफ्रीका में शांति स्थापित नहीं कर सकते। इस बात में बहुत दम था। आखिरकार सरकारी प्रतिनिधियों ने कहा कि ए.एन.सी. अपना रवैया थोड़ा नरम कर ले तो वार्त्ता में प्रगति हो सकती है। बहरहाल, प्रतिनिधियों से वार्त्ता के कई दौर हो जाने के बाद नेल्सन को राष्ट्रपति बोथा से एक बार फिर इन सारी समस्याओं पर चर्चा करने का अवसर दिया गया। 5 जुलाई, 1989 को उनको गुपचुप तरीके से बोथा के निवास पर ले जाया गया, लेकिन उनकी मुलाकात बहुत सार्थक सिद्ध नहीं हुई। बोथा ने किसी गंभीर मुद्दे पर बात की ही नहीं। वे ज्यादातर इधर–उधर की बातें करते रहे और मुलाकात का समय खत्म हो गया। शायद उन्होंने नेल्सन से किसी तरह की समझौता वार्त्ता करने का अपना इरादा बदल लिया था।

सब तरह के तर्क देकर भी उनको आश्वस्त न कर पाने के बाद नेल्सन ने उनसे कहा कि आप अगर ऐसा सोचते हैं तो यही सही, लेकिन आपको इतना जरूर समझ लेना चाहिए कि ए.एन.सी. से बात किए बिना आप दक्षिण अफ्रीका में शांति स्थापित नहीं कर सकते।

इसके लगभग एक महीने के बाद हालात में एकाएक परिवर्तन आया। बोथा को उनके मंत्रिमंडल के साथियों ने ही त्यागपत्र देने को विवश कर दिया। उन्होंने दूरदर्शन पर अपना इस्तीफा देने की घोषणा की और जन–जीवन व तत्संबंधी जिम्मेदारियों से किनारा कर लिया। उनके स्थान पर एफ.डब्ल्यू.डी. क्लार्क नए राष्ट्रपति चुने गए। नई जिम्मेदारी

सँभालने के तुरंत बाद ही श्री क्लार्क ने कहा कि वे ऐसी किसी भी पार्टी या संस्था के साथ बातचीत करने को तैयार हैं, जो शांति चाहती हो। इसके कुछ ही दिनों बाद उन्होंने अपने रवैए का एक और प्रमाण केपटाउन में एक विरोध-प्रदर्शन को अनुमति देकर दिया। इसके लिए उन्होंने सिर्फ यह शर्त रखी कि प्रदर्शन शांतिपूर्ण होना चाहिए, यानी नए राष्ट्रपति भिन्न थे और वे परिवर्तन के लिए तैयार लगते थे।

आशा की किरण

राष्ट्रपति डी. क्लार्क के इस रवैए से उत्साहित होकर नेल्सन मंडेला ने उन्हें एक पत्र लिखा। इसमें उन्होंने क्लार्क से अनुरोध किया कि वे रॉबिन आइलैंड और पोलिस्मूर में बंदी उनके साथियों को बिना किसी शर्त के रिहा कर दें। क्लार्क ने उनकी बात मान ली और 10 अक्तूबर, 1989 को सब बंदियों को रिहा कर दिया गया। 13 दिसंबर, 1989 को एक बार फिर मंडेला की डी. क्लार्क से गुप्त बातचीत हुई। इसमें दोनों ने राजनीतिक स्थिति पर बातचीत की। बातचीत में मंडेला ने महसूस किया कि क्लार्क उनकी बातों को गंभीरता से ले रहे हैं। उनका रवैया काफी उचित प्रतीत होता था; लेकिन वे नेल्सन की सभी बातों को मानने को तैयार न थे। अपने स्वभाव के अनुसार मंडेला ने क्लार्क से यह भी कह दिया कि जब तक उनकी सभी माँगें पूरी नहीं होतीं, उनका और उनकी पार्टी का संघर्ष जारी

राष्ट्रपति डी. क्लार्क के इस रवैए से उत्साहित होकर नेल्सन मंडेला ने उन्हें एक पत्र लिखा। इसमें उन्होंने क्लार्क से अनुरोध किया कि वे रॉबिन आइलैंड और पोलिस्मूर में बंदी उनके साथियों को बिना किसी शर्त के रिहा कर दें। क्लार्क ने उनकी बात मान ली और 10 अक्तूबर, 1989 को सब बंदियों को रिहा कर दिया गया।

रहेगा। अगर उन्हें उनके साथियों की तरह रिहा किया जाता है तो वे अपनी पार्टी के लिए तुरंत काम करना शुरू कर देंगे, भले ही उस पर प्रतिबंध लगा हुआ है।

अपनी अन्य माँगों के साथ ही नेल्सन ने डी. क्लार्क से यह भी कहा कि वे न केवल ए.एन.सी., बल्कि अन्य उन राजनीतिक दलों पर से भी प्रतिबंध हटा लें, जिनको कि उनकी सरकार ने गैर-कानूनी घोषित कर रखा है। उन्होंने यह माँग भी रखी कि जिन स्वाधीनता सेनानियों को देश-निकाला दिया गया है, उन्हें वापस बुलाया जाए। उस समय क्लार्क ने कोई वादा तो नहीं किया, लेकिन दोनों व्यक्ति बहुत अपनेपन के साथ विदा हुए। बैठक अच्छी लग रही थी लेकिन कितनी सार्थक थी या इसका परिणाम क्या होने वाला था, कहना कठिन था।

अपनी अन्य माँगों के साथ ही नेल्सन ने डी. क्लार्क से यह भी कहा कि वे न केवल ए.एन.सी., बल्कि अन्य उन राजनीतिक दलों पर से भी प्रतिबंध हटा लें, जिनको कि उनकी सरकार ने गैर-कानूनी घोषित कर रखा है। उन्होंने यह माँग भी रखी कि जिन स्वाधीनता सेनानियों को देश-निकाला दिया गया है, उन्हें वापस बुलाया जाए।

इस सारे मामले में गौरतलब बात यह है कि मंडेला ने कई स्तरों पर वार्त्ता के इतने दौर होने पर भी अपने साथियों, अपने देशवासियों और यहाँ तक कि दूसरी राजनीतिक पार्टियों के कार्यकर्ताओं के लिए चिंता जताई और अपनी माँगें रखीं; लेकिन खुद अपनी रिहाई के लिए न कोई बात की, न कोशिश। उलटे डी. क्लार्क के साथ बातचीत में उन्होंने कहा कि अगर आपका इरादा मुझे रिहाई के लिए राजी करने का है तो यह आपकी भूल होगी। जब तक मेरी पार्टी और मेरे साथियों पर प्रतिबंध लगे हैं, मेरी रिहाई कोई मायने नहीं रखती और न ही मैं इसके लिए सहमत हो सकता हूँ।

ऐतिहासिक घोषणा

2 फरवरी, 1990 को दक्षिण-अफ्रीकी कांग्रेस के उद्घाटन भाषण में राष्ट्रपति डी. क्लार्क ने वह ऐतिहासिक घोषणा की, जिसने दक्षिण अफ्रीका का सारा वातावरण बदल डाला। ऐसी घोषणा न तो पहले किसी राष्ट्रपति ने की थी और न ही उदार प्रवृत्ति के दिखनेवाले क्लार्क से भी किसी को ऐसी आशा थी। सारा देश यह सुनकर चकित रह गया।

2 फरवरी, 1990 को दक्षिण-अफ्रीकी कांग्रेस के उद्घाटन भाषण में राष्ट्रपति डी. क्लार्क ने वह ऐतिहासिक घोषणा की, जिसने दक्षिण अफ्रीका का सारा वातावरण बदल डाला। ऐसी घोषणा न तो पहले किसी राष्ट्रपति ने की थी और न ही उदार प्रवृत्ति के दिखनेवाले क्लार्क से भी किसी को ऐसी आशा थी।

उन्होंने एक ही झटके में नस्लवाद और रंगभेद की नींव खोद डाली थी। उन्होंने ए.एन.सी., पी.सी.सी., कम्युनिस्ट पार्टी के साथ-साथ 31 अन्य पार्टियों पर से भी प्रतिबंध हटाने का ऐलान किया। उन्होंने ऐसे सभी राजनीतिक कैदियों को रिहा करने का भी ऐलान किया, जिन्होंने कभी हिंसक गतिविधियों में भाग नहीं लिया था। सन् 1986 में आपातकाल की घोषणा के साथ सरकार ने जो बहुत से प्रतिबंध लगाए थे, उनमें से भी अधिकांश को डी. क्लार्क ने समाप्त करने की घोषणा की।

स्वयं मंडेला के शब्दों में, ''इस एक ऐलान ने ही दक्षिण अफ्रीका की स्थिति को सामान्य कर दिया और हमारी दुनिया रातोरात बदल गई।'' अब देश के समाचार-पत्रों में उनके भाषण प्रकाशित हो सकते थे। उनके चित्र छप सकते थे और सारे देश को इनके माध्यम से उनके संदेश मिल सकते थे। न सिर्फ दक्षिण अफ्रीका में, बल्कि अंतरराष्ट्रीय स्तर पर भी डी. क्लार्क के इस साहसिक कदम की सराहना की गई।

अब स्वभावतः एक महत्त्वपूर्ण बात बाकी रह गई थी। स्वयं नेल्सन मंडेला की रिहाई, जिसे संभवतः मंडेला खुद भी अपने सिद्धांतों के चलते टालते आ रहे थे। आखिरकार वह घड़ी भी आ गई और 10 फरवरी को जब मंडेला की डी. क्लार्क से एक बार फिर मुलाकात हुई तो उन्होंने बताया कि आपको अगले दिन बिना शर्त रिहा करने का फैसला किया गया है। इस पर मंडेला ने अपनी अस्वीकृति जताकर राष्ट्रपति को हैरत में डाल दिया। उनको दो बातों पर आपत्ति थी। एक तो वे इस तरह एकाएक रिहाई नहीं चाहते थे। उनका कहना था कि उन्हें एक सप्ताह बाद रिहा किया जाए, ताकि वे स्वयं और बाहर उनकी रिहाई का स्वागत करनेवाले उनके परिजन, साथी व समर्थक मानसिक रूप से इसके लिए तैयार हो सकें। दूसरे उनका कहना था कि उनको जोहांसबर्ग में रिहा न किया जाए। हालाँकि वे जोहांसबर्ग के रहनेवाले थे; लेकिन उनका तर्क यह था कि चूँकि वे पिछले तीस सालों से केपटाउन में रह रहे हैं, इसलिए बेहतर होगा कि उनको सरकारी फैसले के मुताबिक जोहनसबर्ग न ले जाकर विक्टर वर्सटर में ही रिहा किया जाए।

अब स्वभावतः एक महत्त्वपूर्ण बात बाकी रह गई थी। स्वयं नेल्सन मंडेला की रिहाई, जिसे संभवतः मंडेला खुद भी अपने सिद्धांतों के चलते टालते आ रहे थे। आखिरकार वह घड़ी भी आ गई और 10 फरवरी को जब मंडेला की डी. क्लार्क से एक बार फिर मुलाकात हुई तो उन्होंने बताया कि आपको अगले दिन बिना शर्त रिहा करने का फैसला किया गया है।

हालाँकि उनकी बात मानने में सरकार को जाहिरा तौर पर कोई आपत्ति नहीं होनी चाहिए थी, लेकिन इसमें व्यावहारिक कठिनाई भी कम न थी। असल में सरकार ने उनसे राय किए बिना ही उनकी रिहाई की तिथि तय कर डाली थी। इसकी सूचना सारे अंतरराष्ट्रीय मीडिया को भी

दे दी गई थी। सब तैयारियाँ पूरी हो चुकी थीं। अगर निश्चित तिथि पर सरकार मंडेला को रिहा नहीं करती तो इसका अर्थ जाने क्या लगाया जाता और किस तरह की प्रतिक्रिया अंतरराष्ट्रीय स्तर पर होती। इसके अलावा दुनिया भर से आए पत्रकारों को असुविधा भी होती। मंडेला ने यह तर्क सुनने के बाद अपनी सात दिन बाद वाली शर्त वापस ले ली। इसके साथ ही सरकार ने उनकी जोहांसबर्ग की जगह विक्टर वर्सटर से रिहा करने की बात मान ली।

27 साल के बाद नेल्सन मंडेला को 11 फरवरी, 1990 को एक आजाद आदमी की तरह विक्टर वर्सटर के बंदीगृह से बाहर आना था। उनकी रिहाई का समाचार सारे देश में फैल चुका था। चारों तरफ जबरदस्त उत्साह की लहर दौड़ गई थी। उनकी पत्नी विनी, परिवार के अन्य सदस्य और बहुत से लोग इस अवसर के लिए विमान से आ रहे थे। ए.एन.सी. ने रातोरात इसके लिए एक स्वागत समिति बना डाली थी और अपने हीरो का स्वागत करने के लिए वे पूरी तैयारी कर रहे थे।

27 साल के बाद नेल्सन मंडेला को 11 फरवरी, 1990 को एक आजाद आदमी की तरह विक्टर वर्सटर के बंदीगृह से बाहर आना था। उनकी रिहाई का समाचार सारे देश में फैल चुका था। चारों तरफ जबरदस्त उत्साह की लहर दौड़ गई थी। उनकी पत्नी विनी, परिवार के अन्य सदस्य और बहुत से लोग इस अवसर के लिए विमान से आ रहे थे। ए.एन.सी. ने रातोरात इसके लिए एक स्वागत समिति बना डाली थी और अपने हीरो का स्वागत करने के लिए वे पूरी तैयारी कर रहे थे।

दोपहर बाद 3.30 बजे के लगभग नेल्सन को रिहा किया गया। वे अपनी पत्नी के साथ जेल के मुख्य दरवाजे की तरफ बढ़े, जहाँ अपार जनसमूह और मीडिया के लोग उनका इंतजार कर रहे थे। यह मंडेला

जैसे महामानव का ही काम था कि उन्होंने जेल में उन पर पहरेदारी करनेवाले रक्षकों व उनके परिवारों का भी जाते समय अभिवादन किया और उनको धन्यवाद दिया।

वे स्वयं तो रिहा हो गए थे, लेकिन जानते थे कि अभी बहुत काम बाकी है। अभी उनका देश पूरी तरह स्वतंत्र नहीं हुआ है तथा संघर्ष का दौर अभी और चलेगा।

□

15

राष्ट्रपति मंडेला

मैंने सदा स्वाधीन व लोकतांत्रिक समाज के उन आदर्शों को सँजोया है जिसमें सभी लोग पूरे सौहार्द के साथ मिल-जुलकर रहते हैं और जिसमें उनको समान अवसर प्रदान किए जाते हैं। इसी आदर्श के लिए मैं जीवित हूँ और इसके लिए अपने प्राण भी दे सकता हूँ।

—नेल्सन मंडेला

रिहाई के तुरंत बाद नेल्सन मंडेला ने पार्टी का काम सँभाला, जिसके वे उपाध्यक्ष थे। उनका लक्ष्य वही था कि दक्षिण अफ्रीका को अंततः एक रंगभेद, नस्लभेद-रहित लोकतंत्र बनाया जाए, जिसमें सब नागरिकों को समान अधिकार प्राप्त हों। इतने लंबे कारावास और कठिन जीवन बिताने के बाद नेल्सन के लिए आवश्यक था कि वे कुछ विश्राम करते, अपने बंधु-बांधवों से मिलते, जिनसे वे कई दशकों से बिछुड़े हुए थे। कुछ समय अपने परिवार के साथ बिताते। उनका मन यह भी करता था कि उन वादियों में जाकर रहें, जिनमें उनके बचपन की यादें रची-बसी थीं; लेकिन इन सबके लिए उन्हें अवकाश न मिल सका। देश भर में उनके दौरों और भाषणों का सिलसिला अनवरत जारी था।

यह बहुत जरूरी था, क्योंकि मंडेला के विचार और संदेश उनके बंदी रहने के कारण जनता तक नहीं पहुँच पाए थे। इसके अलावा, बदली परिस्थितियों में लोकतंत्र के लिए वातावरण बनाना भी आवश्यक था। इसके लिए आवश्यक जन-जागरण जुटाने के लिए नेल्सन मंडेला जैसे राष्ट्रीय हीरो से बढ़कर और कौन हो सकता था!

अंतरराष्ट्रीय स्तर पर नेल्सन मंडेला का मान बहुत बढ़ गया था। अनेक देशों ने स्वाधीनता के इस जुझारू नेता को कई तरह के सम्मानों से सम्मानित किया। भारत सरकार ने भी वर्ष 1979 में नेल्सन को 'नेहरू पुरस्कार' देकर सम्मानित किया।

पश्चिमी देशों की यात्रा

इन सारे कामों से भी आवश्यक था डी. क्लार्क के साथ वार्त्ताओं का दौर जारी रखना, जिसके बिना परिवर्तन आना संभव न था। राजनीतिक माहौल बहुत गरम था और मंडेला ने अपने कर्तव्य के आगे व्यक्तिगत इच्छाओं को त्याग दिया। नेल्सन और डी. क्लार्क दोनों ने इस दौरान पश्चिमी देशों की यात्राएँ कीं। डी. क्लार्क चाहते थे कि चूँकि अब उन्होंने उदारता का रवैया अपनाया है, अतः दक्षिण अफ्रीका पर लगे विदेशी प्रतिबंध हटा लिये जाएँ। नेल्सन का उद्‌देश्य इससे उलट था। वे चाहते थे कि जब तक नस्लवाद का पूरी तरह खात्मा नहीं हो जाता, प्रतिबंध जारी रहने चाहिए। आखिर आंतरिक स्थितियों के अलावा इन प्रतिबंधों और अंतरराष्ट्रीय दबाव ने ही दक्षिण अफ्रीका में अश्वेतों के लिए अनुकूल वातावरण बनाया था।

इन सारे कामों से भी आवश्यक था डी. क्लार्क के साथ वार्त्ताओं का दौर जारी रखना, जिसके बिना परिवर्तन आना संभव न था। राजनीतिक माहौल बहुत गरम था और मंडेला ने अपने कर्तव्य के आगे व्यक्तिगत इच्छाओं को त्याग दिया। नेल्सन और डी. क्लार्क दोनों ने इस दौरान पश्चिमी देशों की यात्राएँ कीं।

अमेरिका में जाकर नेल्सन ने वहाँ की संसद् को संबोधित किया और राष्ट्रपति जॉर्ज बुश को भी अपने विचारों से अवगत कराया। उन्होंने ब्रिटेन जाकर प्रधानमंत्री थैचर से मुलाकात की और ब्रिटिश संसद् को संबोधित किया। उन्होंने कहा कि हालाँकि डी. क्लार्क के नेतृत्व में सरकार ने काफी उदारतावाला रवैया अपनाया है, लेकिन अभी भी दक्षिण अफ्रीका में अश्वेतों को पूरे मानव अधिकार नहीं मिले हैं। अभी भी नस्लवादी कानून निरस्त नहीं किए गए हैं और भेदभाव की जड़ें गहरी जमी हुई हैं। इसलिए अभी भी हमारा संघर्ष जारी है और जब तक लक्ष्य प्राप्त नहीं हो जाता, जारी रहेगा।

हिंसा का तांडव

जुलाई 1990 में नेल्सन स्वदेश लौटे। उसके बाद ए.एन.सी. की विरोधी पार्टी और दक्षिण अफ्रीका में उन दिनों चल रही व्यापक हिंसा के लिए उत्तरदायी आई.एफ.पी. ने सेबेकांग में एक विशाल रैली का आयोजन किया। इस रैली के तुरंत बाद जूलू हिंसा पर उतारू हो गए।

जुलाई 1990 में नेल्सन स्वदेश लौटे। उसके बाद ए.एन.सी. की विरोधी पार्टी और दक्षिण अफ्रीका में उन दिनों चल रही व्यापक हिंसा के लिए उत्तरदायी आई.एफ.पी. ने सेबेकांग में एक विशाल रैली का आयोजन किया। इस रैली के तुरंत बाद जूलू हिंसा पर उतारू हो गए। इस भयानक हिंसा कांड में 32 लोग मारे गए, जिनमें से अधिकांश ए.एन.सी. के सदस्य थे। नेल्सन मंडेला को इससे बहुत दुःख पहुँचा। इससे पहले भी जूलू ए.एन.सी. के खिलाफ हिंसक वारदातें कर चुके थे। नेल्सन ने इस बारे में एक पत्र लिखकर डी. क्लार्क को अपराधियों के खिलाफ उचित काररवाई करने के लिए कहा। उन्हें शक था कि इस सब के पीछे सरकार का हाथ है, जो अब प्रत्यक्ष रूप से उनकी पार्टी के खिलाफ

कोई कारवाई नहीं करना चाहती, इसलिए उसने यह रास्ता अपनाया है।

नेल्सन का शक बेबुनियाद न था। सरकार ने जूलू जाति के सदस्यों को खुलेआम अपने परंपरागत हथियार, भाले, छुरे आदि लेकर चलने की इजाजत दे दी थी। सरकार का तर्क था कि यह उनकी संस्कृति का अंग है, इसलिए इसकी मनाही नहीं होनी चाहिए। सरकार के इस रवैए की वजह से नेल्सन और डी. क्लार्क की वार्त्ता में बाधा आई। उनकी पार्टी के कई सदस्य भी वार्त्ता के प्रति बहुत आशावान् न थे और उसका विरोध करते रहे थे। लेकिन नेल्सन का सोचना था कि आखिर इसके सिवाय कोई और चारा भी नहीं। अगर कुछ आशा है तो इसी से है। उन्होंने खुलेआम नहीं तो गुपचुप तरीके से बातचीत जारी रखने का मन बनाया; लेकिन अब उनका रवैया सहयोग की अपेक्षा सख्तीवाला हो गया था।

नेल्सन का शक बेबुनियाद न था। सरकार ने जूलू जाति के सदस्यों को खुलेआम अपने परंपरागत हथियार, भाले, छुरे आदि लेकर चलने की इजाजत दे दी थी। सरकार का तर्क था कि यह उनकी संस्कृति का अंग है, इसलिए इसकी मनाही नहीं होनी चाहिए।

कोडेसा सम्मेलन

जुलाई 1991 में मंडेला को ए.एन.सी. का अध्यक्ष चुना गया। नई जिम्मेदारी सँभालने के बाद उनका सबसे उल्लेखनीय काम कोडेसा सम्मेलन बुलाना था। यह सरकार और 19 विरोधी दलों के बीच बातचीत की बैठक थी। इसका नाम कन्वेंशन फॉर ए डेमोक्रेटिक साउथ अफ्रीका या संक्षेप में 'कोडेसा' रखा गया था। इसका उद्देश्य नेल्सन की विचारधारा के अनुरूप था। यह था संविधान बनाना। ऐसा संविधान, जिसका उद्देश्य सभी वयस्कों को मताधिकार देना, सभी जातियों को नागरिक व राजनीतिक अधिकार देना, स्वतंत्र न्यायपालिका की स्थापना करना व होमलैंड की सरकारों को समाप्त करके उनके क्षेत्र को दोबारा

निर्धारित करना था। अपने उद्घाटन भाषण में नेल्सन ने कोडेसा के सभी प्रतिनिधियों का आह्वान किया कि सभी मिलकर एक ऐसे दक्षिण अफ्रीका का निर्माण करें जिसपर सबको गर्व हो।

यह काम आसान न था। अनेक नस्लोंवाले दक्षिण अफ्रीका में ऐसा संविधान बनाना, जो इतना संतुलित हो कि सर्वहितकारी लगे और जिसके लिए सरकार भी राजी हो जाए, टेढ़ी खीर थी। इसमें कई तरह की बाधाएँ आईं, विवाद उठे। देश में हिंसक वारदातें और उपद्रव भी जारी थे। इनके चलते बातचीत का सिलसिला टूट गया। लेकिन नेल्सन प्रगति के लिए आशान्वित थे और प्रतिबद्ध भी। जाहिरा बातचीत बंद होने पर उन्होंने डी. क्लार्क से गुपचुप तरीके से बातचीत का सिलसिला जारी रखा। इसमें प्रगति होने पर दोनों ने सितंबर 1992 में 'रिकॉर्ड ऑफ अंडरस्टैंडिंग' के नाम से एक संयुक्त दस्तावेज जारी किया। फलस्वरूप मई 1993 में कोडेसा वार्त्ता फिर शुरू हो गई। मंडेला के नेतृत्व में ए.एन. सी. और नेशनल पार्टी ने देश में पहली बार बहुजातीय चुनावों तथा संविधान के निर्माण के लिए एक समय-सूची पर सरकार से बातचीत करना जारी रखा। बातचीत आगे बढ़ी और तय पाया गया कि आम चुनाव अप्रैल 1994 में होंगे।

यह काम आसान न था। अनेक नस्लोंवाले दक्षिण अफ्रीका में ऐसा संविधान बनाना, जो इतना संतुलित हो कि सर्वहितकारी लगे और जिसके लिए सरकार भी राजी हो जाए, टेढ़ी खीर थी। इसमें कई तरह की बाधाएँ आईं, विवाद उठे। देश में हिंसक वारदातें और उपद्रव भी जारी थे।

मंडेला और डी. क्लार्क के शांतिपूर्ण तरीके से सत्ता-परिवर्तन पर सहमत होने के बाद 10 दिसंबर, 1993 को ओस्लो में हुए एक भव्य समारोह में नेल्सन और डी. क्लार्क दोनों को संयुक्त रूप से शांति के लिए नोबेल पुरस्कार से नवाजा गया।

मंडेला बने राष्ट्रपति

अप्रैल में चुनाव हुए। इनका परिणाम आशा के अनुरूप ही आया। अफ्रीकी नेशनल कांग्रेस 62.2 प्रतिशत वोट लेकर अव्वल रही। नेल्सन मंडेला स्वभावतः दक्षिण अफ्रीका के प्रथम अश्वेत राष्ट्रपति निर्वाचित हुए। उन्होंने 10 मई, 1994 को अपने पद की शपथ लेते हुए कहा कि यह न केवल नई सरकार की विजय है, बल्कि उत्पीड़न का अंत भी है। उन्होंने जोर देकर कहा कि अब कभी भी इस मनोरम धरती पर किसी एक के द्वारा दूसरे का उत्पीड़न नहीं होगा।

सत्ता में परिवर्तन तो हो गया, लेकिन समाज में परिवर्तन इतना सहज न था। तीन शताब्दियों के अपने शासनकाल में नस्लवादी सरकार ने दक्षिण अफ्रीका और उसके अश्वेत बाशिंदों का जो हुलिया बिगाड़ दिया था, उसे सुधारना आसान न था। देश बेरोजगारी, गृहहीनता, अशिक्षा, बिजली-पानी के घोर अभाव जैसी गंभीर समस्याओं से त्रस्त था। स्वास्थ्य सेवाएँ बदहाल थीं। देश के उद्योगों में नस्लभेद और अश्वेतों का शोषण करने की जड़ें बहुत गहरे जमी हुई थीं। सभी जातियों को एकजुट करने और उनमें सामंजस्य बनाने की समस्या भी कम विकट न थी। श्वेत और अश्वेतों के बीच आर्थिक असमानता अत्यधिक थी। श्वेत अति संपन्न थे और अश्वेत अति निर्धन। ऐसे में एकता और सहिष्णुता की बात किसके गले उतरती।

सत्ता में परिवर्तन तो हो गया, लेकिन समाज में परिवर्तन इतना सहज न था। तीन शताब्दियों के अपने शासनकाल में नस्लवादी सरकार ने दक्षिण अफ्रीका और उसके अश्वेत बाशिंदों का जो हुलिया बिगाड़ दिया था, उसे सुधारना आसान न था। देश बेरोजगारी, गृहहीनता, अशिक्षा, बिजली-पानी के घोर अभाव जैसी गंभीर समस्याओं से त्रस्त था।

मंडेला इसे समझते थे, इसलिए उन्होंने सत्ता सँभालते ही गरीबी-उन्मूलन पर जोर दिया, लेकिन साथ ही स्पष्ट किया कि यह परिवर्तन धीरे-धीरे ही हो सकेगा। शताब्दियों की दासता के कारण सभी प्रमुख पदों पर श्वेतों का अधिकार था। पुलिस और प्रशासन नस्लवाद के रंग में रँगे हुए थे। उनकी मानसिकता को रातोरात बदलना संभव न था, जबकि जनमानस की आकांक्षाएँ रातोरात जाग उठी थीं।

नेल्सन मंडेला ने राष्ट्रपति के तौर पर यथार्थवादी रवैया अपनाते हुए जनता को स्पष्ट कर दिया कि एकाएक सभी माँगें मंजूर करना और समस्याओं का समाधान करना संभव नहीं। इसके लिए धैर्य से काम लेना होगा। वे जो कुछ सुधार करना चाहते थे, उनके लिए सबसे पहले धन की आवश्यकता थी। इतनी बड़ी रकम जर्जर अर्थतंत्र वाले दक्षिण अफ्रीका के पास न थी, जो जनता के कष्टों का निवारण कर सके।

नेल्सन मंडेला ने राष्ट्रपति के तौर पर यथार्थवादी रवैया अपनाते हुए जनता को स्पष्ट कर दिया कि एकाएक सभी माँगें मंजूर करना और समस्याओं का समाधान करना संभव नहीं। इसके लिए धैर्य से काम लेना होगा। वे जो कुछ सुधार करना चाहते थे, उनके लिए सबसे पहले धन की आवश्यकता थी।

नेल्सन के सामने मुख्य उद्देश्य देश में एकता व समानता की स्थापना करना और गरीबी का उन्मूलन था। वे एक ऐसी इंद्रधनुषी संस्कृतिवाले राष्ट्र का निर्माण करना चाहते थे, जिसमें श्वेत-अश्वेत सभी दक्षिण अफ्रीकी बिना किसी भेदभाव के स्वतंत्र जीवन-यापन कर सकें। उन्होंने अपनी सरकार बनाते समय भी नेशनल पार्टी को साथ रखा, ताकि देश की जनता में एकता का संदेश जाए।

इस बीच नेल्सन के पारिवारिक जीवन में बहुत उथल-पुथल आई। मुख्य कारण उनकी पत्नी विनी थीं। पहले तो वे एक हत्या के मामले

में फँसीं। उनके बचाव के लिए मंडेला ने भरपूर प्रयास किया। लेकिन अदालत ने उन्हें दोषी करार दिया। इस जद्दोजहद से निकले तो उनके संबंधों में गहरी दरार पड़ गई। जिस विनी के लिए वे जेल में बरसों तड़पते रहे और जो नेल्सन की रिहाई के लिए जी-जान से लड़ रही थीं, वे किसी दूसरे व्यक्ति के साथ संबंधों की दोषी बताई गईं। नेल्सन ने सार्वजनिक घोषणा करके उनके साथ सभी संबंध समाप्त कर लिये और फिर अंततः उनका 1996 में तलाक हो गया।

अपने राष्ट्रपति पद के अगले पाँच वर्षों में नेल्सन ने बरसों से साधारण जरूरतों के लिए भी तरसते अश्वेतों की हालत सुधारने के लिए भरसक प्रयास किया। उन्होंने दक्षिण अफ्रीका की जर्जर अर्थव्यवस्था को सुधारने के लिए भी आवश्यक कदम उठाए। नेल्सन ने विश्व की बड़ी हस्तियों को दक्षिण अफ्रीका आने का निमंत्रण दिया, ताकि वे आकर देखें कि दासता की बेड़ियों में जकड़े दक्षिण अफ्रीका और स्वाधीन दक्षिण अफ्रीका में कितना अंतर है। देश में अराजकता और हिंसा का दौर अब भी किसी-न-किसी हद तक जारी था। उन्होंने इसकी रोकथाम के लिए कदम उठाए और लोगों को हिंसा व अपराध से दूर रहने का संदेश दिया। उन्होंने देशवासियों को आश्वस्त किया कि उनकी सभी शिकायतें दूर की जाएँगी, लेकिन इसके लिए सबको सब्र से काम लेना होगा।

अपने राष्ट्रपति पद के अगले पाँच वर्षों में नेल्सन ने बरसों से साधारण जरूरतों के लिए भी तरसते अश्वेतों की हालत सुधारने के लिए भरसक प्रयास किया। उन्होंने दक्षिण अफ्रीका की जर्जर अर्थव्यवस्था को सुधारने के लिए भी आवश्यक कदम उठाए।

अपनी वरीयता के अनुसार राष्ट्रपति मंडेला ने प्राथमिक पाठशालाओं में बच्चों को भोजन देने की व्यवस्था की। उन्होंने स्वास्थ्य सेवाओं पर तत्काल ध्यान दिया और बच्चों व माँ बननेवाली महिलाओं के स्वास्थ्य

के लिए विशेष प्रबंध किए। उन्होंने आर्कबिशप टूटू की अध्यक्षता में ट्रूथ एंड रिकंसिलिएशन कमीशन का गठन किया, जिसके अंतर्गत नस्लवादी शासन के दौरान मानव अधिकारों के हनन की जाँच की जानी थी। इसके लिए उन्होंने लोगों को निर्भय होकर गवाही देने को कहा। मंडेला सरकार की तरफ से आश्वासन दिया गया कि किसी पर गवाही देने के लिए अभियोग नहीं चलाया जाएगा। इससे उत्साहित होकर लगभग 20,000 लोगों ने अपनी गवाहियाँ दर्ज कीं।

नेल्सन मंडेला की महानता का परिचय इस बात से लग जाता है कि जिन श्वेतों ने उन्हें इतनी यातनाएँ दीं और कारागार में बंद रखा, उनके साथ उनका व्यवहार बहुत ही अच्छा था। सत्तासीन होने के बाद उन्होंने उनको समान अधिकार दिए और सबसे अपील की कि बदले की भावना से कोई काररवाई न की जाए।

नेल्सन मंडेला की महानता का परिचय इस बात से लग जाता है कि जिन श्वेतों ने उन्हें इतनी यातनाएँ दीं और कारागार में बंद रखा, उनके साथ उनका व्यवहार बहुत ही अच्छा था। सत्तासीन होने के बाद उन्होंने उनको समान अधिकार दिए और सबसे अपील की कि बदले की भावना से कोई कारर‌वाई न की जाए। उनका कहना था कि उनका संघर्ष रंगभेदी शासन के खिलाफ था, श्वेतों के खिलाफ नहीं। दक्षिण अफ्रीका श्वेत-अश्वेत सबका है और सबको उसमें हिल-मिलकर रहना चाहिए तथा उसकी उन्नति के लिए प्रयास करना चाहिए।

नेल्सन को राष्ट्रपति के तौर पर अच्छी तनख्वाह मिलती थी, लेकिन वे सदा बहुत सादगी से रहे। शायद उनका विचार यह था कि जब अधिकांश देशवासी अभाव में जी रहे हैं तो उनके नेता को किसी तरह की विलासिता का हक हासिल नहीं होता। शायद वे दूसरों के लिए उदाहरण पेश करना चाहते थे कि सादगी से रहें। वे थोड़े में

गुजारा करते थे और अपने शेष वेतन को परोपकार के कामों में लगाते थे। एक-तिहाई वेतन तो वे अपनी पार्टी ए.एन.सी. और नेल्सन मंडेला चिल्ड्रेन फंड को ही दे देते थे। नोबेल पुरस्कार से मिली रकम और अपनी रॉयल्टी की आमदनी का अधिकांश भाग भी उन्होंने इसी तरह दान में दे दिया।

लोकप्रियता के शिखर पर होने के बावजूद नेल्सन ने अपना राष्ट्रपतित्व काल समाप्त होने के बाद दोबारा निर्वाचित होना उचित नहीं समझा। उस समय उनकी अवस्था 81 वर्ष की थी और उनका कहना था कि नए राष्ट्र दक्षिण अफ्रीका को अपेक्षाकृत कम उम्र का नेता मिलना चाहिए, जो उसके विकास को गति दे सके। उनके राष्ट्रपतित्व काल का अधिकांश समय नई योजनाएँ बनाने में लग गया था। वे चाहते थे कि अब उन पर अमल हो, ताकि लोगों को राहत पहुँचे। एक और अवधि के लिए राष्ट्रपति बनने की बजाय उन्होंने अवकाश ले लिया और रहने के लिए कूनू चले गए, जहाँ उनकी शैशव की स्मृतियाँ बसी हुई थीं।

लोकप्रियता के शिखर पर होने के बावजूद नेल्सन ने अपना राष्ट्रपतित्व काल समाप्त होने के बाद दोबारा निर्वाचित होना उचित नहीं समझा। उस समय उनकी अवस्था 81 वर्ष की थी और उनका कहना था कि नए राष्ट्र दक्षिण अफ्रीका को अपेक्षाकृत कम उम्र का नेता मिलना चाहिए, जो उसके विकास को गति दे सके।

कूनू में अवकाश के दिन बिताने से पहले नेल्सन ने एक और महत्त्वपूर्ण काम किया। उन्होंने जीवन की सांध्यवेला में एक जीवनसंगिनी खोज ली। सन् 1998 में उन्होंने ग्रेसा मिशेल के साथ विवाह रचाया और फिर उनके साथ रहने के लिए कूनू गए, जहाँ उन्होंने अपनी पसंद का घर बनवा लिया था।

अवकाश के बाद भी नेल्सन विदेश से आनेवाली बड़ी हस्तियों

से मिलने और विभिन्न सम्मेलनों में भाग लेने के लिए समय निकालते थे। वे देश की राजनीति में भी दिलचस्पी लेते थे। लेकिन अंततः वर्ष 2004 में उन्होंने सार्वजनिक जीवन से भी अवकाश ग्रहण कर लिया।

इस समय नेल्सन मंडेला लगभग 90 वर्ष के हैं और अपने गाँव में भरे-पूरे परिवार के साथ आनंदपूर्वक जीवन बिता रहे हैं। सारे संसार के स्वाधीनता-प्रेमियों की कामना है कि वे शतायु हों।

□

16

विश्व शांतिदूत मंडेला

इस प्रकार मंडेला का जीवन किशोरावस्था से ही बेहद उथल-पुथल भरा रहा। वे जेल में सबसे ज्यादा लंबे समय तक रहनेवाले राजनेता हैं। वे 5 अगस्त, 1962 से 11 फरवरी, 1990 तक पूरे 27 साल जेल में रहे। भारत सरकार ने जेल से रिहा होने पर उन्हें हिंदुस्तान का सर्वोच्च नागरिक सम्मान 'भारत रत्न' प्रदान किया। सन् 1995 में मंडेला बतौर दक्षिण अफ्रीकी राष्ट्रपति के रूप में भारत में गणतंत्र दिवस परेड के मुख्य अतिथि बनकर आए।

गांधी और मंडेला

महात्मा गांधी और नेल्सल मंडेला व्यक्तिगत रूप से कभी नहीं मिले, लेकिन अपने पूरे संघर्ष के दौरान मंडेला गांधी के विचारों से प्रेरित लगे। रंगभेद और नस्लवाद के खिलाफ झंडा बुलंद करनेवाले मंडेला अपने पूरे संघर्ष के दौरान महात्मा गांधी के बताए रास्ते पर चले। मंडेला को दक्षिण अफ्रीका का गांधी भी कहा जाता है। दोनों में कई बातें समान थीं। दोनों ने बतौर बैरिस्टर अपने कॅरियर की शुरुआत की और दोनों को ही रंगभेद के खिलाफ चलाए अपने अभियान के दौरान जोहांसबर्ग की कुख्यात फोर्ट जेल में सजा काटनी पड़ी। दोनों कभी नहीं मिले, लेकिन उन्हें 20वीं

सदी के ऐसे योद्धाओं के तौर पर जाना जाता है, जिन्होंने औपनिवेशवाद के खिलाफ सशक्त तौर पर संघर्ष किया। महात्मा गांधी की ही तरह अहिंसा और सत्याग्रह को अपना हथियार बनानेवाले मंडेला ने वर्ष 2000 में 'टाइम' पत्रिका को दिए एक साक्षात्कार में कहा था–"महात्मा गांधी औपनिवेशवाद को उखाड़ फेंकनेवाले क्रांतिकारी थे। दक्षिण अफ्रीका के स्वतंत्रता आंदोलन को मूर्त रूप देने में मैंने उनसे प्रेरणा पाई।"

मंडेला ने कहा था–"महात्मा गांधी दक्षिण अफ्रीका के भी पुत्र थे। भारत ने दक्षिण अफ्रीका को जो गांधी सौंपा था, वह एक बैरिस्टर था, जबकि दक्षिण अफ्रीका ने उस गांधी को महात्मा बनाकर भारत को लौटाया।"

मंडेला ने कहा था–"महात्मा गांधी दक्षिण अफ्रीका के भी पुत्र थे। भारत ने दक्षिण अफ्रीका को जो गांधी सौंपा था, वह एक बैरिस्टर था, जबकि दक्षिण अफ्रीका ने उस गांधी को महात्मा बनाकर भारत को लौटाया।"

राष्ट्रपति बनने के बाद मंडेला ने कई बार इस बात का खुलासा किया कि जेल में रहने के दौरान वे अकसर महात्मा गांधी की किताबें और उनसे जुड़ी गतिविधियों का अध्ययन करते थे।

नोबल शांति पुरस्कार

मंडेला का कथन है–"मैं न केवल गोरे लोगों के पशुत्व के, बल्कि अश्वेतों के पशुत्व के भी खिलाफ हूँ। मैं एक लोकतांत्रिक और स्वतंत्र समाज का समर्थक हूँ, जिसमें सभी एक समान हों और सभी को एक समान मौके मिलें।"

अपने इस कथन पर मंडेला राष्ट्रपति बनने के बाद भी कायम रहें और जिन श्वेतों ने उन्हें अमानवीय यातनाएँ दी थीं, उनके साथ भी समतामूलक व्यवहार किया।

उनके शांतिपूर्ण, अहिंसक संघर्ष और समदृष्टि, समभावमूलक गुणों के फलस्वरूप उन्हें व दक्षिण अफ्रीका के तत्कालीन राष्ट्रपति डी. क्लार्क को वर्ष 1993 का नोबल शांति पुरस्कार संयुक्त रूप से प्रदान किया गया। डी. क्लार्क ने भी वर्षों के संघर्ष को विराम देते हुए शांति की पहल आरंभ की थी, जिसकी परिणति 10 मई, 1994 को मंडेला के दक्षिण अफ्रीका के पहले लोकतांत्रिक रूप से निर्वाचित राष्ट्रपति के रूप में सामने आई।

नेल्सन मंडेला अंतरराष्ट्रीय दिवस

18 जुलाई मंडेला का जन्म-दिवस है। उनके सम्मान में वर्ष 2010 से हर साल इस दिन को 'नेल्सन मंडेला दिवस' के रूप में मनाने का एक प्रस्ताव संयुक्त राष्ट्र द्वारा नवंबर, 2009 में पारित किया गया। इस प्रकार वर्ष 2010 में जब 18 जुलाई को मंडेला ने अपना 92वाँ जन्मदिवस मनाया तब दुनिया भर में यह दिन 'नेल्सन मंडेला अंतरराष्ट्रीय दिवस' के रूप में मनाया गया। इस दिन शांति और आजादी की दिशा में दक्षिण अफ्रीकी नेता मंडेला के योगदान को याद किया गया।

18 जुलाई मंडेला का जन्म-दिवस है। उनके सम्मान में वर्ष 2010 से हर साल इस दिन को 'नेल्सन मंडेला दिवस' के रूप में मनाने का एक प्रस्ताव संयुक्त राष्ट्र द्वारा नवंबर, 2009 में पारित किया गया। इस प्रकार वर्ष 2010 में जब 18 जुलाई को मंडेला ने अपना 92वाँ जन्मदिवस मनाया तब दुनिया भर में यह दिन 'नेल्सन मंडेला अंतरराष्ट्रीय दिवस' के रूप में मनाया गया।

संयुक्त राष्ट्र ने इस अवसर पर अपील की कि लोग दुनिया में कम-से-कम 67 मिनट के लिए अपने समुदाय की भलाई के लिए कोई काम करें। मंडेला ने दक्षिण

अफ्रीका में लोकतंत्र की स्थापना के लिए 67 साल संघर्ष किया था। मंडेला ने दक्षिण अफ्रीका के लिए जो संघर्ष किया, उसकी अंतरराष्ट्रीय स्तर पर सराहना बढ़ती जा रही है और दुनिया भर के राजनेता और बड़े लोग उनसे मिलने के लिए कतार में लगे रहते हैं। हालाँकि खराब तबीयत के कारण मंडेला सार्वजनिक जीवन से लगभग अलग हो चुके हैं।

मंडेला आतंकवादी नहीं

सन् 1960 में दक्षिण अफ्रीका की नस्लभेदी श्वेत सरकार ने अफ्रीकी नेशनल कांग्रेस पर प्रतिबंध लगा दिया था। उसके बाद ही अमेरिका ने अफ्रीकी नेशनल कांग्रेस के सदस्यों के अमेरिका में प्रवेश पर रोक लगा दी थी, और इसे आतंकवादियों की सूची में डाल दिया था। सन् 1990 में रंगभेद की समाप्ति के बाद अफ्रीकी नेशनल कांग्रेस के सत्ता में आने के साथ ही वहाँ लोकतंत्र की बहाली हुई। इसके पूर्व नेल्सन मंडेला को वर्ष 1993 का नोबल शांति पुरस्कार मिल चुका था। लेकिन इसके बावजूद 14 वर्ष तक–(सन् 2008 तक) नेल्सन मंडेला का नाम आतंकवादियों की सूची में पड़ा रहा।

सन् 1960 में दक्षिण अफ्रीका की नस्लभेदी श्वेत सरकार ने अफ्रीकी नेशनल कांग्रेस पर प्रतिबंध लगा दिया था। उसके बाद ही अमेरिका ने अफ्रीकी नेशनल कांग्रेस के सदस्यों के अमेरिका में प्रवेश पर रोक लगा दी थी, और इसे आतंकवादियों की सूची में डाल दिया था। सन् 1990 में रंगभेद की समाप्ति के बाद अफ्रीकी नेशनल कांग्रेस के सत्ता में आने के साथ ही वहाँ लोकतंत्र की बहाली हुई।

मई, 2008 में अमेरिकी कांग्रेस की प्रतिनिधि सभा ने एक विधेयक पास किया, उसके बाद ही मंडेला का नाम आतंकवादियों की सूची से हटाया गया। अमेरिकी कांग्रेस की

प्रतिनिधि सभा की विदेशी मामलों की समिति के प्रमुख और डेमोक्रेट नेता हॉवर्ड बर्मन ने तब कहा था– ''इस बहुप्रतीक्षित विधेयक के बाद एक लंबी और असहज कर देनेवाली कहानी का पटाक्षेप हो गया है। हमेशा रंगभेद पीड़ितों का समर्थन करने के बाद भी हम देश के आव्रजन संबंधी उन कानूनों में अपेक्षित परिवर्तन नहीं कर पाए, जिनकी वजह से दक्षिण अफ्रीका के कई रंगभेद विरोधी नेताओं के नाम आतंकवादियों की सूची में शामिल थे।''

पुरस्कार और सम्मान

नेल्सन मंडेला को 695 से अधिक पुरस्कार और सम्मान मिल चुके हैं और यह सिलसिला अभी थमा नहीं है। इन पुरस्कारों में नोबल शांति पुरस्कार और अमेरिका कांग्रेस पदक शामिल हैं। उनके नाम पर कई भागों और इमारतों के नाम रखे गए हैं। उनके नाम से कई देशों में पुरस्कार दिए जाते हैं।

नेल्सन मंडेला को 695 से अधिक पुरस्कार और सम्मान मिल चुके हैं और यह सिलसिला अभी थमा नहीं है। इन पुरस्कारों में नोबल शांति पुरस्कार और अमेरिका कांग्रेस पदक शामिल हैं। उनके नाम पर कई भागों और इमारतों के नाम रखे गए हैं। उनके नाम से कई देशों में पुरस्कार दिए जाते हैं।

उन्हें प्राप्त कुछ प्रमुख पुरस्कार एवं सम्मान निम्नलिखित हैं–

1964 : यूनिवर्सिटी कॉलेज, लंदन के विद्यार्थी संघ के मानद अध्यक्ष निर्वाचित।

1965 : लीड्स यूनिवर्सिटी, ब्रिटेन के विद्यार्थी संघ के मानद अध्यक्ष निर्वाचित।

1973 : लीड्स यूनिवर्सिटी में खोजे गए एक नाभिकीय अणु का नाम 'मंडेला पार्टिकल' रखा गया।

1975 : लंदन यूनिवर्सिटी विद्यार्थी संघ की आजीवन मानद सदस्यता।

1979 : लेसोटो यूनिवर्सिटी, मसेरु द्वारा डॉक्टरेट ऑफ लॉ की मानद उपाधि से सम्मानित।

1980 : अंतरराष्ट्रीय समझ हेतु भारत द्वारा जवाहरलाल नेहरू पुरस्कार।

1982 : अगस्त माह में 53 देशों के 2,000 मेयरों ने एक याचिका पर हस्ताक्षर करके मंडेला को रिहा करने की अपील की।

1983 : रोम की मानद नागरिकता (फरवरी)।

- ओलंपिया, ग्रीस की मानद नागरिकता (मार्च)।
- सिटी कॉलेज ऑफ न्यूयॉर्क द्वारा डॉक्टरेट की मानद उपाधि (जून)।
- जर्मन लोकतांत्रिक गणराज्य द्वारा 'स्टार ऑफ इंटरनेशनल फ्रेंडशिप' पुरस्कार (जुलाई)।
- यूनेस्को द्वारा इसका पहला सिमोन बोलिवर अंतरराष्ट्रीय पुरस्कार संयुक्त रूप से नेल्सन मंडेला और स्पेन के किंग जुआन कार्लोस को दिया गया (जुलाई)।

1984 : मंडेला और अन्य दक्षिण अफ्रीकी राजनीतिक कैदियों की रिहाई हेतु विशप ट्रेवर द्वारा 50,000 हस्ताक्षरों वाली एक अंतरराष्ट्रीय याचिका तत्कालीन संयुक्त राष्ट्र महासचिव जेवियर परेज दे कुएयार को सौंपी।

- जर्मन लोकतांत्रिक गणतंत्र में 'नेल्सन मंडेला' नाम से एक स्कूल खोला गया।
- फिदेल कास्त्रो द्वारा प्लाया गिरॉन पुरस्कार, क्यूबा प्रदान।

1985 : रियो द जेनेरियो, ब्राजील की मानद नागरिकता।

- रियो द जेनेरियो यूनिवर्सिटी, ब्राजील द्वारा डिप्लोमा ऑफ ऑनर ऐंड फ्रेंडशिप।
- लंदन में नेल्सन मंडेला की मूर्ति लगी।

1986 : वर्कर्स इंटरनेशनल सेंटर, स्टॉकहोम, स्वीडन द्वारा इंटरनेशनल पीस ऐंड फ्रीडम पुरस्कार।

- जिंबाब्वे यूनिवर्सिटी द्वारा डॉक्टर ऑफ लॉ की मानद उपाधि।
- इंग्लैंड, लेसेस्टर में मंडेला के नाम पर एक पार्क का नामकरण।

1987 : फ्रीडम ऑफ द सिटी ऑफ सिडनी, ऑस्ट्रेलिया पुरस्कार पानेवाले पहले व्यक्ति।

- मिशिगन यूनिवर्सिटी, सं.रा.अ. तथा हवान यूनिवर्सिटी, क्यूबा द्वारा मानद उपाधियाँ।

1988 : जर्मन संघीय गणतंत्र द्वारा ब्रेमन सॉलिडरिटी पुरस्कार।

- सखारोव पुरस्कार से सम्मानित।
- नई दिल्ली में एक सड़क का नामकरण 'नेल्सन मंडेला मार्ग' किया गया।

1989 : टिपेरासी शांति समिति, आयरलैंड का शांति पुरस्कार।

- यॉर्क यूनिवर्सिटी, टोरंटो, कनाडा द्वारा मानद डॉक्टर ऑफ लॉ की उपाधि।

1990 : 5 मार्च को जिंबाब्वे में 'मंडेला दिवस' को सार्वजनिक अवकाश घोषित।

- इस वर्ष के लेनिन शांति पुरस्कार से सम्मानित।
- अक्तूबर में भारत के सर्वोच्च नागरिक सम्मान 'भारत रत्न' से सम्मानित।

1991 : कार्ट-मेनिल मानवाधिकार पुरस्कार से सम्मानित (8 दिसंबर)

1992 : 1991 का यूनेस्को शांति पुरस्कार (3 फरवरी, पेरिस में)।

- पाकिस्तान द्वारा 'निशान-ए-पाकिस्तान' पुरस्कार से सम्मानित (3 अक्तूबर)।

1993 : अमेरिकी राष्ट्रपति क्लिंटन द्वारा फिलाडेलफिया, सं.रा.अ. में दक्षिण अफ्रीकी राष्ट्रपति एफ.डब्ल्यू.डी. क्लार्क के साथ फिलाडेलफिया लिबर्टी मेडल अवार्ड (4 जुलाई)।

- नोबल शांति पुरस्कार, ओस्लो, नॉर्वे (10 दिसंबर)।

1994 : मुसलिम महिला संघ की ओर से शेख यूसुफ पीस अवार्ड।

- इंटरनेशनल ओलंपिक समिति की ओर से ओलंपिक गोल्ड ऑर्डर पुरस्कार।

1995 : डरबन में 'अफ्रीका शांति पुरस्कार'।

- हारवर्ड बिजनेस स्कूल स्टेट्समैन ऑफ द ईयर अवार्ड।

1996 : नई दिल्ली में इंदिरा गांधी अवार्ड फॉर इंटरनेशनल जस्टिस एंड हॉर्मोनी। पुरस्कार न्याय मंत्री दुलाह ओमर द्वारा ग्रहण।

- यू थांट पीस अवार्ड।

1997 : फ्रीडम ऑफ सिटी अवार्ड पीटर में मेरित्ज्बर्ग, बोलेमफोंटेन बुक्सबर्ग, ऑक्सफोर्ड (यू.के.), एडिनबर्ग (स्कॉटलैंड) और केपटाउन।

1998 : • यू थांट पीस अवार्ड।

2000 : बी.टी. एथमिक मल्टीकल्चरल मीडिया अवार्ड, लंदन।

- इंटरनेशनल फ्रीडम अवार्ड, मेंफिस टेनीसीसी।

2001 : अंतरराष्ट्रीय गांधी शांति पुरस्कार, राष्ट्रपति भवन नई दिल्ली (16 मार्च)।

- कनाडा की मानद नागरिकता।
- ह्यूमन राइट लाइफटाइम अचीवमेंट अवार्ड, जोहांसबर्ग।

2002 : मानद डॉक्टरेट, घाना विश्वविद्यालय।

- राष्ट्रपति स्वतंत्रता पदक, संयुक्त राज्य अमेरिका का 'सर्वोच्च नागरिक सम्मान' वाशिंगटन में जॉर्ज बुश द्वारा प्रदत्त (9 जुलाई)।
- क्वीन एलिजाबेथ द्वितीय जुबली मेडल, कनाडा।

2003 : नेशनल यूनिवर्सिटी आयरलैंड द्वारा डॉक्टर ऑफ लॉ की मानद उपाधि।

2004 :
- जोहांसबर्ग के सेंडटन स्क्वायर का पुनःनामकरण नेल्सन मंडेला स्क्वायर।
- 'टाइम' पत्रिका में 100 सबसे प्रभावशाली व्यक्तियों की सूची में शामिल।

2005 : टाइम पत्रिका में 100 सबसे प्रभावशाली व्यक्तियों में पुनः शामिल।

- एम्हेर्सट कॉलेज की मानद उपाधि।

2006 : एम्नेस्टी इंटरनेशनल्स एंबेसडर ऑफ कंसाइंस अवार्ड।

- यूनिवर्सिटी टेक्नोलॉजी मारा, मलेशिया द्वारा मानद उपाधि।

2007 : लंदन संसद् के सामने मंडेला की आदमकद मूर्ति लगाने की योजना पर कार्य।

- बेलग्रेड, सर्बिया के मानद नागरिक।

2008 : मिशिगन स्टेट यूनिवर्सिटी द्वारा मानद उपाधि।

2009 : आर्थर ऐश करेज अवार्ड।

- नवंबर 2009 में संयुक्त राष्ट्र की आम सभा ने 18 जुलाई को 'मंडेला दिवस' घोषित किया।

2010 : लॉरेट इंटरनेशनल यूनिवर्सिटी नेटवर्क द्वारा छह मानद उपाधियाँ।

- बाउन यूनिवर्सिटी, संयुक्त राज्य अमेरिका द्वारा डॉक्टर ऑफ लॉ की मानद उपाधि।

□

17

जीवन-यात्रा

संघर्ष ही मेरा जीवन है। मैं अपने अंतिम समय तक स्वाधीनता के लिए लड़ता रहूँगा।

–नेल्सन मंडेला

18 जुलाई, 1918	:	दक्षिण अफ्रीका के ट्रांस्की क्षेत्र के मैजो गाँव में जन्म।
सन् 1920	:	मंडेला अपनी माता व बहनों के साथ कूनू में रहने आए।
सन् 1925	:	कूनू के स्कूल में प्रवेश।
सन् 1927	:	पिता का निधन। मंडेला जोंगिनताबा के संरक्षण में रहने के लिए केजवैनी आए।
सन् 1934	:	क्लार्कबरी बोर्डिंग इंस्टीट्यूट में प्रवेश।
सन् 1938	:	फोर्ट हारे विश्वविद्यालय में प्रवेश।

सन् 1942	:	पत्राचार के माध्यम से साउथ अफ्रीका यूनिवर्सिटी से स्नातक। जोहांसबर्ग के विटवाटरसरैंड विश्वविद्यालय में कानून की पढ़ाई आरंभ की। अफ्रीकी नेशनल कांग्रेस (ए.एन.सी.) के सदस्य बने।
सन् 1944	:	एवलिन मेस से विवाह। ए.एन.सी. यूथ लीग के सह-संस्थापक बने।
सन् 1947	:	ए.एन.सी.वाई.एल. के सचिव बने।
सन् 1950	:	ए.एन.सी. की राष्ट्रीय कार्यकारिणी के सचिव निर्वाचित।
सन् 1952	:	ए.एन.सी. के अवज्ञा आंदोलन के वालंटियर-इन-चीफ बने।
सन् 1957	:	एवलिन से तलाक। राजद्रोह का अभियोग लगा, पर बरी हुए।
14 जून, 1958	:	विनी मदिकजैला से विवाह।
सन् 1961	:	ए.एन.सी. की सशस्त्र सेना के प्रधान सेनानायक बने।
सन् 1962	:	अन्य राष्ट्रों के दौरे के लिए गुप्त रूप से दक्षिण अफ्रीका से निकले। प्रतिबंध का उल्लंघन करने के आरोप में बंदी।

सन् 1963 :	ए.एन.सी. के गुप्त मुख्यालय का पता चल जाने पर जेल में ही तोड़-फोड़ करने का आरोप लगा।
सन् 1964 :	रिवोनिया मुकदमा संपूर्ण। आजीवन कारावास की सजा।
सन् 1975 :	जेल में संस्मरण लिखने आरंभ किए। इन्हें गुप्त रूप से जेल से बाहर भेजा जाता था।
सन् 1980 :	संयुक्त राष्ट्र संघ की मंडेला को रिहा करने की अपील।
सन् 1982 :	केपटाउन के निकट पार्ल जेल में स्थानांतरित।
सन् 1989 :	राष्ट्रपति बोथा से मुलाकात। रिहाई की वार्त्ता विफल। नए राष्ट्रपति एफ.डब्ल्यू.डी. क्लार्क से मुलाकात।
11 फरवरी, 1990 :	27 साल के बाद जेल से रिहा।
5 जुलाई, 1990 :	ए.एन.सी. के अध्यक्ष निर्वाचित।
सन् 1993 :	मंडेला और क्लार्क को संयुक्त रूप से नोबल शांति पुरस्कार मिला।
सन् 1994 :	मंडेला की आत्मकथा प्रकाशित।
10 मई, 1994 :	दक्षिण अफ्रीका के पहले लोकतांत्रिक रूप से निर्वाचित 75 वर्षीय सबसे वयोवृद्ध राष्ट्रपति बने।

सन् 1996 : विनी मंडेला से तलाक।

सन् 1998 : ग्रेसा मिशेल से विवाह।

सन् 1999 : पाँच वर्ष का राष्ट्रपति का कार्यकाल समाप्त होने पर सक्रिय राजनीति से संन्यास।

□□□